情定悍嬌妻

2

風 文創 557

新蟬 著

目錄

第十四章 …… 005
第十五章 …… 037
第十六章 …… 063
第十七章 …… 095
第十八章 …… 119
第十九章 …… 155
第二十章 …… 173
第二十一章 …… 199
第二十二章 …… 241
第二十三章 …… 273
第二十四章 …… 281

第十四章

老夫人鬧了一番後，領著眾人離開桃園，唯有黃氏仍落在最後。

這些日子，黃氏忙著對帳冊和寧靜芸的親事，眉目間縈繞著淡淡的憂鬱，臉有些瘦了。

寧櫻上前挽著黃氏，擔憂道：「祖母是不是又為難您了？」

黃氏輕拍著寧櫻手臂，嘴角綻放出淺淺的笑，解釋道：「娘無事，妳好生照顧自己，規矩禮儀別落下，有自己的心思是好事，可也得提防小人。」

寧櫻以為黃氏會訓斥她，沒承想黃氏只是輕描淡寫地揭過，望著老夫人一行人穿過走廊不見人影，她才收回目光和黃氏說了實話。昨日她讓聞嬤嬤去薛府的確有向薛墨求助的意思，只是沒想到他想了這麼個法子。

「娘別生氣，祖母請青娘子過府本就沒什麼好事，桂嬤嬤人好，懂的事情多，刺繡方面最是拿手，往後櫻娘不懂的地方請教她也能學到許多。」

黃氏回眸，看了眼屋內，打趣道：「真以為娘看不出來？妳祖母怕也猜到是這樣才走這一遭，沒承想被妳糊弄了過去，妳啊，還是頑皮。」

寧櫻不以為意。老夫人發現了又如何？桂嬤嬤的確是宮裡出來的，難不成她還能跟薛府的人對質？愛面子如老夫人，哪裡拉得下臉來？

寧櫻轉頭，朝屋裡的桂嬤嬤揮了揮手，拉著黃氏往外面走。「娘，我去梧桐院坐會兒，陪您說說話也好。父親在嗎？」

寧櫻不知黃氏是不是和寧伯瑾達成共識，寧伯瑾在梧桐院住下了，黃氏收拾了東邊的一張矮榻出來，她睡裡間，寧伯瑾睡外間，兩人相安無事。

「他約了人有事，妳找他？」提及寧伯瑾，黃氏臉上神色淡了下來，卻也不像原來那般厭惡。「妳姊姊心情好些沒？聽吳嬤嬤說她不把自己關屋裡了，有空，妳多陪陪她，妳小的時候，她凡事圍著妳轉，多和她親近親近。」

退親後，黃氏讓吳嬤嬤時常給寧靜芸送吃食，因寧靜芸誰也不見，所以總是無功而返，黃氏難免心下難受。寧靜芸養在老夫人膝下，凡事只看得到利益，清寧侯府家世無可挑剔，可人不對，嫁過去也是吃苦，外表光鮮有什麼用？強顏歡笑應付，回到屋裡，自己捂著被子哭，黃氏哪會讓寧靜芸過那種日子。

寧櫻心不在焉點了點頭。「昨晚遇到姊姊了，她跟在祖母身邊一句話都沒說，看她氣色不太好，要恢復精神只怕還要過些日子。」

說著話，母女倆到了梧桐院。走廊上，月姨娘一身淺綠色竹葉鑲邊的長裙，外罩一件軟煙羅，裙襬隨風搖曳，飄逸靈動。人長得美，衣衫配色好，更襯得仙姿玉色，氣韻優雅，只是，寧櫻抬頭望了眼昏沈沈的天。天寒地凍，月姨娘穿得如此單薄，不怕冷嗎？

黃氏側目，暗暗打量著寧櫻神色。那日事情湊巧，老夫人懷疑寧櫻從中做了手腳，起初她不太相信，昨晚，吳嬤嬤和她說寧櫻打聽熊大、熊二她才起了疑慮，說著說著，吳嬤嬤便將臘梅園的事說了出來，黃氏都不曾發覺朝夕相處的小女兒竟有那番心計。

「櫻娘，妳啊，心思別太重了，遇到事告訴娘，娘有法子應付。」黃氏想好好和寧櫻說那日的事。如果被人發現把柄，反咬到她身上，誰都救不了她。後宅陰險，寧櫻不懂深淺，為了維護府裡利益以及名聲，神不知、鬼不覺處置些人乃常有之事，寧櫻沒有見過世道陰險，成功實屬運氣好，黃氏不敢任由寧櫻算計下去。她的手有些涼，抓著寧櫻，見她打了個哆嗦，黃氏過意不去。「櫻娘，娘什麼都不要，只想妳與妳姊姊好好的。」

寧櫻心下一顫。看黃氏臉色便知吳嬤嬤將事情告訴她了，便低眉順從地點頭。「娘，櫻娘記著呢，看月姨娘在門口站了一會兒，像是有事，娘去看看吧！」

「妳父親不在，她約莫是找妳父親的。」

月姨娘腦子不好使，為人飛揚跋扈，身邊的丫鬟被處置了好幾個，這樣子的人卻無半分心計，熟知她的性子更覺得啼笑皆非。月姨娘能在後宅活下來，全靠寧伯瑾護著；然而，寧伯瑾為人風流、好色成性，對月姨娘有真心不假，可這份真心又能維持多久？

月姨娘看見她們，喜出望外。「妾身給夫人和六小姐請安，妾身過來是為了竹姨娘的事。聽聞竹姨娘病了，九小姐囑託妾身告訴夫人請大夫過來瞧瞧，夫人覺得如何是好？」

月姨娘嘴角輕翹，毫不掩飾自己幸災樂禍的嘴臉，湊到黃氏身邊，歡欣鼓舞道：「竹姨娘被三爺禁足覺得沒臉，這會兒裝病，說是請大夫，誰不知是想讓三爺過去瞧瞧？妾身不是傻子，看三爺走了才過來的，姊妹一場，該做的妾身也做了，怨不得人。」
竹姨娘向來會算計，哪會無緣無故病了。
黃氏思忖道：「她既然身子不舒服，待會兒叫張大夫過去瞧瞧，畢竟她伺候三爺多年，不看僧面看佛面。」
月姨娘瞠目結舌地瞪著黃氏，壓低聲音道：「她自己作孽怪得了誰，死了才好呢，免得整日在妾身跟前晃悠。」
府裡眾多姨娘中，月姨娘和竹姨娘互相看不順眼好多年，得知竹姨娘生病，她在屋裡笑了許久，認為老天總算開眼，往後，誰還敢給她臉色瞧？
「她畢竟服侍三爺多年，又為三爺生了少爺、小姐，理應請大夫看看。妳回去告訴竹姨娘，大夫稍後就到。」黃氏進屋後解下肩頭的披風，朝外吩咐吳嬤嬤。「叫田莊的管事明日到府裡來，我有話問他們。」
月姨娘看黃氏忙自己的事，氣得嘴角發歪，小聲咕噥道：「我才不願去她院子尋晦氣。」
寧櫻知曉月姨娘應該是又被人算計了。竹姨娘生病，有丫鬟、婆子照顧，自有人將事情稟告黃氏，何須叫月姨娘親自跑一趟？
寧櫻有心提點月姨娘兩句，又擔心她心存憤懣尋竹姨娘吵鬧將事情鬧大，琢磨一番，選擇不點醒她。「月姨娘，彤妹妹四歲了，我屋裡請了個厲害的嬤嬤，若想讓彤妹妹跟著學點東西，平日可以把彤妹妹送過來。」

府裡少爺啟蒙的年紀早，小姐卻是有些晚了，讓月姨娘遭遇那種事，寧櫻心中愧疚。桂嬤嬤有真本事，如果靜彤能學點東西，不失為彌補的法子。

月姨娘面色一喜。昨晚的事她聽到點風聲，宮裡出來的嬤嬤哪是其他人能比的，自然連連點頭。「十三小姐在院子裡沒什麼事，多謝六小姐抬愛，明早我就叫十三小姐去桃園，需不需要給嬤嬤準備些禮？」

寧櫻驚訝，沒想到月姨娘知曉昨晚的事。「不用，送了嬤嬤也不會收。」

月姨娘覺得也是如此，抬起頭，笑逐顏開。「嬤嬤是宮裡出來見過大世面的人，哪和尋常人相同，什麼好東西沒見過，妾身送去的的確入不了她的眼，虧得有六小姐提醒，否則妾身就丟人現眼了。不成、不成，我先回去和十三小姐說，她和妳關係好，知道後鐵定開心。」說完，她倉促地給黃氏行了個禮，提著裙襬跑了出去，步伐輕快。

寧櫻失笑，和黃氏道：「月姨娘沒有煩心事，活得快樂。」

「妳能有什麼煩心事？妳既然覺得桂嬤嬤有本事，好好跟著學，缺什麼告訴娘，娘替妳辦齊。」黃氏整理桌上的帳冊，心裡有了成算。田莊、鋪子的管事陽奉陰違、欺上瞞下，是該換了，只是不知被老夫人收買了多少人？

桌上厚厚的帳冊已剩下薄薄幾本，上面的字跡龍飛鳳舞，寧櫻隨手翻開，問道：「娘查到源頭了？」

黃氏看她什麼事都想打聽，無奈道：「長輩的事別管，妳既是要靜彤跟著妳一道學習，過兩日府裡估計又不安生了，接下來發生什麼，妳心裡有個底。」

寧靜彤跟著桂嬤嬤學，府裡眾多小姐，都想博個好名聲，寧櫻若不應，厚此薄彼的名聲便傳出去了。

黃氏理著寧櫻耳鬢的碎髮，嘆道：「妳頭髮毛毛躁躁的，多喝湯補補，妳姊姊的頭髮就很好。」

寧櫻順著黃氏的手，按住那幾根飛揚的頭髮。「拿剪刀剪了，髮絲就不會隨風晃來晃去。」

「身體髮膚受之父母，哪能說剪就剪？多補補，頭髮會順下來的。」寧櫻頭髮生得烏黑柔順，偏到冬天的時候就變得毛毛躁躁，木梳梳下去，打理頭髮便要費不少時辰，黃氏將不聽話的幾根頭髮順著髮髻理了理，道：「叫秋水給妳挑兩支花鈿別在耳鬢處就好了。」

寧櫻頷首，笑不露齒道：「可有櫻桃的花鈿？顏色嬌豔些。」

「這我不清楚，得讓秋水找找，沒有的話，去外面鋪子買。」黃氏在椅子上坐下，悠然和寧櫻說話。

老夫人領著人來桃園鬧事很快就在府裡傳開了，傳開的消息還有一件，便是十三小姐會去桃園跟著桂嬤嬤學規矩。

檀香繚繞的屋裡，老夫人氣得撫著胸口。「她就是故意做給別人看的，誰跟她好她就幫襯誰，誰若和她對著幹，她就不讓誰安生。老爺說她年紀小沒什麼見識，妳瞧瞧她做出來的事！便是靜芸，心思也沒有她重。」

佟嬤嬤跪在地上，身子瑟瑟發抖。今日她丟了老夫人的臉，隨後引來青娘子對寧府嗤之以鼻，老夫人應該是不會放過她了。

老夫人心裡的確氣佟嬤嬤，然而寧國忠在，發落佟嬤嬤不是時候，只能擺手道：「妳下去吧，回屋想想今日做錯了什麼？一大把年紀，被小丫頭片子嚇得跪地不起，妳啊，老糊塗了。」

佟嬤嬤臉色一白，額頭貼地道：「是。」

寧國忠坐在沈黑漆木椅子上，面色沈著，滄桑的眼角瞇起深邃的褶皺，老夫人自顧自說話，回過神看寧國忠臉色不好，嘴角顫動兩下，止住了聲。

「她心思深是她自己的本事，瞧瞧妳這副樣子，可有半點主母的風範？小六昨日挨打是事實，薛府送來嬤嬤乃一番好意，嬤嬤如何教養小六是嬤嬤的事，妳橫插一腳做什麼？」寧國忠語氣極為不善，寧櫻的奶娘去薛府，連夜小太醫就送了嬤嬤過來。他派人打聽過了，桂嬤嬤的確是宮裡的老人，年輕那會兒在殿前侍奉茶水，六皇子成親，皇上突然想起桂嬤嬤來，點了桂嬤嬤的名去薛府伺候薛怡，眾位皇子、公主的親事有皇后和太后老人家做主，桂嬤嬤卻是皇上指給薛怡的人，愛屋及烏，皇上的偏袒之心可見一斑。

不管桂嬤嬤為何而來，薛府看重寧櫻不假，只此一點就夠了，偏偏老夫人不當回事去桃園鬧，得到青娘子的厭惡不說，桂嬤嬤心裡如何看寧府？出了寧府，如何與人說寧府的事？

念及此，寧國忠氣不打一處來，偏生這會兒，柳氏從外面進來，寧國忠皺了皺眉。「何事？」

柳氏素來怕寧國忠，聽其語氣不好，心下越發小心翼翼，一字一字頓道：「青娘子去意已決，兒媳勸不住，只得叫帳房多支取五十兩銀子以表達對青娘子的敬意。」

青娘子遇事直來直往，是非對錯，恩怨分明，今日的鬧劇在青娘子看來是老夫人不分尊卑挑起的，她哪會留下？至於桂嬤嬤，不過是青娘子藉故離開的說詞罷了。

老夫人撇了撇嘴。「妳可與她說了寧府發生的事？」

柳氏頷首，輕聲道：「青娘子說她不會與人多言。」

老夫人鬆了口氣。回神細想今日發生的事，總覺得哪兒不對勁，一時半刻卻琢磨不出來。

「明日叫小六過來，妳給她道歉，她要幫襯誰是她自己的事。靜彤那孩子心眼不壞，都是寧府的孩子，值得妳小題大做？」寧國忠看得長遠。寧靜彤不過是個庶女，若因為寧櫻往後高嫁，對寧府來說是件好事，沈吟片刻，他轉頭看向柳氏。「靜芳年紀不小了，做什麼都該想想後果，在府裡大家讓著，往後嫁了人，做事也這般莽撞不計後果，丟得是咱寧府的臉。」

柳氏誠惶誠恐地低下頭，一言不發。

清晨，天邊露出魚肚白，天色漸漸明亮，寧櫻正準備用早膳，門口的丫鬟通傳說寧靜彤來了。看得出來她精心打扮過，身穿玫紅色褙子，裡面是身月白色繡花長裙，粉裝玉琢，看著便叫人喜歡。

寧櫻揉了揉她的臉頰，目光柔和。「可用過早膳了？」

寧靜彤柔柔一笑，低頭瞅了眼自己略微凸起的肚子，因穿得厚，並不明顯。「吃過了，姨娘說要去榮溪園請安，不能晚了，天不亮就把我叫醒了。」

這種事是月姨娘的作風，寧櫻微笑。「往後可以稍晚些，因為第一天，月姨娘怕妳遲到，妳與她說說，往後就不用了。」

寧靜彤點頭，乖巧地爬上椅子，左右望了兩眼，不見桂嬤嬤身影，問寧櫻道：「嬤嬤呢？姨娘說嬤嬤厲害，什麼都懂，靜彤跟著學，再大些誰都不敢欺負靜彤了，而且誰也不敢欺負姨娘。」

寧櫻一怔，嘴角笑意不減。「嬤嬤還在休息，我們從榮溪園回來，嬤嬤就在了，妳好好學，往後比誰都厲害呢！」

寧櫻用完早膳後，便與寧靜彤前往榮溪園。

榮溪園較往常安靜許多，寧櫻和寧靜彤到得是最晚的，不過她已習慣了，行禮後便牽著寧靜彤在黃氏身旁坐下，等著老夫人刁難。

老夫人妝容精緻，厚厚脂粉蓋住了眼角的黑色，而細密的褶皺卻稍顯白皙。脂粉能掩飾疲憊倦色，卻蓋不住歲月的老態，老夫人一遇到點煩心事，就會顯出與年紀相符的氣質來。

「小六啊，祖母昨天糊塗才去桃園吵妳，妳啊，可別記恨祖母，祖母也是擔心妳被人蒙蔽走了歪路。」老夫人取下手裡的鐲子，朝寧櫻招手，笑得一派慈愛。「妳回來後，祖母也沒正經給過妳什麼，這鐲子祖母一直戴著，能保佑妳往後平平安安的，收著吧！」

她的東西，寧櫻哪敢收，虛與委蛇道：「祖母喜歡這只鐲子便留著吧，櫻娘回來，祖母不是送過禮了嗎？」

老夫人笑著拉過寧櫻，彷彿昨日的針鋒相對是場夢境，她與寧櫻祖孫關係和睦，感情深厚。

「妳不肯收祖母不強求，過些日子，祖母去南山寺上香，替妳求個平安符，桂嬤嬤剛來府邸，妳多跟著她學，我與妳大伯母、二伯母們去就成。」老夫人話鋒一轉，說起了上香之事。

寧櫻螓首低垂，緩緩道：「祖母說得是。」

老夫人不提，她倒是忘記老夫人年前都會去南山寺上香這事了，不過離過年還有些時日，老夫人這會兒開口，擺明不想她跟著，而桂嬤嬤不過是個藉口罷了。

上輩子沒有桂嬤嬤，她跟隨老夫人去南山寺上香，在那裡差點沒了命，若不是翠翠救了她，或許，她活不下來；這輩子，無論如何她都不想去的，老夫人這般說正合她意，至少，不用欠翠翠人情。

老夫人看寧櫻這會兒低眉屈膝，不驕不躁、安安靜靜的，心頭又升起一股無名火。若非吃過虧，老夫人很難將面前秀麗曼妙的孫女和那個潑辣陰狠的寧櫻聯想起來，過去是她小瞧了寧櫻，自己這個孫女可沒那麼簡單。

「妳跟著桂嬤嬤好好學，梧桐院和桃園離得遠，妳和妳娘不用每日過來，偶爾來看看我就好，換作靜芸，我也會讓她在屋裡休息，不用過來請安了。」老夫人語氣溫和，望著屋裡一眾人，感慨道：「天冷了多注意身子，別著涼了。」

又說了幾句話，瞅著時辰差不多了，老夫人揚起手，面露倦色。「時辰不早了，各自忙去吧！」語畢，叮囑躲在黃氏身後的寧靜彤道：「桂嬤嬤是宮裡的教養嬤嬤，見多識廣，妳年紀小凡事跟著六姊姊學，不可使小性子惹嬤嬤不快，明白嗎？」

寧靜彤受寵若驚，從黃氏身後探出半邊身子，鄭重其事地點了點頭，看老夫人臉色不太好看，唯唯諾諾又躲了起來。

頓時，屋裡安靜下來，寧櫻視線暗暗掃視一圈，不見寧靜芳身影，嘴角不由自主地揚了揚，挽著黃氏走出院子。她們身後，柳氏正與一眾庶女說話，寧櫻豎起耳朵，側身聽了幾句，都是些無關痛癢的話，隻字不提寧靜芳為何不過來給老夫人請安的事。

黃氏留意著女兒的舉動，知曉她是在打聽寧靜芳，輕聲道：「妳七妹妹昨日打翻了老夫人最愛的青花瓷茶杯，還出言頂撞老夫人，被老夫人罰禁閉了，三、五天出不來。」

打翻茶杯不過是個幌子，得罪老夫人才是真的。昨日是寧靜芳領著老夫人來桃園，老夫人心裡記仇，吃癟後鐵定會找人出氣，佟嬤嬤是個奴才，懲罰她不足以熄滅心中怒火；寧靜芳不同，從小嬌生慣養沒吃過苦頭，老夫人把氣撒到寧靜芳頭上，一來是氣寧靜芳挑唆算計她，二來則是殺雞儆猴的意思了。

寧靜芳遭殃，寧櫻心下高興，挽著黃氏的手臂，步履輕盈。

柳氏走在後面，看寧櫻背影活潑動人，她臉色一沈。寧靜芳惹惱老夫人被關在屋裡抄寫佛經，而寧櫻卻好好的，老夫人不僅不疾言厲色，反而放下身段向寧櫻道歉，縱使寧櫻背後有薛府撐腰，老夫人也不該這般阿諛奉承、失了分寸，長輩向晚輩道歉，傳出去不是讓人貽笑大方嗎？

感覺到背後射來一道狠戾的目光，寧櫻回眸，柳氏臉上的陰鬱來不及收斂，被她看得清清楚楚，一時之間，柳氏面色悻悻然，寧櫻卻渾然不覺，嘴角扯出清淺的笑，清脆道：「大伯母是擔心七妹妹嗎？別著急，祖母做什麼都是為了七妹妹好，挑撥離間不是君子所為，七妹妹從小讀聖賢書，這些道理該清楚才是。」

柳氏又氣又惱。寧靜芳被罰這事竟被寧櫻一句話拆穿，她垂下眼，揉著手裡的錦帕掩飾怒意。寧國忠諸事由著寧櫻，她如何越得過寧國忠訓斥寧櫻？只能扯開嘴角勉強一笑。「小六說得是，我平日太縱著妳七妹妹才讓她犯下這種錯，往後妳多勸勸她才是。」

寧靜芳驕縱，栽了跟頭也好，至少往後能收斂些，吃一塹，長一智，對寧靜芳來說算不得壞事。

寧櫻笑了笑，淺笑嫣然，落在柳氏眼中盡是幸災樂禍，她氣悶，匆匆忙忙轉過岔口朝大房院子走，繼續待下去，她怕忍不住與寧櫻唇槍舌戰。

寧櫻不喜歡寧靜芳，甚至說得上是討厭。此人挑撥離間、貪慕虛榮、陷害姊妹，捧高踩低嫺熟得很，沒少搬弄是非，這回得個教訓也好。

穿過弄堂，寧櫻無意間看到一抹淺黃色身影緩緩而行，她步伐微頓，專注地望著來人。這時候的翠翠才十幾歲，妝容清淡，一身得體的黃色襖子，容貌青澀，行走於迴廊間，毫不起眼。這麼不起眼的人，最後卻成了譚慎衍捧在心尖上的人……

黃氏看她突然停下，循著她目光望去，見是她身邊的丫鬟，道：「應該是院子出了事，娘與妳一塊兒去瞧瞧。」

寧櫻默默不語，直直望著遠處，看著翠翠的衣衫劃過褐紅色牆柱，不見人影，很快，人拐過彎走了出來，寧櫻心思複雜。

翠翠在離她們三步遠的地方停下，屈膝蹲下身，厚厚的劉海蓋住一雙瀲灩的眼神。「奴婢給夫人、小姐請安。」

黃氏頷首，輕聲道：「可是桃園出了事？」

聞嬤嬤守著，如果不是抽不開身，不會讓桃園的小丫鬟過來。

「薛府的人送來兩箱藥材，聞嬤嬤命奴婢過來稟告一聲。」自始至終，翠翠沒有抬頭，低垂著眉目，紋絲不動，還是黃氏開口叫她起身，翠翠才起身站直，恭順地等黃氏回話。

薛府名下有藥田、農莊，每年出產的藥珍貴無比，寒冬臘月，給寧櫻送兩箱藥材，應該是真的中意寧櫻。黃氏想起之前老夫人說給各府送野物的事，心下有了謀劃。「既是點名給小姐的，妳讓聞嬤嬤收著放庫房就是。」

寧櫻認真盯著翠翠的眉眼，心頭湧上難掩的情緒。上輩子即使翠翠與她水火不容，她卻打從心裡沒有恨過她，只是翠翠對她的恨意一日比一日重，寧櫻無奈，只能由著翠翠去了。

重生之後，得知翠翠仍在桃園當值，她下意識排斥，和聞嬤嬤淡淡提過兩句，聞嬤嬤從不叫翠翠服侍她，說起來，除卻上次，這是兩人第二次見面。

「櫻娘，怎麼了，是不是哪兒不舒服？」看女兒愣愣地發呆，黃氏低喚了聲，面露擔憂。

寧櫻反應過來，笑了笑，搖頭道：「沒事，薛小太醫對我這般好，這份恩情如何償還得了？」

黃氏低頭不語。她曾年輕過，男女之事比寧櫻通透。「往後，妳遇到薛太醫，誠心誠意道謝就是了。」

黃氏只有一對女兒，自然盼著她們過得如意，薛府人丁單薄，薛墨體貼，寧櫻嫁過去就不會受委屈。

黃氏理了理女兒半敞的領子，包住她脖子，緩緩道：「妳自幼福氣好，往後，娘不用太過擔心妳了。」

聽她話裡有話，寧櫻面露不解，隨即黃氏岔開了話。「得來的藥材給妳祖父、祖母送些去，剩下的登記在冊，別想太多了，回去跟著桂嬤嬤好好學，娘找妳姊姊有點事。」

寧國忠說會為寧靜芸找門親事，有清寧侯府的事情在前，黃氏不信寧國忠會真心為寧靜芸打算。她在京裡沒有相熟的朋友，親事上只能靠寧伯瑾多方打聽，這也是她留寧伯瑾住在梧桐院的原因。寧伯瑾風流，在外卻有些名聲，待人隨和，溫潤如玉，滿腹經綸，結交了群狐朋狗友，有的消息卻是真的，不像寧國忠什麼都是假的。

寒風凜冽，寧櫻身子哆嗦了一下，眼中情緒斂去，她點頭應下。「姊姊情緒不佳，她說了什麼，娘別往心裡去。」

她沒法攔著黃氏不理寧靜芸，她明白，若黃氏不為寧靜芸做些什麼，心下不安。為母則強，在黃氏眼中，寧櫻和寧靜芸同等重要，為了她們，黃氏才有目標和動力；既然攔不住黃氏，只得先安慰她，別因寧靜芸的話自責和愧疚。

「哪有母親和自己孩子計較的，妳回去吧！」黃氏寵溺地揮揮手，示意寧櫻先走。待走廊上沒了人影，她才與吳嬤嬤掉頭去榮溪園找寧靜芸。

薛府送來的藥材用半大箱子堆著，聞嬤嬤高興得合不攏嘴。她見識過不少好東西，一一和寧櫻介紹，冬蟲夏草，靈芝、鹿茸應有盡有，饒是寧櫻也愣住了。藥材珍貴，她和黃氏身子骨兒硬朗，用不著這些，問道：「薛府的人回去了？」

聞嬤嬤彎下腰，細細翻著箱子裡的藥材，背著身子回寧櫻道：「回了，老奴留不住，聽意思，只給桃園送了藥材，府裡其他人並沒有，老奴挑些出來給榮溪園送去，夫人那邊也要拿些過去。」

之前榮溪園送了許多綾羅綢緞，聞嬤嬤聽黃氏的命令收拾了間庫房出來，將收到的禮登記在冊並放入庫房，待寧櫻成親時，庫房裡的東西就都是寧櫻的嫁妝。自古以來，女子的嫁妝越多，到夫家越受尊敬，寧櫻明、後年便開始說親了，嫁妝的事早該著手準備，嫁妝裡有名貴的藥材，可是天大的福氣。

聞嬤嬤神色愉悅，直起身子，問寧櫻道：「除了榮溪園和梧桐院，可要給大房、二房送些過去？」

寧櫻沈吟片刻，思忖道：「大伯母、二伯母常年在京中，什麼好東西沒見過？除了祖父、祖母那兒，記得給姊姊送些過去，姊妹一場，總不能留下話柄。」她對寧靜芸印象極為不好，礙於黃氏的面子，她得和她走動，能讓黃氏覺得開心就好。

聞嬤嬤蹙了蹙眉，想起之前去晉府賞梅宴的事，府裡瞞著她們，五小姐也不曾透露點風聲，這會兒聽寧櫻說給寧靜芸送藥材，不免欣慰道：「小姐懂事，夫人知道了會高興的。」

之後，寧櫻和寧靜彤去書房找桂嬤嬤。寧靜彤年紀小，坐一會兒便昏昏欲睡，寧櫻卻神采奕奕，桂嬤嬤教的蜀繡，她在蜀州時見過，學得分外用心，遇到不會的地方會不厭其煩請教桂嬤嬤；桂嬤嬤耐心好，並未因寧櫻問重複的問題而面露不耐煩，一人細心教，一人用心學，一天下來，寧櫻的刺繡功力進步極大。

薛府送藥材的事在府裡傳開，聞嬤嬤面上有光，走路虎虎生風，和寧櫻說起這事，嘴角止不住上揚。

「這兩日，來這邊打探消息的丫鬟、婆子多，老奴叮囑她們不准亂說。薛府的人送禮來桃園，老爺和管家必然是清楚的，送禮的人是以薛小姐的名義，府裡想巴結也沒路子；您沒見著那些人的嘴臉，說什麼對薛府來說最不缺的就是藥材，老奴看她們是眼紅嫉妒，如果小姐給府裡的各位小主子都送一點去，她們鐵定又該換副嘴臉了。」

寧櫻坐在銅鏡前，微微一笑。「奶娘明知她們豔羨，理會她們作甚？祖父、祖母不開口，不管誰上門要，我們充耳不聞就是了。」

「小姐說得對，老爺、老夫人都沒開口，大房、二房的那些人也蹦躂得太厲害了。」聞嬤嬤取下寧櫻頭上的簪花，緩緩說起今日哪些人過來問藥材之事，大房、二房的人來了好幾撥。

薛府送了藥材，之後便沒動靜，寧櫻專心跟著桂嬤嬤學刺繡，閒暇時做功課、練字，樣樣不落下。窗外寒風颯颯，大雪紛飛，屋裡暖意濃濃。寧櫻功課突飛猛進，夫子稱讚了她好幾回，寧櫻仍不驕不躁，好似陰狠的鷹，突然收斂了鋒利的爪牙，安安分分過起日子來。

由於佟嬤嬤受罰，寧靜芳被關禁閉，三房的人被老夫人免去晨昏定省，偌大的寧府，突然間安靜下來……

而府外，街道兩側高高掛起大紅燈籠，來來往往行人面露喜悅，臨近年關，街上處處洋溢著喜慶，朝廷休沐半月，初六上朝。

一年，不知不覺到了末……

佟嬤嬤挑了挑炭爐子裡的火，待火燃起來，越燒越旺，她鬆開手裡的鉗子，站起身，服侍老夫人起床。被罰後，佟嬤嬤日子不好過，府裡的下人們都是見風使舵的，見她遭了難，言語間頗有奚落之意，如果不是老夫人這兩日身子不舒坦，招她過來伺候，她估計還得繼續忍受那些人嘲弄的嘴臉。

「老夫人可覺得哪兒不舒服？明日去南山寺的行程要不要往後延？」上南山寺的臺階多，老夫人這般模樣，哪走得上去。

佟嬤嬤扶著老夫人坐起身，拘過細軟的緞面靠枕墊在老夫人身後，輕聲道：「七小姐年幼，說了什麼都是無心之舉，您別往心裡去。」

在榮溪園伺候的人，稍微風吹草動都會傳到她耳朵裡，佟嬤嬤知曉老夫人身子不舒服是為了何事。之前七小姐以為抓著六小姐短處，在老夫人跟前煽風點火，害老夫人當眾丟了面子，老夫人讓七小姐在屋裡息心靜氣，何時想通何時出來。七小姐不知悔改，陽奉陰違，忤逆老夫人的意思，前兩日更編排起老夫人的不是，大夫人心向著女兒，說話時頂撞了老夫人幾句，老夫人便身子不好了，太醫來開了藥，吃過也不見好，起初，佟嬤嬤以為老夫人是故意裝的，到跟前伺候才知老夫人是真的不舒服。

「府裡上上下下，多少人仗著年紀小為所欲為，她是府裡正經的嫡小姐，沒有養在外面，自幼嬌養長大，她竟抱怨我厚此薄彼，挑軟的拿捏。也不瞧瞧她是誰，以為我年紀大了，老眼昏花沒法子收拾她是不是？」一番話說完，老夫人吃力地喘了兩口氣，緩緩伸出手。

佟嬤嬤眼明手快地遞上茶几上的杯子，勸道：「七小姐性子直，沒有惡意，您身子不好，七小姐嚇得不輕，這兩日茶飯不思地抄經唸佛，求菩薩保佑您長命百歲呢！」

老夫人呷了口茶，輕哼道：「她是怕我死了，影響她的名聲，真以為我不知她想什麼？」

佟嬤嬤訕訕接過茶杯，不再多言。

「替我梳妝吧，過些時候屋裡就該來人了，這些日子，桃園的那位可安生？」喝了茶，老夫人身子好受不少，又想起始作俑者來。如果不是寧櫻，她何至於丟臉，寧櫻倒好，兩耳不聞窗外事，一心唯讀聖賢書，鬧得她不安生。

佟嬤嬤去梳妝檯上拿起梳妝盒，小心翼翼答道：「聽說極為安分，早上隨桂嬤嬤刺繡，下午在屋裡做功課、練字，去梧桐院的次數都少了，約莫是桂嬤嬤說了什麼，六小姐懂事了……」

「她可不是省油的燈，和她娘一樣不安生，反常即為妖，約莫想跟著一起去南山寺上香才安分下來的。」老夫人接過佟嬤嬤手裡的梳妝盒，打開盒子，從裡面拿出一小面鑲金邊的銅鏡。保養得宜的臉，眼角細密的皺紋散開，她撫著眼角的細紋，低聲道：「這幾日，皺紋好似越來越多了。」

佟嬤嬤順著老夫人頭髮，不動聲色道：「老夫人保養得好，看上去年輕著呢，走出去，大家誰不稱讚您容光煥發，光彩照人？」

老夫人聽著這話笑了起來，手從眼角滑至頭頂，感慨道：「年紀大了，不服老不行，瞧瞧，頭髮都白了。」

佟嬤嬤拿起梳子，輕輕梳理著半白的頭髮，安慰道：「您白頭髮不多，瞧瞧老奴，滿頭的白髮，最初幾年想方設法遮掩，如今，無論如何都掩蓋不住了。」

佟嬤嬤年紀比老夫人稍小，聞言，老夫人心裡熨貼不少。

不一會兒，外面傳來說話聲，老夫人命佟嬤嬤撤走梳妝盒，掀開身上的羊毛毯，端正身子坐著，最先來的仍然是柳氏。

幾十年如一日，掀開簾子，柳氏畢恭畢敬福身行禮。「母親起了，今日身子可舒坦些了？」

老夫人嘴裡輕哼一聲，神色淡淡道：「坐吧，成昭他們今日回來，妳都收拾好了？」

「兒媳吩咐人準備好了，母親放寬心即可。」

秦氏肚子爭氣，連生了四個兒子，柳氏雖貴為長嫂，寧府的長子卻不是從她肚子裡出來的，早些年老夫人對她不甚滿意，柳氏一直小心翼翼陪著，即便老夫人叫她管家，她也不敢太為難二房；而老夫人提及府裡的孫子，常掛在嘴邊的永遠是成昭，彷彿老夫人膝下只有一個孫兒似的。

老夫人神色稍霽地點了點頭，佟嬤嬤退出去，吩咐門口的丫鬟去廚房將老夫人的藥端來。老夫人身子不舒服，程老夫人掛念老夫人的身體，當天請了宮裡太醫入府為老夫人診脈，又送了好些珍貴的藥材。兩府退了親並沒生分，關係反而更近了。

外面，秦氏和一眾庶女緩緩而行，佟嬤嬤掀開簾子進屋，道：「二夫人和幾位小姐來了，老夫人，您身子骨兒不好，就在床上用膳如何？」

柳氏面色微變，手心一緊，擔憂老夫人的身體道：「母親身子不舒服，明日去南山寺會不會不妥？不如過兩日，待母親身子好了再說，離過年還有十來日，不差這一、兩日。」

柳氏懷疑老夫人的病情是裝出來的，這些年，老夫人生病可謂得心應手，她已習慣了，然而看老夫人面色蒼白，難掩病弱之姿，心中不安。老夫人被寧靜芳的話氣得一病不起，事情傳出去，寧靜芳的名聲便壞了，她還尋思著明、後兩年替寧靜芳挑門好的親事呢！

「母親，您的身子最重要，若您怕得罪了佛靈，不如兒媳帶著成昭和靜芳他們去南山寺上香，祈求明年寧府諸事順利，成昭、成德高中舉人。」

明年春闈，府裡好幾位少爺要參加，加上寧國忠能否更上一層樓也看明年事情是否順利，老夫人哪敢鬆懈，聲音和緩道：「沒事的，年年都去，今年不去的話說不過去，妳將馬車備好，明日一早動身。」

想到什麼，老夫人遲疑了下。「妳父親的意思，把三房的人也叫上，妳問問妳三弟妹和小六的意思，若她們不去就算了，不用勉強。」

柳氏點頭應下的同時，秦氏的說話聲近了，柳氏皺起眉頭，小聲提醒道：「母親身子不適，二弟妹說話小聲些，別吵著母親了。」

榮溪園一如既往的說說笑笑，而那片熱鬧，與寧櫻無關，坐了一會兒她便回去了。這些時日她跟著桂嬤嬤和夫子學習不怎麼愛出門，得知黃氏為寧靜芸的親事操碎了心，想去梧桐院看看。她記不得上輩子寧靜芸的親事是怎麼來的，只知道對方是寒門子弟，因是黃氏定下的，為此寧靜芸從未給過黃氏好臉色。

寧櫻想了一路，到梧桐院，屋裡傳來輕微的咳嗽。寧櫻耳朵高豎，身形一顫，不等通傳大步走了進去。「娘，娘，您是不是哪兒不舒服？」

黃氏坐在桌前，蹙著眉頭，咳嗽聲清晰，是坐在黃氏對面的寧伯瑾傳來的，寧櫻暗中鬆了口氣。

聽見聲音，黃氏抬起頭來，笑著招手。「娘身子好著，是妳父親偶感風寒。妳怎麼過來了？」

老夫人不待見她們，特許寧櫻和她不用去榮溪園請安，黃氏要處理田莊、鋪子事宜便沒去。

吳嬤嬤上前，解下寧櫻身上的披風，搬過椅子。寧櫻順勢坐下，當著寧伯瑾的面，她不好開門見山問黃氏情況，道：「好些日子沒過來陪您說說話，娘有沒有想我？」

黃氏溫溫一笑，不著痕跡收起桌上畫冊。「妳有桂嬤嬤和夫子陪著，娘心裡放心，想妳的時候過去看兩眼就是了。」

看寧櫻一臉愕然，黃氏笑道：「逗妳玩的，妳父親身子不適，妳隔遠些，別過了病氣。」

對面的寧伯瑾聽著這話，嘴角不住地抽搐。看黃氏收起畫冊，應該是不想當著寧櫻的面議論寧靜芸的親事，想了想，他道：「小六陪妳娘說說話，我出門轉轉。今日妳哥哥們該回來了，午時在榮溪園用膳，別忘記了。」

明年府裡的幾位少爺不管嫡出還是庶出都要參加春闈，今日回來就不再去書院了，而是在家溫習功課，讓寧國忠抽空指點一二。

寧櫻眼神微詫。「中午在榮溪園用膳嗎？我都沒聽到消息呢！」

黃氏抿唇。「約莫是榮溪園那邊給我送了消息，料定我會和妳說。上午可還要回桂嬤嬤那兒學刺繡？」

「不了，祖母身子不太好，是被七妹妹給氣得，娘說，我要不要將薛府送的藥材拿些出來，以表孝心？」寧櫻自己是捨不得的，聞嬤嬤與她分析過利弊，為博一個孝順的名聲，拿些藥材出來是好事，因此寧櫻想問問黃氏的意思。

黃氏臉上神色淡淡，語氣平平。「妳祖母一年四季生病的時候多，有一就有二，妳哪顧得過來？薛府的那些藥材往後有用到的時候，妳自己留著，平時熬湯讓聞嬤嬤加點藥材進去，補補身子。妳啊，有些瘦了，胖胖的才好。」

寧櫻不以為然，得到黃氏的應允，心中踏實，繼而問起寧靜芸的親事來。「姊姊知書達禮，娘可有適合的對象了？」

黃氏沒料到寧櫻忽然問起這個，驚訝道：「妳姊姊的親事，我與妳父親自會做主，妳別什麼都打聽，傳到妳姊姊耳朵裡又該生罅隙了。」

寧靜芸退親後，整個人面容憔悴許多，對誰都冷冷的，老夫人碰了幾次壁，對待寧靜芸也冷了許多。寧櫻不知此事對寧靜芸是好還是壞，便與黃氏道：「聽榮溪園的丫鬟說，年後，姊姊怕是要從榮溪園搬出來了，祖母吩咐人將我旁邊的院子修葺一番，要留給姊姊住呢！」

寧府不缺女兒，老夫人傲氣大，容不得人反駁她，才會想出這個法子冷落寧靜芸，若寧靜芸真的從榮溪園搬出來，府裡、府外少不得會起閒言碎語，勢必會影響寧靜芸的親事，說老夫人厭棄寧靜芸了。

上輩子，黃氏做了這個惡人，所以寧靜芸和老夫人關係相安無事；這輩子，黃氏不出頭，老夫人待寧靜芸究竟如何，一目了然。

黃氏吃驚。「妳聽誰說的？」

她一點風聲都沒有聽到，若老夫人真的想將寧靜芸攆出來，其中肯定還有什麼事，她和老夫人打交道的次數多，以老夫人的性子，利用寧靜芸一定會利用得透澈，這會兒寧靜芸的親事沒有著落，老夫人哪肯放過寧靜芸？

想到什麼，黃氏目光一沈，臉色發白。「老夫人為人強勢，妳姊姊又是個有主張的，這些年過的什麼日子可想而知。」

說完，黃氏眼眶泛紅，眼裡有淚打轉。

寧櫻以為黃氏會高興。寧靜芸搬來這邊，往後母女倆見面的次數多，久而久之，寧靜芸會明白黃氏的一番苦心，卻沒想到叫黃氏難受成這樣。

寧櫻遞上手裡的帕子，安慰道：「姊姊搬出來也好，往後可以常常來梧桐院看您，您該歡喜才是。」

黃氏搖頭，手撐著桌面，目光落在捲起的畫冊上。老夫人自私自利，這時候逼寧靜芸，無非想要寧靜芸順從她，然而，對這時候的寧靜芸來說，除了親事上能利用一二，還有什麼？想到這點，黃氏臉色驟變，猛拍了下桌子，震得桌上的茶壺、杯子咯噹響。

「我忍氣吞聲這麼多年，她真以為我怕了她？若她敢在靜芸的親事上動手腳，別怪我玉石俱焚。」黃氏咬著牙，臉紅脖子粗的，明顯是氣急了。

寧櫻好一會兒才明白過來黃氏話裡的意思。她覺得不太可能，寧靜芸在退親的事情上記恨所有人，老夫人不想養著白眼狼才將寧靜芸從榮溪園攆出來的，若中間還有其他事，不可能一點風聲都沒有。

但是看黃氏額上青筋直跳，寧櫻低下頭，手輕輕地在桌上畫著圈，思考黃氏話裡的意思，突然想起一件事來。上輩子她隨老夫人去南山寺上香，夜裡鬧賊，她差點被人殺了，其實那撥人起初並不是衝著她去的，他們一間屋子、一間屋子在搜尋什麼，其他人膽子小不敢開口，可她不怕，大喊救命，因此惹怒了那幫人，引來殺身之禍。後來翠翠替她擋了一劍，圓成師父叫來山裡的和尚，那幫人見大勢不妙，轉身逃了，她記得，她的房間在中間，寧靜芸在隔壁，賊人從左往右而來經過她的屋子，接下來，就該到寧靜芸的屋子……

聽黃氏說起，她覺得兩件事似有關聯，只是，暫時理不清楚其中關係。

若老夫人將寧靜芸攆出榮溪園，借此警告、威脅寧靜芸，難不成老夫人心裡已經為寧靜芸找好了親事？寧靜芸不答應，老夫人才藉故相逼？

回過神，黃氏正吩咐吳嬤嬤拿披風，她要出去一趟，寧櫻叫住黃氏。「娘，我去吧，若祖母真在其中做了什麼，您去反而不妥，我找姊姊問問。」

寧靜芸不是傻子，若老夫人勉強她，她都知道反抗，寧靜芸在老夫人身邊多年，哪會不清楚老夫人的性子？

寧櫻站起身，瞅了眼天色，白茫茫的天又飄起漫天雪花，鵝毛般的雪紛紛揚揚，好似要吞噬一切。

寧靜芸住在榮溪園的西側，入門處是扇淺粉金絲桃花大插屏，顏色明亮不失富貴，一瞧便知是老夫人送的。越過屏風，家具、擺設映入眼簾，桌椅、茶几顏色紋路一致，襯得屋裡整潔而溫馨，寧靜芸坐在窗戶下翻閱著書籍，蛾眉輕蹙，清麗精緻的眉眼縈繞著淡淡的輕愁，即使如此，寧靜芸依然美得宛如仙子。

她輕微咳嗽一聲，見寧靜芸抬起頭，她才緩緩走了進去，目光隨意落在她手裡拿的書上，語氣平常道：「娘說好些日子不見妳，放心不下，叫我過來瞧瞧。」

「看見了，妳可以回去了。」只一眼，寧靜芸便低下頭，繼續看她手裡的書，不肯多說一個字。

寧櫻並不覺得詫異。整個寧府都是會作戲的，明面上溫婉大方，親切隨和，私底下都是冷性子。

寧櫻拉出椅子，從容落坐，開門見山道：「老夫人是不是想為難妳？」

寧靜芸眼皮子都沒抬一下，聲音冷冷的。「祖母看著我長大，為難我作甚？怎麼，想和祖母作對？」

來的路上，寧櫻早料到會是這番情形。寧靜芸骨子裡比誰都無情，上輩子，黃氏病重，為了不拖累她，將她的親事定在前面，生怕自己走後，寧靜芸守孝三年耽誤了出嫁。寧靜芸沒有絲毫感激，除了歸寧那日，回來的次數屈指可數。黃氏心心念念的便是她在夫家過得好不好、身上有沒有銀子？那時候的黃氏說話都很艱難了，寧櫻出門找寧靜芸，請她回來看看黃氏，得來的便是如現在的冷臉。

秋水死得不明不白，她向寧靜芸求助，最後不了了之。這些日子，她甚少想起上輩子那些傷心事，然而此時，那些難過的記憶源源不斷湧向自己，伴隨著難以名狀的憂傷。

「老夫人暗地為妳相中一門親事，對不對？妳自幼和老夫人親近，關係到自己的終身大事妳還是多想想，不是娘放不下，我也不會來，妳好自為之吧！」寧櫻本想好好和寧靜芸說話，可兩人單獨在一起，她才知曉其中的艱難。沒錯，她心裡是恨寧靜芸的，黃氏嘔心瀝血，從來沒有得到寧靜芸一聲感謝，有的只是冷嘲熱諷，如此想著她便站起身子欲離開。

書上的手動了動，寧靜芸抬起頭，臉色不太好看，沈眉道：「妳知道什麼？」

寧櫻心裡沒底，瞎猜的而已，但看寧靜芸眉頭皺得死死，有水波流轉的眸子凝出一抹濃濃的戾氣，寧櫻知道她猜對了，老夫人果然暗地給寧靜芸相中一門親事，不知為何沒有聲張，而是想寧靜芸做主，自己應下。

「我知道妳不想任何人幫助妳，正好，我也沒這個心思，要麼順老夫人的意，要麼搬出榮溪園從此在親事上矮別人一頭，妳自己琢磨吧！」說完，寧櫻毫不遲疑走了出去。黃氏幫過寧靜芸太多，在寧靜芸眼中一切都是黃氏自找的，寧櫻想讓寧靜芸看清楚，她不開口向黃氏求助，黃氏坐視不理，任由她自生自滅是什麼下場？

寧靜芸面色一白，揚起手，順手將書扔了出去，不偏不倚，打中寧櫻的後腦勺，疼得寧櫻驚呼一聲，轉頭，惡狠狠瞪著寧靜芸。「吃裡扒外，恩怨不分，知道嗎，說的就是妳！妳總自以為是、自私自利的窩裡反，睜開眼好好瞧瞧，整個府裡，誰才是真心為妳好？別被人賣了還替人數錢！」

不知為何，寧櫻止不住鼻子發酸，想到上輩子黃氏付出的一切，她恨不能上去搧寧靜芸兩耳光，頓時眼眶通紅，竟是哭了出來。

寧靜芸似乎沒料到她會有這樣的反應，怔怔地僵在原地，半晌才反應過來，局促不安地站起身，別過臉，不自然地解釋道：「我沒想拿妳出氣，妳回去吧，我的事誰都幫不了。」

見寧櫻捂著頭蹲在地上，哭聲漸大，寧靜芸擔心真傷著她了，走上前將她從地上拉起來，認真盯著她後腦勺，濃密烏黑的頭髮擋得嚴嚴實實，哪有受傷？不過，她說話的語氣和緩不少。「我用不著誰擔心，妳回去吧！」

寧櫻想，若不是看在黃氏操勞的分上，她不會理這些糟心事。掏出手帕，擦了擦眼角的淚，站起身，視線與寧靜芸齊平。「娘說，她有法子幫妳，只看妳願不願意。」

薑果然是老的辣！在外人看來寧靜芸是受了退親的影響，再加上老夫人藉著寧櫻跟桂嬤嬤學習為由，免去三房所有人的晨昏定省，因此旁人難以察覺寧靜芸實則是受到逼迫。

有什麼在腦子裡靈光一閃，寧櫻喃喃道：「老夫人是不是想妳給程世子做妾？」

老夫人想利用寧靜芸的親事而不敢將消息透露出來，要麼對方的身分登不上檯面，要麼是要寧靜芸給人做妾，前後聯繫，後者可能性更大。程雲潤紙醉金迷、窮奢極欲，起初和寧府結親本是衝著寧靜芸容貌而來，誰知寧府提出退親，煮熟的鴨子飛了，程雲潤心有不甘，而程老夫人對孫子有求必應，為了討孫子歡心，不擇手段將寧靜芸弄進府中做妾也未可知。

但是寧國忠心懷抱負，誓死不會讓府裡的嫡女出門給人做妾，老夫人深知這點，不敢光明正大讓寧靜芸去清寧侯府做妾，才威脅寧靜芸，妄想偷偷拿捏她。

至於毫無聲息讓一個嫡女給人做妾，有什麼比兩人珠胎暗結更省事的法子？

寧櫻突然明白，南山寺香火鼎盛，常有官員家眷誦經唸佛，尋常百姓不敢貿然踏入後山，那晚卻偏有一撥歹人，她遭了無妄之災，其實那些人是衝著寧靜芸去的，目的是擄走寧靜芸，壞其名聲。

誰派去的人，不言而喻。

寧靜芸緊抿著下唇，如扇的睫毛輕微顫動，蓋住眼底一片晦澀。她記事起便搬來榮溪園，老夫人待她極好，噓寒問暖、視如己出，有人送了好吃的、好玩的，老夫人首先想著的便是她，沒承想有朝一日，自己心裡最敬重的人，會逼迫她做低聲下氣的妾室。

兩人靜默不言，兀自想著事，唯有風吹動書頁沙沙的聲響。寧櫻撿起地上的書，重新落坐，直到外面走進來一個丫鬟，出聲打破屋裡的沈默，兩人才相視一眼，視線交會，下一刻又各自別開了臉。

「老夫人說六小姐極少過來，既是來了便去正屋陪她說說話，五小姐一併過去。」柔蘭站在屋裡，下頜微微抽緊，清秀的臉隱隱帶著急切。

柔蘭是老夫人給寧靜芸的人，此番打斷兩人說話，應該是清楚寧靜芸的境況，怕寧靜芸和她說了什麼。寧櫻突然明白為何黃氏說起寧靜芸會紅了眼眶。寧靜芸這樣子和寄人籬下沒什麼區別，討了老夫人歡喜就得兩個甜棗，討了老夫人厭惡就得受冷落。寧靜芸心裡應該是隱忍的，這件事情上，寧靜芸可以偷偷告知寧國忠，寧國忠乃一家之主，有法子約束老夫人，可寧靜芸毫無動靜，顯而易見，老夫人在這件事上做得滴水不漏，寧靜芸沒有證據。

寧櫻放下手裡的《孝經》，重新審視寧靜芸一眼。《孝經》多為教導人的行為準則，在家孝順父母，友善兄弟姊妹，而非叫人愚孝，盲目聽從，她以為寧靜芸該絞盡腦汁逃出老夫人手掌，沒承想，她是拿《孝經》說服自己。

寧櫻擦擦眼角，臉色恢復如常，隨手翻了兩頁，不經意地解釋道：「天寒地凍的，我娘擔心姊姊的身子叫我過來瞧瞧，正準備去給祖母請安。柔蘭，妳妝容素淨些真好看，我都差點沒認出來。」

柔蘭愣了愣，心底沾沾自喜，面上卻不敢表現得太過，怕被寧靜芸責罰，躬著身子，羞澀地笑道：「五小姐才是府裡的美人，奴婢望塵莫及。」

心思倒是轉得快，寧櫻暗中冷笑，喚金桂進屋替她整理妝容，和寧靜芸一塊兒去正屋見老夫人。

第十五章

屋裡瀰漫著淡淡的中藥味，和上次老夫人裝病故意熬出來的藥味不同，這次味道裡帶著濃濃的苦味，老夫人是真的生病了。

越過屏風，寧櫻抬頭望去，老夫人富貴端莊地坐在羅漢床上，轉著手裡的佛珠，對著一本書輕聲低喃，唸唸有詞。

寧櫻矮了矮身子。「櫻娘給祖母請安，聽說祖母病了，吃了藥可好些了？」

寧櫻和老夫人不甚親近，站在梨花木的圓桌邊不再往前，她感到寧靜芸的步伐停滯了下，隨即徑直走向床邊。

一雙精明的眸子緩緩睜開，溫和慈祥的面龐甦醒過來，整張臉散發著老者的睿智與算計，如一粒砂石攪弄一汪靜水，使其有了活力。「靜芸和小六來了。祖母沒什麼大事，年年寒冬，總會病一、兩回。有些日子沒見，聽說妳功課進步許多，早上妳大伯母還和我說夫子稱讚妳呢！」

「夫子抬愛，她教得好，櫻娘不過按部就班地學而已。」寧櫻站直身子，溫柔地回答，舉手投足間沈穩許多。

老夫人忍不住多看了兩眼，伸出手，寧靜芸識趣地扶著老夫人坐起身，拿起她手裡的佛珠，轉身放到平日裝佛珠的盒子裡，動作沒有絲毫停頓，好似她已做慣了這些事。

老夫人的目光落到寧櫻發紅的眼眶上，輕輕蹙起眉頭。「怎麼哭過？是不是誰欺負妳了？」

寧櫻心中了然。老夫人在寧靜芸身邊安插了人，她哭的事早有人告訴她了，寧櫻嘴角噙笑，大大方方道：「一天比一天冷，母親擔心姊姊思慮重不注意保暖，叫我過來瞧瞧。誰知，一言不合，起了爭執，櫻娘被書砸了下，疼得憋不住才哭了起來。」語氣含著埋怨，黑白分明的眸子瞪了寧靜芸一眼，還在記仇似的。

老夫人轉頭，眼神責備地看著寧靜芸。「妳近日心情不好，祖母能理解，小六關心妳，妳好好和她說就是，何須動手？不知情的以為妳動手教訓她，傳到妳母親耳朵裡，又該惹她擔心了。」

寧靜芸轉過身，挨著老夫人坐下，乖巧地低下頭認錯。「靜芸知道錯了，靜芸住在榮溪園多年，凡事有祖母照應，一年四季甚少生病，母親瞎操心罷了，妹妹說話直，我一時衝動砸中她，已向她道過歉了。」

老夫人欣慰地拍拍她的手。「姊妹間哪有什麼深仇大恨，妳是長姊，多讓著她。」

「是。」

祖孫倆旁若無人地閒話家常，寧櫻想起一件事來，出聲打斷她們的祖慈孫孝。「明日祖母去南山寺上香，櫻娘能否也去？整日在府裡唸書、寫字、刺繡，出門轉轉也好。桂嬤嬤說皇上、皇后偶爾也會去南山寺禮佛，甚是靈驗，櫻娘也想去拜拜。」

被人打斷，老夫人心下不喜。這些日子去南山寺禮佛的多是京中達官貴人，若寧櫻在外面胡鬧丟了寧府的臉，得不償失，老夫人不是沒有成算的，不過，面上仍溫和道：「妳祖父也和我說了這事，我讓妳大伯母問問妳母親的意思，有空便一道，住兩日就回來。」

「有空、有空，正好桂嬤嬤要回薛府辦點事，櫻娘有空的。」

寧櫻忙不迭地點頭，聲音略微大了些，如點漆的眸子熠熠生輝，和五、六歲得到糖吃的小孩子似的，老夫人無法，只得應下。

待人走了，老夫人回想寧櫻的舉動，由佟嬤嬤扶著起身朝外面走，垂眼問道：「我瞧著今日小六倒是聽話得很，妳說她心裡打什麼主意？」

寧櫻在桃園安安分分這麼久，出來開口第一件事就是要去南山寺，沒有貓膩，老夫人不信。

佟嬤嬤扶著老夫人，命兩側的丫鬟掀起簾子，正猶豫著如何答話，便聽老夫人又道：「她啊，比她娘厲害多了，她娘以前張揚急躁，她可是個能安靜的主兒，韜光養晦再一擊即中，妳說，我不答應她，她會如何？」

老夫人不太想帶寧櫻出門，一則寧櫻教養不好，丟她的臉；二則，寧櫻天不怕、地不怕，做事隨興沒人管得住，哪怕殺敵一千、自損八百，寧櫻也絕不退縮，與這種人打交道，勝算不大，老夫人不喜歡；三則，她擔心她謀劃之事生變，事情傳開，寧府上下名聲沒了不說，寧國忠絕不會饒她。

佟嬤嬤別的不清楚，但和寧櫻打交道的這幾次來看，老夫人不答應，寧櫻明日也會自己想法子去南山寺，故而道：「念在六小姐幼時在外吃了許多苦，老爺疼愛她多些，您不答應，六小姐稟明老爺，明日也是能去的。」

老夫人想到這個，心生惱怒，咬牙切齒道：「她是命好，小時候有她娘護著，大了又入了薛小太醫的眼，不把我這個當祖母的放在眼裡。」

佟嬤嬤不知怎麼接話，索性不開口。服侍老夫人多年，她心裡有數什麼話該說、什麼話不該說，便笑了笑，指著院外的景致道：「昨日三爺送了盆臘梅過來，說是苦寒香，花朵遲遲不開，神奇得很，老奴差人擱屋裡放著。」

老夫人眉目舒展，聞言，打趣道：「苦寒香，自是經歷過苦寒才會盛開，屋裡暖和，它哪會綻放？我不過偶感風寒，又不是臥病在床不能動彈了，妳吩咐人抬出來安置在院子裡，說不定過明日就開花了。」

佟嬤嬤點頭稱是。「老奴知識淺薄，不明白這些，難怪三爺聽了老奴的話後搗嘴偷笑，約莫是笑話老奴粗鄙不懂賞花呢！」

提起自己小兒子，老夫人心情好了不少。「他啊，看著也不阻止，下次，該好好說說他。」

老夫人和佟嬤嬤繼續聊賞花的事情。

寧櫻回到梧桐院，便聽黃氏說拒絕了柳氏的邀請，明日不去南山寺。

寧櫻撇著嘴，道：「我和祖母說過了，明日一塊兒去南山寺，娘這些日子累得不輕，去南山寺散散心也好，整日悶在府裡，心情都不太好了。」

黃氏侍弄寧伯瑾端回來的一盆花，因枒杈紛亂，她握著剪刀，喀嚓喀嚓把多餘的枒杈剪了。

「娘還有事情做，妳想去就隨她們一起。妳見著靜芸了，她怎麼說？」

黃氏心思轉得快，她以為老夫人有另一番盤算。老夫人娘家姓余，在京城微不足道，比不得寧府，老夫人想把寧靜芸嫁去余家，抬高余家的身分；且寧靜芸嫁妝豐厚，銀錢上能幫襯余家一二，余家子孫中，還沒有出仕為官的，若余家想要拿寧靜芸的銀錢捐一個小官為子孫鋪路，老夫人這番打算就說得過去了。

寧櫻喜笑顏開，杏臉桃腮，竟是比手邊的花兒還要燦爛幾分。「姊姊說我們想多了，是她提出要搬出來的，您不在府裡，她住榮溪園沒什麼不妥，您回來她若繼續住下去，外人就該嚼舌根說祖母挑撥姊姊和您的關係了，兩相權衡，姊姊才向祖母提了這事。」

黃氏狐疑地看著寧櫻，對她的話有所保留。老夫人是何性子她再清楚不過，這番話，老夫人瞞得過寧櫻，卻瞞不過她，除非外面有風聲進來，否則，老夫人不會放過寧靜芸的。

不過，黃氏沒有繼續這個話題，繼而說起其他，道：「明日妳既是要去，叫聞嬤嬤多準備兩身衣衫；南山寺沒有炭火，吩咐聞嬤嬤備足了，記得多帶兩個丫鬟，金桂、銀桂跟著，再把翠翠也帶上。」

寧櫻眼神一暗，頓了頓，緩緩道：「翠翠就不去了，院子裡還有事要她做。」若有可能，她不想任何人因為她沒了命，即使受傷，她也會愧疚，翠翠不去是好的。

「那再帶兩個粗使丫鬟。妳祖母說是住兩日，怕年前才會回來，好生照顧自己，別生病了。」黃氏細細叮囑。

出發那日，寒冬的天，被雪花鋪灑成茫茫白色，冷風呼嘯，吹得簾子沙沙作響。寧櫻蜷縮在馬車裡，蓋著毯子，昏昏欲睡；寧靜彤和寧靜芸坐在旁邊，大眼瞪小眼沒有話說。寧靜彤從小到大對這個嫡姊有些害怕，月姨娘也叫她躲著寧靜芸，別得罪她。

這會兒共處一車，寧靜彤渾身不自在，看寧靜芸不緊不慢翻著書，她遲疑著湊上前，小聲道：「我知道這本書，夫子教六姊姊的時候靜彤也在。」

寧靜芸臉上的表情淡淡的。「是嗎？妳六姊姊知曉書裡的意思？」

寧靜彤點頭，隨即又搖頭，發現寧靜芸並未抬眸看她，小心翼翼道：「六姊姊說有的知道、有的不知道，不過很快她就會全部知道的。」

寧靜芸神色一滯，抬眼看了寧靜彤，又看向旁邊側躺背對著她的寧櫻，紅唇微啟。「是嗎？」

寧靜彤重重點了點頭。「是，六姊姊很厲害的，夫子誇她，桂嬤嬤也誇她，說六姊姊少有的聰慧呢！」

聰慧？寧靜芸心下不屑。十二歲啟蒙，有什麼值得好吹噓的，冷聲道：「妳別怕，等妳十二歲開始學習，夫子也會誇妳進步神速、聰慧動人的。」

寧靜彤懵懵懂懂點了點頭，看寧靜芸和她親近，往寧靜芸身邊湊了湊，又道：「這本書說了要孝順父母，可是六姊姊說父母錯了要糾正，夫子說六姊姊說得不對，六姊姊和夫子還吵了一架呢！」

「哦？」寧靜芸不知還有這事。「誰贏了？」

「當然是六姊姊，不然夫子怎麼誇她聰慧呢？《孝經》裡有許多話，六姊姊都說是錯的。」

寧靜芸眸色沈重，低下頭，望著黑色字體，若有所思。

聽著兩人的對話，寧櫻微微睜開眼，並不出聲。寧靜芸瞧不起她，她早清楚，不只寧靜芸，府裡許多人都看不起她，十二歲啟蒙在外人聽來難以啟齒，她卻認為沒有什麼。有的人目不識丁，為人忠厚善良；有的人飽讀詩書，做的卻是些狼心狗肺之事，評判一個人好壞，從來不是看一個人讀過多少書，而是他做過什麼事。

馬車顛簸，搖搖晃晃到了南山寺山腳，一行人都要下車走路，老夫人身子不太好，備了轎子。寧櫻牽著寧靜彤，一步一步往上面走，這是寧靜彤第一次來南山寺，眼睛到處看，走了一會兒就走不動了，寧櫻半拖著她往上。

身後，傳來寧靜芳的奚落聲。「自己走不動還帶個拖油瓶，六姊姊對彤妹妹真是好。」今日府裡來的人多，柳氏求老夫人把寧靜芳帶上，否則外人看見了，少不得說三道四，暗中揣測壞寧靜芳的名聲，老夫人看柳氏這些日子孝順，才點頭應允。

寧櫻轉過身，見寧靜芳身後跟著兩名男子，反唇相稽道：「彤妹妹年紀小走不動乃情理之中，倒是七妹妹，是不是在屋裡閒散久了，身子骨兒不好，否則，怎麼走在我與彤妹妹的身後去了？」

寧靜芳身後是兩位哥哥，想來知曉自己有幫手，寧靜芳才這般有恃無恐。

寧靜芳氣得嘴角顫抖，轉身向左側的男子撒嬌，誰知，男子並不上當，反而板著臉訓斥她。「彤妹妹年紀小，妳年紀稍長，該友愛姊妹才是，奚落作甚？」

寧靜芳撇嘴，吸了吸鼻子，一副泫然欲泣的模樣。

寧櫻拉著寧靜彤繼續往上走，等寧靜彤真走不動了，就將她給奶娘抱著，走走停停，一行人竟是寧櫻最先到後山。

一改上回的清靜，這會兒裡面熱鬧著。圓成師父守在大門外，半閉著眼，不知是睡著了還是裝睡。寧櫻提著裙襬走過去，一路上來，裙襬被露水打濕，略顯沈重，寧櫻順了順被風吹亂的髮髻，盈盈上前，手輕輕點了點圓成師父肩頭，細聲道：「圓成師父，我又來了。」

圓成抬起頭，站起身，雙手合十道：「方才府裡管家來過了，寧府諸位夫人、小姐住西側的院子，小姐過去就是。」

寧櫻點了點頭，這安排和上輩子並無出入。「多謝圓成師父。」

西側的院子大，滿院積雪，樹葉被覆蓋得看不見影子，寧櫻沿著走廊走向最左邊，枯萎的藤蔓中有一道拱門顯現出來，不過積雪厚重，蓋住了上面的字。聞嬤嬤抱著乾淨的枕被出來，問寧櫻住哪間屋子？正屋是老夫人居住的無疑，旁邊是柳氏和秦氏。

寧櫻指著最左邊的屋子，往後移動一些。「左邊第二間屋子，我與姊姊、彤妹妹一間。」

聞嬤嬤沒有多想，點頭領著丫鬟去屋裡打掃。

寧櫻想了想，道：「東西放第二間，先去打掃左邊第一間屋子。」

聞嬤嬤不解，看寧櫻面上含笑，頓了頓，沒有多問，依言打掃第一間去了。

不一會兒，老夫人也到了，寧靜芸和寧靜芳她們落在最後面。

看寧櫻的下人清理屋子，寧靜芳掩面驚呼道：「六姊姊怎麼能擅作主張？宅子小，不管什麼分配都該祖母發話才收拾，妳悶聲不響占了屋子，我們怎麼辦？長幼有序，祖母發了話，還有我娘和二嬸，過了五姊姊才輪到妳呢！」

老夫人在主屋的椅子上坐下，聽寧靜芳大吵大鬧，面上已有不悅之色，但是，對寧櫻的行徑也極為不喜，沈聲道：「什麼事值得大驚小怪，小六既然想住左邊屋子，由著她就是，剩下的屋子多，靜芳選其他的。」

寧靜芳不滿，咕噥道：「左側有道拱門通往外面的院子，我甚是喜歡，君子成人之美，六姊姊怎麼能這樣？」

寧靜芳凡事喜歡與寧櫻作對，說話的時候她已四下打量過了，拱門通向外面，風景好，她才不願意讓給寧櫻呢！

老夫人撫額。坐轎子上山，一路顛簸得厲害，這會兒頭暈乎乎的，不愉快地道：「小六，妳凡事讓著下面妹妹們，既然妳七妹妹喜歡，妳讓給她，妳住旁邊就是。我也乏了，妳們各自忙，下午去寺裡聽住持誦經，不可懶散。」

老夫人不喜寧櫻的做法，因而才讓寧櫻將屋子騰出來。

寧櫻咬著下唇，一臉委屈，寧靜芳頭一昂，說不出的得意，挑釁地笑了笑。「多謝六姊姊請人打掃我的屋子，如此的話，我先進屋休息了，畢竟下午還要去寺裡拜見住持呢！」

寧靜芸看寧櫻臉色不對勁，冷著臉嘲笑道：「自作自受，沒問過就打掃，活該被人搶了去。」說完這句，她挑了離老夫人近的屋子，吩咐丫鬟進屋收拾，抬腳準備離開。

寧櫻臉上沒有絲毫不快，半垂著眼，叫住寧靜芸。「姊姊，妳與我一間屋子，上回來也是我倆一間屋子，換了人，我怕不適應。」

寧靜芸想開口反對，但看寧櫻抬眉望著主屋意有所指，沈思片刻，不樂意地點頭。以寧櫻的性子，若她不答應，估計又要去叨擾老夫人，寧靜芸不想來寺裡第一天就惹老夫人動怒，只好應下。

如此，寧櫻、寧靜芸、寧靜彤一間屋子，寧靜芳自己一間屋。

下午，去寺裡拜見住持，遇到好些京中貴婦，老夫人打起精神與人寒暄，柳氏全程陪著笑臉，連秦氏臉上的笑都多了許多。年初和年底來南山寺禮佛的人多，若想結交誰，南山寺是個好地方。

天至傍晚，寧櫻已認識不少人，不過老夫人不喜她，並未讓她去跟前，約莫是怕丟臉，寧櫻安安靜靜待在角落，樂得清閒。

山裡風漸大，回到院子，老夫人把她們叫去屋裡說了一會兒話。這兩日南山寺的達官貴人多，提醒她們別丟了寧府的臉面，說這些話的時候，老夫人有意無意望著她，寧櫻當不懂，不以為意。

天色暗下，院子恢復了靜謐，呼呼的風聲吹過樹梢，偶有雪墜地激起啪的聲響，饒是如此，四周亦萬籟俱寂。

屋裡燃了兩盞燭火，寧靜芸坐在桌前，翻閱著手裡的《孝經》，神色專注，側顏嬌美，映著暈黃的光，染上了幾分淡淡的朦朧。

難怪程雲潤迷了心。寧靜芸的容貌，值得程雲潤神魂顛倒，約莫是自己看得久了，寧靜芸望了過來，寧櫻回以一個笑，看床裡側的寧靜彤睡著了，她掀開被子，輕手輕腳地下地。

屋外一片漆黑，樹影晃動，彷彿猙獰恐怖的人，有些瘆人，寧櫻掩上窗戶，屏退門口的丫鬟折身回來，兀自在桌前坐下，掃了眼寧靜芸翻閱的內容，輕聲道：「妳是不是以為老夫人要妳給程世子做妾，是為了祖父的前程？」

兩府聯姻，若只有一方獲利，另一方哪會答應？像她們這種人家，只有真心為孩子考慮的人家才會在親事上放寬條件，門當戶對，自古以來都是看重門第的。

寧靜芸眉梢微動，語氣低了許多，約莫是怕隔牆有耳，傳到老夫人耳朵裡去，啞著嗓音道：「我自己的事自己會處理，祖母那邊我有應對之策，等祖父入了內閣，祖母不會繼續逼我。」

寧靜芸想，只要她熬，熬到明年寧國忠的官職定下就好了。

寧櫻嗤之以鼻。不知老夫人對寧靜芸做了什麼，竟讓寧靜芸如此忠心耿耿護著她？寧櫻站起身，推著椅子去了門邊，落下門閂，又擱置兩張椅子擋著，擔心不牢固，又將牆角的抽屜搬過來。

做完這些，她才重新回到桌前，傾著身子朝燭檯輕輕吹了口氣，頓時，屋裡黑了下來，寧櫻小聲地譏誚道：「妳敬重孝順的祖母，今夜有份禮物給妳，不想看看嗎？」

寧靜芸心裡對老夫人存著怨氣，不過她做事穩妥不會輕易表現出來，又或者擔心有朝一日寧櫻挑唆兩人的關係。寧櫻不明白寧靜芸是裝得雲淡風輕還是有其他想法？黑暗中，她雙手交握，趴在桌上，小聲道：「等著，半夜有驚喜。」

寧靜芸死死皺著眉，合上書，靜靜坐著，一言不發。

萬籟俱寂，偶有細碎的腳步聲傳來，伴隨著丫鬟的耳語，寧櫻手撐著腦袋，回想上一世，那些人是何時來的，結果竟昏昏沈沈睡了過去。

半夢半醒間，聽到外面傳來窸窸窣窣的腳步聲，寧櫻精神一振，陡然睜開了眼，手輕微動了動桌子，察覺桌前坐著的寧靜芸不見了，她摸黑走到床邊，想搖床榻上的人，手伸至半空，便聽寧靜芸小聲道：「我聽到了，妳想說什麼？」

「外面來了人，半夜三更，衝著妳來的。」寧櫻坐在床前，察覺寧靜芸坐了起來，她側著耳朵，細細聽著外面的動靜，先是一聲驚呼，隨即是嗚咽的哭聲。

混亂中，一道低低的聲音傳來。「在隔壁，她們在隔壁。」

在危險面前最能看出一個人的品行。寧靜芳貪生怕死，出賣了姊妹，寧府嬌養出來的小姐不過爾爾。

沒多久，門被人從外面輕輕撞了下，門閂有些鬆動，寧櫻看時機差不多了，不疾不徐點燃蠟燭，有兩個黑色的身影趴在窗戶邊，似是要破窗而入。寧櫻大喊了聲捉賊，話聲落下，門被人從外面撞擊了下，木門微微晃動，接著又是第二下。透過門縫，寧櫻看清楚來人，即使隔得有些久遠了，寧櫻仍然記得他，上輩子，握著劍刺向自己的男子，面貌粗獷、賊眉鼠眼、身形壯碩，此時，他正皺著眉，後退一步，一腳踢開木門。

他朝外說了聲「在這」，頓時，門口湧來好幾名男子。

寧櫻回眸瞥了眼床榻上的寧靜芸，見她蒼白著臉，不知所措，寧櫻想她應該是明白了，老夫人要藉由這個法子將她送人。她總認為黃氏拋棄了她，老夫人待她真心實意，如今真相攤開，寧靜芸心裡該有自己的想法，她出神的瞬間，一行人已走了進來，寧櫻不覺得害怕，竟笑逐顏開。

為首的男子心知不妙，正欲呵斥人退出去，只感覺背後陰風陣陣，未能反應過來，咯噹一聲，人被一腳踢開，撞向牆邊，緊接著，耳邊傳來撕心裂肺的哭喊聲。

「圓成師父，我與你說過，偌大的南山寺後山只有你一人看守會讓人有機可乘，瞧瞧，我說的話應驗了？」寧櫻巧笑倩兮，眉梢盡是小女兒家的天真。

「六小姐心思敏銳，能察常人所不察，妳的話，圓成自然是信的。」說話間，圓成師父一身青衣長袍走了進來，望著地上的男子，雙手合十道：「阿彌陀佛。圓成守山多年，竟是頭回遇到賊，不過有生之年能遇到這麼一回，也算是冥冥之中注定的緣分。」

寧櫻嘴角抽搐。地上為首的男子還未反應過來，屋外便湧進來一幫黑色衣衫的侍衛，男子心知不好，眼明手快爬起身，以迅雷不及掩耳之勢衝到寧櫻跟前，伸手欲抓住寧櫻威脅眾人。電光石火間，又一陣冷風起，寧櫻不由自主哆嗦了下，男子脊背生寒，驚恐地轉過頭……

只聽喀嚓一聲，男子應聲倒地，脖子間，利箭入喉，當場斃命。

寧靜彤被吵醒，睜開眼見著這幕，害怕地哭喊起來。寧靜芸怔怔地撫著她的肩膀，盯著倒地不起的男子，面色又白了兩分。

事情發生得太快，寧櫻驚魂未定，眉頭緊鎖地看著地上的男子。院子裡漸漸亮起光，寧櫻有些許無措。傍晚時分，她和圓成師父說過夜裡可能發生的情形，她的目的簡單，要寧靜芸看清老夫人的真面目，待黃氏好些，她沒想過要殺人。

男子的血流出，流至寧櫻腳邊，猩紅的血暈開，分外醒目，她張了張嘴，想說點什麼，只聽屋外聞嬤嬤驚呼一聲，差點暈了過去。

金桂面色慘白，尖叫地跑上前，擋住了她的目光。「小姐，您沒事……」

兩名男子彎腰抬著歹人往外面走，血順著歹人的脖子流下。寧櫻搖著頭，摀嘴背過身，嘔吐起來。

為首的男子遭了殃，剩下的被當場活捉。圓成師父回眸，朝漆黑的夜空搖了搖頭，佛門腳下，殺生不太好。黑暗中，並未得到回應，圓成無奈地唸了聲阿彌陀佛，轉過身望著屋裡情形。

寧櫻嘔吐得厲害，伴隨著劇烈咳嗽，有丫鬟、婆子清掃屋子，一時之間，屋裡鬧烘烘的。

「怎麼回事？」老夫人站在屋外，肩頭隨意披了件襖子，花白的頭髮散落在肩上，看得出來是受到驚醒而匆匆趕來。

圓成師父站在旁邊，雙手合十道：「院子裡來了歹人，驚著諸位小姐，是圓成的失職，還請老夫人見諒。」

老夫人目光一滯，臉色冷下來。「是……是嗎？南山寺名聲在外，乃佛門清淨之地，不知誰這般沒有眼力，敢來南山寺生事？」

老夫人面目端莊，若細看，可以發現沈穩的臉上閃過一絲慌亂。「人可抓到了？」

圓成想了想，沒有回答，老夫人暗地鬆了口氣。看此情形，應該是沒有抓到，她來時看見許多人往外面走，約莫是見情勢不妙逃了。細看地上的血跡，她不忍地別開視線，見寧櫻被金桂擋著身子，咳嗽得厲害，她下意識以為寧櫻受了傷，聲音不由得高了起來，一臉擔憂。「小六、小六，妳傷著哪兒了？」

寧櫻腦子裡滿是男子倒地瞪大眼、難以置信盯著她的那一幕，想著不由自主地又開始嘔吐，竟是把晚上吃入腹中的食物全吐了出來。

聞嬤嬤已回過神，心疼不已地拍著寧櫻後背，一邊抹淚，一邊安慰寧櫻道：「小姐別怕，沒事了，往後奶娘守著您，哪兒也不去。」

夜裡安排了守夜的丫鬟，寧櫻嫌人多，將所有人都打發了，沒承想，最後變成這樣子。聞嬤嬤心裡難受，看寧櫻吐得差不多了，吩咐金桂端水讓寧櫻漱口，扶寧櫻躺下，眼眶紅紅的。

「奶娘，我沒事，只是……被嚇著了而已。」她沒想到，上輩子差點取她性命的人，這輩子會猝不及防地死在她跟前，她想到那支箭，目光在屋裡察看起來。

圓成師父會意，開口道：「小姐若沒什麼事，圓成先去寺裡，茲事體大，得告知住持，叫他加強戒備。臨近年關，若寺裡出了事，圓成難辭其咎。」

寧櫻躺在床上，寧靜彤趴在她身上，用力地摟著她。「六姊姊，我怕。」

「不怕，六姊姊陪著妳。」

幾乎院子裡所有的人都被驚動了，寧靜芳躲在角落裡，髮髻凌亂，緊緊裹住身上的衣衫往柳氏懷裡躲，而老夫人臨危不亂，靜下心，在桌前的椅子上坐下，轉著手腕的玉鐲，溫和道：「事情乃意外，南山寺也沒料到會發生這種事，圓成師父稟明住持即可，心裡別太過自責，小六沒有大礙，我心裡就放心了。」

屋裡的血跡已被清掃乾淨，然而鼻尖仍能聞到重重的血腥味，寧櫻心頭不適，叮囑聞嬤嬤道：「再收拾間屋子出來，待會兒我們搬過去。」

男子想拿她威脅人才被人射殺了，寧櫻不會對要殺她的人心生憐憫，可憐之人必有可恨之處，她不會同情那種人。

視線暗暗落在圓成身上。今晚的人應該是都抓到了，有老夫人的把柄在手裡，往後做什麼都不用再看老夫人臉色，至少，她不敢為難她們。

柳氏和秦氏面色凝重。兩人住在一間屋子，睡得迷迷糊糊，外面傳來喊叫聲，聲音一聲大過一聲，最後轉為女子的哭泣，聽聲音的方向，兩人心知不好，沒想到會死人。

大過年的，死人不吉利。

「夜裡我讓幾個婆子守著，小六好好睡一覺，明日去寺裡多上兩炷香，菩薩會保佑妳的。」柳氏抱著寧靜芳，看向老夫人道：「靜芳嚇得不輕，待會兒和兒媳一起，時辰不早了，兒媳先送母親回屋。」

床榻上，寧靜芸低著頭，自始至終沒有說一句話，老夫人留意到寧靜芸的反常，語氣越發和善。「靜芸，妳是不是嚇著了？去祖母屋裡睡，妳們三個人，擠在一起多有不便。」

「我守著六妹妹和彤妹妹，祖母先回，明早靜芸再去給祖母請安。」寧靜芸語氣平平，清澈的眸子無波無瀾。

柳氏在旁邊聽得蹙眉，礙於老夫人沒吭聲，她當伯母的不好說話，因而沒開口。

老夫人一怔，嘴角的笑意有些僵。「成，妳早點睡，別怕，院子裡有守門的婆子，不會出事了。」

人魚貫而出，寧靜芳依偎著柳氏，出門時回眸瞅了眼，咬咬牙，大步走了出去。

屋裡又安靜下來，寧櫻已經回過神，地上的血跡沒了，留下一大片水漬，她衣衫上沾了男子的血，穿著渾身難受，便站起身，朝寧靜芸道：「從小養育妳的祖母，最後不過把妳當作交換利益的工具罷了，孰是孰非，妳心裡該清楚，娘留妳在府裡是逼不得已，當年我不記事，有些妳該記得才是。」

之後，她們換了房間，寧櫻不急著睡，屋裡燈火通明，聞嬤嬤握著棍子站在門口，目不轉睛盯著外面。

寧櫻嘆氣。「奶娘，妳回屋歇著，不會有事了。」

那些人是衝著寧靜芸來的，如今被圓成師父的人抓住，哪還會來？

「小姐睡，老奴守著，夫人得知今晚的事，不知會怎麼擔心呢！」

寧櫻不置可否。沐浴後換了身衣衫，感覺有些餓了，她找圓成有話說，便找出披風穿上，對寧靜芸道：「彤妹妹受了驚嚇，妳陪著她，我出門一趟。」

寧靜芸動了動唇，清冷的臉顯得有幾分寂寞。「妳去就是了。」

她心裡明白寧櫻出門是做什麼，她也想親自質問那群人，卻沒有那個膽量。

聞嬤嬤聽得蹙眉。「什麼時辰了，小姐有什麼話明天再說，別又遇到歹人。」

寧櫻失笑。她就是去找歹人的，哪敢和聞嬤嬤說實話，便道：「我肚子餓了，妳陪著姊姊，我和金桂出門找圓成師父要點吃的就回來，順便有話和圓成師父說，今晚若不是有他，我不知會受什麼苦呢！明日人多，我和圓成師父走太近不適合。」

聞嬤嬤要跟著，寧櫻指著屋裡道：「姊姊身邊離不得人，妳留下，圓成師父在外面不遠的地方，我很快就回來了。」

聞嬤嬤不放心，又叫了兩個丫鬟跟著寧櫻，才稍微安心些。

金桂提著燈籠，沿著走廊穿過拱門，她心裡發毛。「小姐，黑燈瞎火的，我們還是回去吧！」

話聲一落，寒風起，手裡的燈籠左右晃蕩兩下，光滅了……

耳邊，響起一道類似幽冥的聲音。「妳膽敢壞我的好事，別怪我手下無情。」

寧櫻面色微變。那些人衝著寧靜芸而來，她知曉是為了擄走寧靜芸送給程雲潤，以為程雲潤在山腳，誰知程雲潤就在這院子裡。寧櫻伸手胡亂地想拉著金桂朝前面跑，夜裡黑，這是條甬道，直直通向外面。

她的手剛伸向金桂，身子被人一腳踢開，整個人摔倒在地，寧櫻趴在雪地裡，冰涼的冷意迅速蔓延至全身。

黑暗中，又來了人，只聽見悶哼聲，有人墜地，以及，響起程雲潤氣急敗壞的罵聲。「誰在後面暗算……」

寧櫻想張嘴呼救，還未出聲，便被人扯入一個溫暖的懷抱，強而有力的胸膛，有點冷……

寧櫻有些無措，她試探地伸出手，輕輕往前一推，黑暗中，她看不到他的臉，聽著他的呼吸聲，略微輕緩，且身上縈繞著淡淡的草藥香，她心思微動，小心翼翼道：「小太醫，是你嗎？」

薛墨為人診脈看病，常年和藥打交道，久而久之，身上總有股淡淡的草藥香。有些時日沒見到薛墨了，寧櫻以為他得閒來南山寺，又道：「桂嬤嬤回薛府去了，說是有點事……」話未說完，感覺對方摟著自己腰身的手緊了緊，勒得她有些疼了，寧櫻心中疑惑，尾音上挑。「小太醫？」

回應自己的是死一般的沈默，以及身後程雲潤嗚嗚咽咽的怒罵。程雲潤的嘴巴裡好似被人塞了布條，聲音發不出來，卻也更顯盛怒，伴隨著雙腳蹬入雪地的聲響。

寧櫻後退一步，又被拉了回去，她有些怒了，沈著眉，動怒道：「你是誰？」

薛墨穩重，不會故意不出聲嚇她，對方不出聲便是有意隱藏自己的身分，想到這點，寧櫻臉色遽然一變，在他懷裡掙扎起來。他比薛墨高些，渾身散發著刺骨的涼意，她不太喜歡這類人，下意識地排斥。

誰知，擱在她腰間的手鬆開，對方掉頭離開，周遭的氣息明顯輕鬆不少，不如方才壓抑，同時周圍傳來窸窸窣窣的聲響，然後化為平靜，模糊不清的罵聲也消失了。

不一會兒，微弱的光亮了起來，寧櫻順著光源看去，金桂趴在路邊草叢裡，面色倉皇。

「小姐，您沒事吧？」方才有人摀住她的嘴，對方力氣大，她掙扎無力，察覺到寧櫻受到威脅，她心急如焚，可很快地對方鬆開了她，還塞給她一個火摺子。

寧櫻扶起金桂，四周巡視一眼。燈籠掉落在地，白色雪地上有許多腳印，程雲潤不見人影，彷彿什麼都沒有發生過似的。

金桂站直身子，臉色發青，嘴唇顫抖不已。「小姐，我們先回去吧，有什麼事明日再說。」

方才的情形太過詭異，金桂心有餘悸，假如寧櫻有個三長兩短，她也不會有好下場，念及此，金桂扶著寧櫻往回走。

「金桂，我沒事，其他兩個丫鬟呢？」聞嬤嬤不放心她，多叫了兩個丫鬟跟著，這會兒，兩人卻不見了蹤影。

金桂沿著路往回找，不見兩人蹤影，面上越發忐忑。「小姐……」

「走，沒事了。」方才的男子對她沒有惡意，程雲潤估計是被他帶走了，想到什麼，寧櫻嗅了嗅，清冷的空氣中，藥味淡了，她心裡納悶，不是薛墨，又會是誰？

圓成師父不在，守門的是個小和尚，寧櫻說明來意，小和尚指著黑漆漆的木板路道：「圓成師叔回寺裡了，施主有什麼事可與圖心說，待師叔回來，圖心會如實轉達。」

寧櫻蹙了蹙眉。她與圓成說好，抓到人就交給她，這會兒歹人沒了身影，圓成也不見了，望著一臉稚嫩的小和尚，她沈思道：「今日寺裡可來了朝廷的哪位大人或是將軍？」

她依稀記得，那些歹人被身穿黑色衣袍的侍衛帶走了。南山寺被人襲擊，傳出去對南山寺名聲不好，圓成不會叫外人插手此事，畢竟知道的人越多，越不利。

圖心雙手合十，摸了摸自己頭頂的圓點，不好意思道：「施主，圖心平日少有出來走動，圖心並不認識朝廷的將軍和大人。」

寧櫻被他無辜的表情逗笑，輕揚著嘴角，微笑道：「是我唐突了。圖心，這個名字很好聽呢，寺裡可還有吃食？我肚子有些餓了，隨便什麼野果子都行。」

在莊子的時候，金秋時節，她最喜歡去山裡摘野果子，酸酸甜甜、清爽可口，約莫剛被嚇得身子出了汗，她竟懷念起野果子的味道來。

圖心臉頰微紅，越發不好意思，小聲解釋道：「冰天雪地並無野果子，施主若是餓了，待師叔回來，圖心回寺裡替妳找找。」

寧櫻遺憾地搖搖頭。「不用，我胡亂說的，不煩勞圖心小師父了。對了，圖心可見著什麼人出去？」

那人抓了程雲潤，勢必要從這邊進出，若圖心記得他的容貌，倒也好。

這次，圖心鬆口氣地點頭，道：「一夥黑色衣衫的男子押著四個人，出去後，朝著山下走了。」說完，圖心指了指通往山下的路。

「圖心可看清那人的長相？」

圖心面色酡紅，聲音小了下去。「極為好看。」

寧櫻一怔，看圖心說完這句雙手合十不停地唸阿彌陀佛，只覺得好笑。出家之人無喜怒哀樂，圖心這模樣，像自己犯了戒律似的，程雲潤容貌俊美，溫文儒雅，算得上好看之人。

「押著他的人呢，你可看清了？」

圖心面露不解，寧櫻重複了一遍，見圖心越發疑惑，她才想起什麼，詢問道：「你說為首的人長得極為好看？」

圖心含羞地點了點頭，寧櫻蹙起眉頭。程雲潤被人堵住嘴，不可能是為首之人，如此看來，黑暗中幫助她的另有其人，只是不知是誰，救人不圖回報，名字都沒留下。

她帶著疑問回去，看兩個丫鬟站在門口到處張望，寧櫻心中一笑。聞嬤嬤心裡擔憂她，指派給她的丫鬟竟然是寧靜芸身邊的，難怪一出了事，兩人便沒了蹤影。

兩人看寧櫻臉色不對勁，知曉大難臨頭，咚的一聲跪倒在地，連連磕頭道：「求六小姐責罰，奴婢知道錯了。」

聞嬤嬤聽見聲音出來，不喜地皺了皺眉，看清是寧櫻後，上前兩步拉著她。「找著圓成師父沒？這兩個丫鬟說小姐不讓她們跟著，小姐怎就不聽奶娘的話？院子裡不太平，黑燈瞎火的，別又遇到……」

「奶娘，我沒事，叫她們進來，我有話說。」兩個丫鬟應該是知道風聲，又或者認出程雲潤而故意避開，無論哪種皆和老夫人脫不了關係。

屋裡燈火通明，寧靜芸抱著寧靜彤，手輕輕順著她的背，見寧櫻將她的丫鬟叫進屋，寧靜芸冰冷地掃過兩人，鬆開懷裡的寧靜彤，站了起來，清麗的臉冷若冰霜。「說，怎麼回事。」

兩人心知不好。她們隨寧櫻出門，穿過拱門，見旁邊樹叢裡程雲潤向她們招手，兩人早得到信，提醒她們待寧靜芸睡著後不用守夜，這會兒看見程雲潤，還有什麼不明白的，毫無聲息轉身離去。本以為寧櫻落入程雲潤手裡名聲盡毀，兩人才謊稱是寧櫻不讓她們跟著的，如今東窗事發，她們哪有好日子過，俯首在地，連連求饒。

寧靜芸臉色鐵青。「秀清，妳說，膽敢有絲毫隱瞞，妳清楚我的手段，別怪我沒警告妳。」

秀清灰頭土臉，撐著地的手微微發抖，嚇得話都說不清楚了。「和……和奴婢無關，奴婢不想的……奴婢看世子爺朝奴婢招手，要奴婢離開……奴婢沒有法子。小姐，您饒了奴婢。」

聽了這話，寧靜芸難以置信地睜大眼，臉上青一陣、白一陣，青白交接，冷臉散發出陰沈的氣質。「妳說世子爺？程家那位世子？」

秀清心知今日的事一暴露，往後五小姐和老夫人便真的反目成仇了，心下思忖，破釜沈舟道：「是世子爺。世子對小姐一往情深，暗地求過老夫人多次，老夫人感念他用情至深，又見小姐您為情所困茶飯不思，老夫人鐵了心想促成這門親事，成全您和世子爺；誰知，老爺不肯，老夫人左思右想，為了您，才讓世子也來此處的。老夫人最是疼您，看您清瘦了一圈，老夫人心疼不已。小姐，您莫辜負了老夫人的心意，被人挑撥把矛頭對著自己人啊……」

秀清估計自己是難以獨善其身，才顛倒是非。老夫人自私貪婪，將嫡親的閨女送人做妾，到丫鬟嘴裡反而是成全兩人的郎情妾意。

寧櫻嘴角一彎，笑了起來，站在寧靜芸身旁，一個面色陰沈，一個笑靨如花，反差極大。

秀清想起黑白雙煞，身子陡然癱軟在地，喃喃道：「小姐，奴婢都是為了您好，跟著世子，吃穿不愁，世子爺喜歡您，舉案齊眉，有什麼不好？」

寧靜芸怒不可遏，眼神凜冽，如鷹的眼鋒利地瞪著秀清，抬起腳，一腳踢了下去。

「好，好得很！一群吃裡扒外的，瞞著將我賣了呢，好……」

寧靜芸聲音瀕臨崩潰，嘶啞的嗓音用盡全力從牙縫裡擠出這番話來，踢開秀清，顫抖著在桌邊椅子坐下，淚緩緩流下，她低著頭，閉目不言。

寧靜彤被嚇得不輕，掀開被子，慢慢跑到寧櫻身邊，用力抱著她，快哭出來似地道：「六姊姊，我怕。」

「不怕，壞人都跑了，彤妹妹去床上睡覺，六姊姊也準備睡了。」寧櫻牽著寧靜彤走向竹床，邊吩咐聞嬤嬤。「將兩人捆了，明日給祖母請安時，問問祖母如何處置這等背主的奴才？」

秀清面如死灰，被丫鬟拖著下去，絲毫沒有掙扎。

第十六章

屋裡恢復清靜後，寧櫻滅了燈，褪下衣衫，摟著寧靜彤睡覺。

黑暗中，偶有低低的嗚咽傳過來，寧靜彤張嘴小聲詢問，寧櫻輕輕噓了聲。寧靜芸是恨老夫人利用她，她認識的寧靜芸，不會被這件事擊垮，相反，會重新振作起來，很快。

北風呼呼吹著，黑暗中，風聲夾著幽怨、寂寥，漸漸侵蝕著人溫暖的心，漫長的夜，孤獨在蔓延，多少人徹夜未眠……

疏落的樹梢，有微弱的光灑落，映著白白的雪，亮色漸重，天亮了，靜悄悄的院子傳來輕輕的腳步聲，燃了一宿的燭火散盡最後一絲光明，默默收起自己的光芒。

聞嬤嬤站直身子，收起門邊的小凳子，看右側匆匆行來一橙色衣衫的丫鬟，她正了正色，低頭小聲問道：「可是有什麼事？五小姐、六小姐昨夜受了驚嚇，這會兒還睡著呢！」

丫鬟瞥了一眼緊閉的房門，輕點了下頭，緩緩道：「老夫人身子不適，寺裡沒有大夫，先回去了，五小姐、六小姐不著急，可以和二夫人一道回府，老夫人命我知會一聲，無事的話，我先回去了。」

聞嬤嬤心下疑惑。昨晚五小姐和兩個丫鬟沒有把話挑明，她見微知著也猜得出昨晚的事隱隱和老夫人有關，看寧櫻胸有成竹才沒過多詢問，回到府裡，事情勢必是要告訴黃氏的，論起來，和老夫人的仇恨又多了一筆。

老夫人、大夫人一大早下山，在南山寺驚動了不少人，昨晚的事沒大肆宣揚開，可大家不是傻子，門口忽然多了許多守門的和尚，連外院甬道上也有，稍微一打聽就知曉昨天夜裡發生了什麼。

約莫心裡的事解決了，寧櫻這一覺睡得晚。寧靜芸和寧靜彤用過午膳，下午得去寺裡聽住持誦經，迫不得已，才搖醒床榻上睡得正熟的寧櫻。

寧櫻生得好看，美如新月，眼似春水，微睜著眼，迷迷糊糊的模樣甚是清麗。

寧靜芸收回手，清冷的面龐微微一軟。「起床了，待會兒得去寺裡，別耽擱時辰落人話柄。」

寧櫻蹙著眉，伸展了下胳膊，懶懶地掀開被子，望著窗外大亮的天色，聲音帶著初醒時的惺忪。「下午不去了，昨晚受了驚嚇，好好歇著才是正經。我不如妳鎮定，夜裡差點被人擄走，白天當什麼事都沒發生過似的。」

寧靜芸面色一白，彎了彎手指，低低垂下眼，牽著寧靜彤朝外面走，到門口時，又停下，回眸瞅了眼竹床上的寧櫻，輕輕道：「祖母和大伯母回府了，秀清一併被她們帶走了。」

寧櫻一怔，直起身子，冷笑道：「她倒是想自己摘清了去，不過，也要她有這個本事。」

老夫人和清寧侯府串通暗算寧靜芸的事紙包不住火，遲早會公諸於世，那會兒，才是寧府真正顏面掃地的時候。她對寧府本就沒有多少感情，寧府的前途如何與她無關，只要不受其牽連就成。

打著這個主意，寧櫻心裡更不會怕了，喚金桂進屋服侍她更衣，對門口的寧靜芸置之不理。

寧靜芸從小養在大宅，有些思想根深蒂固，認為女子一輩子只圖嫁個良人，相夫教子、管理後宅，夫榮妻榮，夫貴妻貴，一輩子被所謂的賢良淑德的名聲所束縛。她在莊子裡長大，看過不少尋常百姓的夫妻，兩人平平淡淡過日子，相伴到老，沒有算計、沒有勾心鬥角，夫妻鶼鰈情深，日子甜蜜。

金桂被昨晚的事嚇得不輕，臉色蒼白，憔悴了許多，不過伺候寧櫻穿衣洗漱時，眉目沈穩，收起一心憂愁。「小姐，清晨奴婢去看秀清，發現她們被老夫人帶走了，這可如何是好？」

在後宅長大，金桂知曉老夫人的厲害，昨晚的事即便真的是老夫人做的，傳到寧國忠耳朵裡，不過受寧國忠幾句訓斥，大事化小，小事化無，最後不了了之。

「五小姐和我說了，有的事，老夫人不想承認都不行。早上可見著圓成師父？」有昨晚的那幫人在手裡，不怕老夫人抵賴。

清晨時分，圓成來過好幾回了，說是找寧櫻有事，聞嬤嬤看寧櫻睡得沈，不忍叨擾，給回絕了，這會兒聽寧櫻問起，金桂順勢說了實情。「圓成師父說有話與您說。」

「我知道了，待會兒妳去外面叫他過來，我正找他呢！」圓成清心寡慾不問世事，那些人在他手裡跑不了，只是不知昨晚暗中幫她的是何人？

寧櫻簡單用過午膳，看寧靜芸和寧靜彤出門不久便回來了，坐在桌前，沈默不語。

她抬起眉，盯著寧靜芸如盈盈秋水的眸子，問道：「不是說去寺裡嗎，怎麼又折回來了？」

經歷過昨晚的事，寧靜彤安靜許多，玩著自己的手指甲，不時看寧靜芸兩眼，不肯說話，等寧靜芸開口。

「妳說得對，消息不脛而走，眾人都清楚咱院子出了事，去寺裡不適合，這兩日還是待在屋裡歇著。」一隻字不提老夫人昨晚的所作所為，不過，寧櫻知曉寧靜芸一宿沒睡，她和寧靜彤占著床，身邊多了人不會沒有知覺，寧靜芸這會兒心裡應該是複雜的，恨老夫人出賣她，又感激老夫人的養育之情。

一時之間，屋裡沒人說話，靜悄悄的，煞是安靜。

圓成師父來的時候，寧櫻正在看寧靜芸帶來的《孝經》，因為這本書，她與夫子爭執得面紅耳赤，之後兩人各退一步，各執己見，互不干預才得以和平相處。

「六小姐。」圓成站在走廊上，雙手合十，並未進門。

寧櫻站起身，微笑著頷首，餘光瞥過一旁的寧靜芸，緩緩走了出去。

新。

園中景色清秀，一、兩株常青樹點綴其間，白雪皚皚中透出新生的希望，叫人耳目一新。

寧櫻悠悠收回視線，開門見山道：「昨晚衝進院子的歹人，圓成師父可否交給櫻娘處置？家醜不可外揚，櫻娘不想鬧得人盡皆知。」

圓成面上無波無瀾，直言道：「不瞞六小姐，圓成找妳正是為了這事。那幫人被京兆尹府的押差帶走了，事關南山寺清譽，圓成不敢擅自做主，還請六小姐見諒。」

「京兆尹府？」寧櫻皺眉。她有心讓寧府丟臉，卻也不想鬧得滿城皆知，老夫人心腸毒辣，握著她的把柄，往後自己能過得自在些，而且事情鬧開，牽扯到的還有清寧侯府，兩府為了名聲，只怕會做出棄車保帥的事情來。

眉頭皺成了川字，寧櫻低下頭，快速思考著。清寧侯前些日子回京得聖上讚譽，外界都在傳清寧侯府年後會升為一等侯爵，京兆尹乃京城品階最低的府衙，哪敢和侯府為敵？在京為官的人多少有些眼力，京兆尹鐵定會事先知會清寧侯再做打算，十有八九會暗中殺人滅口，京裡的貴人們沒少做這種事。

「圓成師父，櫻娘信任你才通知你，叫你早做防備，否則昨晚的事鬧開，南山寺百年聲譽毀於一旦，你應得好好的，怎出爾反爾將人交給京兆尹？」說話間，寧櫻面色凝重起來，吩咐身旁的金桂。「妳進屋收拾行李，我們今日回京。」

既然和老夫人撕破臉，她不想受制於人。昨日的事情細細琢磨，不難知曉她是早知情的，老夫人最會推脫，把事情全推到她身上也不一定，念及此，寧櫻臉色急切起來，沒好氣地瞪著圓成，頗有責怪之意。

圓成心裡苦笑。那人要把人帶走，他哪攔得住？於是風馬牛不相及地問道：「記得上次來，六小姐對圓成栽種的櫻桃樹甚是感興趣，不知六小姐可與人說起過這事？昨晚，圓成園中的櫻桃樹被人砍去了杈杈，只剩下光禿禿的枝幹，養活了，只怕難成美體。」

櫻桃樹比不得梅樹、桃李樹尊貴，在京裡不受人推崇，起初那人叫他栽種時，他還念叨過好幾回，之後遇到寧櫻也不曾懷疑，若不是昨晚那人領著人直衝院子，最後又毫不留情殺了人，他都沒將兩人聯繫起來。

昨晚譚慎衍救了寧櫻，英雄救美，且還是自己喜歡之人，心裡多少該有些歡愉才是，他卻皺著眉，一言不發就下山了，頎長的背影，寂寥而孤寂，一時叫他生出了疑惑。

寧櫻不知曉這事，思忖片刻，遲疑道：「定是有人蓄意報復，圓成師父平日沒得罪人的話，怕就是和昨晚有關之人故意做的了。」

寧櫻腦子裡第一個想到的就是老夫人。老夫人將秀清兩人帶走便是不想留下把柄，折斷櫻桃樹是警告他不准多說，老夫人還真是雷厲風行。

圓成目光一亮。「六小姐說得不無道理，關於昨晚的事，六小姐請放心，住持叮囑過京兆尹，務必要查出背後之人，否則將進宮面聖求皇上做主；京兆尹為人膽小怕事，不敢把事情鬧大，且南山寺一年四季入住的女眷多，昨晚是六小姐遇到了，若換作其他夫人、小姐，京兆尹百口莫辯，故而京兆尹不敢私自處決犯人，六小姐安心即可。」

多的圓成不敢透露，不過，他答應寧櫻的事沒辦到，心裡不好意思，道：「答應友人的櫻桃樹沒了，圓成年後怕會忙上一陣子，為表歉意，圓成願為六小姐栽種幾株櫻桃樹，趕在秋日送到您府上如何？」

冬日植株不易存活，故而只有等冬日來臨前。圓成雙手合十，頷首道：「圓成還有事，不便久留，六小姐若有話與圓成說，派丫鬟轉達即可。」

他畢竟是男子，在此處多有不便，尤其，寧櫻還是那位的人，惹了那位生氣，糟心事更多。

寧櫻送圓成離開，金桂跟在身後，小聲道：「小姐，還收拾行李回府嗎？」

「收拾，府裡這會兒有人心神不寧，身邊沒有人伺候怎麼行？」

住持出面，京兆尹不敢隨便將人處死，這會兒，老夫人應該是正忙著到處託人打聽消息，想到這裡，寧櫻又想起一件事情來，出聲欲叫住前面的圓成，這時候，一個小和尚走來，湊到圓成耳朵邊說著什麼。想了想，她只得作罷，昨晚救她的男子，委實怪異，難不成是京兆尹府的人？

「圓成師叔，問過周圍院子的人，昨晚沒人進院子，櫻桃樹何時被人折斷的沒有打聽出來，接下來怎麼辦？」

圓成早料到會是這個結果，想了想，道：「我侍弄多日，畢竟與我有緣，春天移去後面山裡，平日無事，記得澆灌水。」

「是。」

另一廂，秦氏本要去聽住持誦經，老夫人和柳氏鬧著回府，正合她意，寺裡的達官貴人多，沒有老夫人、柳氏壓著，她能結識更多人，為明年成德春闈找些助力；誰知，昨日言笑晏晏的一幫人，今日變得奇怪起來，明裡、暗裡打聽昨晚的事，秦氏招架不住，只得藉故有事先回院子。

看丫鬟們提著行李，秦氏心下詫異，叫身邊的丫鬟上前詢問，得知寧靜芸和寧櫻也準備回府，秦氏覺得無趣，她繼續留下，也是由著那幫人從她嘴裡套話，招手道：「讓她們等等，既是都想回去，那就一塊兒，我一人在這兒，說話的人都沒有，白白占著這麼大的院子，於理不合。」

於是，年年都會在南山寺住幾日的寧府眾人，不過一宿，皆收拾行李走了，寺裡的眾人越發好奇，眾說紛紜。

與往常的熱鬧喧囂不同，寧府靜悄悄的，走在路上，偶爾經過的丫鬟、婆子面色間皆帶著小心翼翼。

秦氏察覺府裡發生了大事，納悶道：「才兩日的光景，怎麼府裡死氣沈沈的？」

寧櫻牽著寧靜彤走在後面，聞言，挑眉笑了笑。這時候，老管家穿著身靛青色長袍，面色凝重地緩緩而行，到了跟前，俯首道：「老爺請五小姐、六小姐去書房。」

寧櫻側目斜睨著寧靜芸，目光諷刺十足。

「管家，我與母親說一聲，稍後就去。」寧櫻抬手，聞嬤嬤心領神會，微微一笑，小跑著越過眾人朝梧桐院的方向去。

老夫人和大夫人回來，梧桐院估計聽到了風聲，黃氏心裡不知如何著急呢，先知會一聲總是好的。

管家挺直脊背，語氣肅穆。「老爺在書房等著，六小姐怕三夫人擔心，老奴可以親自去梧桐院和三夫人說一聲。」

寧櫻點頭，精緻的眉眼微微舒展開，嘴角泛出嬌豔的笑來。「我的奶娘回梧桐院了，不用煩勞老管家，我這就和姊姊去書房。」

寧國忠的書房在前院，穿過垂花廳，走一會兒就到了。書房大門緊閉，威嚴莊重，和夜裡來的那次不同，白天的書房多了些沈重感，寧櫻站在門口有片刻的失神。書房乃重地，平日甚少讓府裡的小姐過來，各個院子都設置了小書房，府裡又有寧伯瑾的書閣，來這邊的次數屈指可數，想想回京後，寧櫻竟然是第二次來了。

正屋內，寧國忠坐在上首，老夫人坐在下側，若說病弱的老夫人顯露些老態的話，此刻的老夫人算得上老態盡顯，不施粉黛的臉蠟黃，眼角周圍的褶皺細密地蔓延，竟顯粗糙。

寧櫻垂首低眉，屈膝微蹲，脆聲道：「給祖父、祖母請安。」

老夫人嘴裡不自然地冷哼一聲，想到什麼，端正了脊背。她身旁的柳氏低著頭，看不出喜怒。

「回來了，先坐下。」寧國忠吩咐人賜座，處變不驚的臉上帶著薄薄怒氣，聲音渾厚，一如既往地不容人質疑。

寧櫻坦然落坐，打量著自己白皙的手指。屋裡針落可聞，眾人屏氣凝神，大氣都不敢出。

寧國忠手執著茶杯，望著茶湯上盛開的花兒，緩緩道：「小六聰慧，祖母做錯了事，妳多包容才是，人年紀大了，計較的得失多，難免入了歧途，生出不該有的心思。聽夫子說妳功課進步大，唇亡齒寒，該知曉內裡的涵義才是。」

老夫人糊塗，和清寧侯退了親，哪有將親孫女送去做妾的道理？不管清寧侯在朝廷受多少人敬重，老夫人打的主意差點將整個寧府毀了，而且清寧侯不可能為了兒子名不正、言不順得來的妾室幫襯寧家，換作他也不會答應。

「府裡的事情有祖父做主，祖父英明神武，深謀遠慮，祖母凡事以寧府的名聲為重，何事需要寧櫻包容？」寧櫻聲音不高不低，說完，目光直直地打量著寧國忠。老夫人想把寧靜芸送人，說起包容體諒，該和寧靜芸說才是，畢竟寧靜芸才是那個差點被賣了的人。

寧國忠皺了皺眉，心下不悅，然而清楚寧櫻的性子，她絕不會給人臉面，因而他壓著火氣，耐心道：「昨晚的事乃清寧侯府下人所為，妳祖母做事難免急躁了些。聽靜芳說，那些人先去她的屋子，而她住那間屋子，是因為妳而……」

「祖父，既然說起這事，櫻娘也想說一件事。昨晚，靜彤起身如廁，櫻娘睜開眼，迷迷糊糊間聽到七妹妹說著隔壁，起初櫻娘不明白，後來門被人撞破，櫻娘才恍然大悟，七妹妹是將歹人往櫻娘房間裡引呢！櫻娘回來的時間短，畢竟是姊妹，七妹妹的做法著實叫人心寒……」

柳氏手指微緊，怒氣衝衝道：「小六，妳別血口噴人！妳故意引靜芳住最左側的屋子，不是居心叵測是什麼？靜芳從小在府裡，不懂人心險惡，不是妳，她哪會遭受無妄之災？」

見話題越扯越遠，寧國忠不重不輕地冷哼道：「其他的事稍後再說，昨晚的事妳是不是早聽到風聲？」

寧櫻不否認。「天下沒有不透風的牆，若要人不知，除非己莫為。」

「妳若清楚，派人稟明我，我自會攔著妳祖母，何須鬧成現在這樣子？不管怎麼說，妳祖母不對，妳知情不報也有錯。」寧國忠聲音急促，老謀深算的眸子如火炬似地望著寧櫻，沈聲道：「妳五姐的親事我自有打算，不會叫妳祖母得逞，可如今人被京兆尹的人抓走了，程世子不知去向。小六，妳年紀不小了，什麼該做、什麼不該做，會分不清？」

寧櫻眼神微詫。「程世子不是被京兆尹的人一併抓走了嗎？」

見她也不知，寧國忠眉頭一皺。「妳五姊姊身邊的丫鬟說……」

寧櫻低頭不語，細細盤算著事情前因後果。若救她的另有其人，誰會在暗地幫她？她懷疑是薛墨，可薛墨沒理由不出聲，故意嚇她。

「程世子的去向我也不知。」

寧國忠觀察著她臉上的表情，確認她沒有說謊，眉頭皺得緊緊的。清寧侯府向他要人，他哪拿得出來？真要將事情鬧到明面上，對兩府的名聲都不好，不管如何，兩府算是撕破臉了。

「罷了，既是如此，妳們先回，什麼該說、什麼不該說，心裡明白。」寧國忠擺手。請寧櫻過來只為知道程雲潤的下落，既然不知，還得重新打聽。

看寧靜芸不吵不鬧，寧國忠嘆氣道：「妳祖母對不起妳，我已經說過她了，妳年紀大了，母親又回來了，搬回三房，多陪陪妳母親。」

寧靜芸低著頭，聲音無悲無喜。「是。」

黑暗中，譚慎衍輕車熟路地推開窗戶，躡手躡腳翻進屋，到了床榻前，修長的手挑起簾帳，伸進被窩，牽著寧櫻蔥白般細嫩的手，目光深沈。

「小沒良心的，怎就把我忘了呢？」

明明他費盡心思地護著她，她怎麼能將自己忘了。

他粗糙的指腹慢慢滑過她的臉，漸漸往上，停在她飽滿的額頭上。黑暗中，她認不出自己，而他依舊能辨識出她的氣息，縱然有天他雙眼失明，她站在他跟前，他也會認出她來。

簾帳內，充斥著淡淡的櫻桃花味道，不過，被純正的梅花香蓋住了，櫻桃花的味道不濃烈，細聞有股淡淡的苦澀，可是她卻愛極了櫻桃花。她說，從小到大她的回憶裡，所有的酸甜苦辣都和櫻桃花有關，她娘給她取名櫻，便是因為莊子裡的櫻桃樹多。

她說的話，他都記得，只是那些年，他不懂如何表達自己的情愫，他以為他有一輩子的時間去陪伴，待兩人白髮蒼蒼、子孫繞膝時，她會感受到他的真心；可惜天不從人願，成親後兩人漸行漸遠，隔閡越來越深，她連多伴他幾年的機會都不肯給他。

重來過，看她平安無事，他心中歡喜，以為再多的遺憾都能彌補；然而，他未想過，如果她不再喜歡自己了，他該怎麼辦？

細弱的光漸漸照亮床榻上的人，睡夢中，她清瘦的小臉紅撲撲的，濃黑的睫毛輕輕貼著眼角，溫柔如水，他低下頭，冷冽的唇如蜻蜓點水落在她睫毛上。

薛墨罵他心思扭曲、欺負孩童，往後不得善終，薛墨哪知她本來就是他的？那些年，她全部的心思都在自己身上，為了他斂去鋒芒，性子變得賢淑寬厚，卻也鬱鬱寡歡。

「櫻娘……」他微微開口，嘴裡輕顫著喊出這個名字。如多少夜裡他呢喃地喊著她醒來那般，如枯井深不見底的眼神，有溫柔溢出。

風輕輕吹過，吹散了他的呢喃，唯留一聲若有還無的嘆息。

清晨，微紅的光灑落一室的明亮，聞嬤嬤身穿一件暗色襖子，眉梢含喜地站在屋簷下，側耳聽了聽屋裡的動靜，見並未有傳喚，她轉過身來，望著守門的丫鬟，叮囑道：「今日是個好天氣，京城的冬甚少有暖陽照耀，翠翠，妳去廚房將小姐的早膳端來，估算著時辰，小姐快醒了。」

翠翠低頭應是，耳朵上的墜子隨著她的舉動輕微晃了晃，聞嬤嬤眼前閃過亮光，忍不住多看了翠翠兩眼。不算精緻的五官清秀平平，身上穿的衣裳較之前豔麗許多，聞嬤嬤蹙了蹙眉，暗示道：「小姐做事不喜出風頭，裝扮上妳多收斂些，別礙了小姐的眼。」

翠翠身形一僵，諾諾道：「衣裳是五小姐身邊的柔蘭送的，她說往後搬來這邊，多多走動，奴婢想六小姐和五小姐姊妹情深，便自作主張收下了。」

聞嬤嬤本已進門，聞言，停了下來，轉頭上下打量翠翠兩眼，想起柔蘭平日花枝招展的模樣，心裡不悅。「柔蘭近日收斂許多，妳性子機警些，別被人陷害還不知，去廚房吧，記得吩咐廚房做一盤梅花餅，小姐喜歡的。」

翠翠應下，低頭瞅了眼身上的衣衫，想了想，慢慢退下。

寧靜芸住在旁邊的院子，搬進去第一日就吩咐人將院門上的牌匾取下來，請寧伯瑾重新題字，取名為「落日院」。

夕陽無限好，只是近黃昏，黃氏覺得「落日」寓意不好，勸寧靜芸換換，寧靜芸置若罔聞，黃氏不忍堅持，由著她去了。

落日院在桃園隔壁，兩院側門以迴廊連接。落日院好些年沒住人，裡面積了層厚厚的灰，草木凋零，植株枯萎，說是一片荒涼也不為過，還是黃氏帶著人收拾好幾日才清理出來。其間，老夫人派人問過多次，黃氏不冷不熱，下人覺得無趣，便再沒來了。

而寧靜芸搬進去後，就再沒出來，與世隔絕似的。想到這個，聞嬤嬤扼腕嘆息，掀起簾子，看寧櫻坐在床頭，望著簾帳發呆，她微微一笑。「小姐醒了？」

寧櫻點頭，手滑過自己粉嫩的臉。這些日子，總感覺身邊有人，寬大的手撫著自己臉頰，將千言萬語都寄託到手上似的。「昨晚誰守夜？」

「金桂，小姐可有事？」

寧櫻搖頭。金桂做事洞燭入微，真有人的話，金桂不會察覺不到。寧櫻站起身，由著聞嬤嬤整理床上的褥子，喚來金桂伺候她穿衣。

「老奴瞧著五小姐身邊的柔蘭是個不安分的，她以往愛打扮，喜歡出頭，如今又朝咱院子使壞呢！翠翠說柔蘭送了身衣裳和首飾給她，一個丫鬟，哪來那麼多心思？」聞嬤嬤邊摺被子邊與寧櫻閒聊。聞嬤嬤對寧靜芸身邊的丫鬟、婆子都沒好臉色，若不是她記得寧靜芸小時候粉裝玉琢的樣子，只怕對寧靜芸也會不喜。

寧櫻穿上衣衫，淡淡道：「是嗎？柔蘭伺候姊姊多年，手裡有兩樣拿得出手的沒什麼稀奇。對了，五姊姊搬來這邊可習慣？」

自老夫人被寧國忠訓斥，沒臉見人，因此免了全府上下的晨昏定省，說以後初一、十五去榮溪園請安即可，老夫人在府裡，面子算是丟光了，而從小養大的孫女因為這事也與她離了心。

聞嬤嬤走出去，有丫鬟端著天青色舊窯的瓷盆進屋，她順勢接過，放在右側的束腰高花架子上，擰了巾子遞給寧櫻，回道：「五小姐沈默寡言，整日大門不出、二門不邁，夫人去落日院坐過兩、三回，聽說五小姐話少了很多，不怎麼搭理夫人，約莫是氣老夫人不念祖孫情義吧！」

寧靜芸養在老夫人膝下，打心底覺得比旁人高人一等，這次的事讓她看清老夫人的真面目，難過氣憤之餘又被攆出榮溪園，傷心是在所難免的。

寧櫻洗了臉，擦完手，隨手將巾子遞過去，聽聞嬤嬤又道：「夫人為五小姐操碎了心，一早就出門了，您勸夫人多注意自己的身子，凡事別太過急切，一件一件來。」

寧櫻不知還有這事，揚眉，問道：「娘可說去哪兒了？」

聞嬤嬤頷首，擰乾巾子搭在架子上，嘆氣道：「五小姐原本身邊的丫鬟、婆子被老夫人打發走了，夫人念著舊情，私底下派人打聽，約莫是有了消息，加上鋪子查出和榮溪園有關，夫人鬱鬱不平，整日早出晚歸的，老奴擔心她身子受不住。」

寧櫻皺了皺眉，手撥弄著一綹頭髮。她和寧靜芸從南山寺回來後，黃氏問她寺裡發生的事，她輕描淡寫地說了幾句，省略暗中有人救她不提。黃氏聽完臉上無甚表情，以黃氏的性子，不會善罷甘休，然而她比誰都鎮定，不同尋常。

「奶娘，我待會兒去梧桐院會和娘說這事的，妳別擔心。」

黃氏眼下發愁的是寧靜芸的親事。如今榮溪園那邊挑明不會插手，寧靜芸的親事交給黃氏，黃氏勞神費力是不可避免的，不過黃氏心裡頭是歡喜的，至少寧靜芸擺脫了老夫人的控制。

出門時，寧櫻挑了件蜜褐色滾雪細裳，是老管家送來的衣料，黃氏瞅著料子細軟滑膩，選了花樣交給秋水，秋水連夜趕製出來的，立領偏高，正好可以抵擋颯颯冷風。

聞嬤嬤替她整理好衣衫，繼而拿起丫鬟遞過來的手爐，叮囑寧櫻護著手。「天冷，別凍得手上長了凍瘡，三爺這會兒應該是在的，您與他說說話。」

十年的時間，寧靜芸沒有母親，寧櫻沒有父親照顧，姊妹倆都是可憐人。聞嬤嬤輕輕提了提身旁的手爐，送至門邊，朝寧櫻揮手，目光如慈愛的母親送女兒出門，眷戀不捨。

寧伯瑾和黃氏關係和緩許多，可能有寧國忠施壓的關係，寧伯瑾在黃氏跟前收斂起所有暴躁，變得溫潤如玉、風度翩翩，待黃氏的態度好了許多，且有阿諛奉承、諂媚之勢。

寧櫻看寧伯瑾坐在書桌前，半瞇著眼，手在膝蓋上輕輕敲打著，他四處為寧靜芸張羅親事，幾日的忙碌，面有倦色。

寧櫻遞過手爐給丫鬟，抬腳走了進去。

聽到腳步聲，寧伯瑾抬起頭來，清澈的雙眸熠熠生輝，見寧櫻縮著脖子、冷極的模樣，他心情大好，指著對面的椅子道：「妳大伯父與我說了南山寺的事，妳和靜芸無事，其他的就算了，一筆寫不出兩個寧字，得饒人處且饒人。」

寧伯庸說得含蓄，他不知具體的事，人好好的比什麼都好，既然寧櫻和寧靜芸無事，那就算了。

寧櫻從小不在府裡，他以為寧櫻被黃氏養歪了，是個蠻橫驕縱的，相處些時日後，他覺得寧櫻知道分寸，從寧靜彤那兒聽來的全是對寧櫻的讚美之詞，偶爾他也會生出愧疚之情，嬌美乖巧的女兒，目不識丁，但凡他稍微關心她，寧櫻就不會被府裡人嘲笑。

寧櫻抿唇，微微笑了笑，在寧伯瑾對面坐下，輕聲細語道：「父親說得是，櫻娘吩咐下去了，那晚的事當沒發生過，不准任何人提及，覆巢之下焉有完卵，櫻娘分得清輕重。」

寧伯瑾欣慰地笑了笑，伸出手，端起桌上的茶杯，笑意溫暖。「妳心裡清楚就好，後天過年，到時候我帶妳去城外看煙火，人來人往，到處是小販的叫賣，熱鬧極了。」

寧櫻欣喜地應下。寧伯瑾學富五車，話題又轉到寧櫻的功課上，心情好，他話便多了許多。「讀書重在明理，妳進步大，功課上不用逼著自己，順其自然就好，明年開春，我與妳祖父說，妳跟著幾位姊妹一塊兒去家學。」

寧伯瑾興致好，很多時候都是他在說，寧櫻認真聽著。黃氏進屋，瞧見的便是父女倆相對而坐，寧伯瑾手裡拿著本灰色封皮的書，聲音如擊玉敲金講解著書上的內容，而他對面的寧櫻仰著頭，小腦袋一點一點的，髮髻上的簪子一晃一晃的，生動又可愛。

日影斑駁，在兩人身上投下一片暖色，秋水伸手解她的披風，黃氏小聲道：「小姐睡著了，輕點聲，別驚醒了她。」

寧伯瑾聚精會神，講到興頭上，不由得語氣微微激揚，寧櫻嚇了一跳，迷濛的眼神睜開一條縫，頭一點撞在桌沿，砰的一聲，聲音清脆，黃氏失笑出聲。「都打瞌睡了，不如回屋裡休息吧，疼不疼？」

寧櫻手扶著額頭，迷茫地搖了搖頭。寧伯瑾合上書，有意訓斥兩句，看她手托著額頭，如扇的睫毛撲閃了兩下，他目光一軟。「妳娘說得對，回屋睡會兒，功課的事不急。」

秋水放下披風，倒了杯茶放入黃氏手裡，解釋道：「小姐來了好一會兒，約莫是無聊了。」

黃氏對寧靜芸和寧櫻不分上下，可在秋水眼裡，寧櫻是她們看著長大的，情分更重，待寧櫻跟自己女兒似的，她行至桌邊，試了試茶杯的溫度，察覺有些涼了，便端起來替寧櫻換了杯熱茶。

「謝謝秋水。」寧櫻含笑地接過，水溫不冷不熱剛剛好，她抿了一小口，滿足地抬起頭，迎著窗外的日光，彷彿緩緩綻放的嬌花，白皙的臉染上淡淡的柔意，五官越發精緻。

黃氏笑著問道：「怎麼有空過來了？桂嬤嬤回去了？」

桂嬤嬤是薛府的人，過來教導寧櫻多日，黃氏已感激不盡，過年薛府的人要進宮謝恩，桂嬤嬤勢必是要回府的，明年薛怡嫁入皇家，桂嬤嬤更不得空了。

黃氏拍了拍身上的冷意，喚丫鬟搬來凳子，坐下，叮囑寧櫻道：「桂嬤嬤待妳溫厚，過年記得備份厚禮，桂嬤嬤喜歡什麼，妳讓聞嬤嬤列個單子出來，娘替妳備齊了，去薛府時，記得送去。」

年後拜年的人家多，那會兒薛府應該會送帖子過來，那會兒送去正好。

寧櫻頷首，一杯茶見底，她抬起手，讓秋水又斟了一杯，緩緩道：「我記著呢！桂嬤嬤家鄉在蜀州，對蜀繡見解獨到，說好些年沒回去了，有些想念家鄉。桂嬤嬤精通蜀繡，我尋思著明日出門買兩疋蜀綢，當作拜年禮送去薛府。」

蜀州養蠶的人家多，因路途遙遠，京城並不盛行蜀綢，黃氏想了想，道：「賣蜀綢的布莊少，且價格不便宜，妳手裡的銀子存著，待會兒讓秋水拿點銀子給妳。」

寧伯瑾收起書，但看寧櫻和黃氏品茶，和氣融融，自己也端了杯放嘴邊。這些日子，因為與黃氏商定寧靜芸的親事，兩人的關係不如之前劍拔弩張，寧伯瑾膽子也大了，朝黃氏道：「回京了常去外面走動，多認識些人打聽京中年齡適宜的男兒，別整日悶在屋裡苦思惡想，有的事付諸於行動才有收穫。」

寧櫻放下茶杯看了寧伯瑾一眼，黃氏也斜眼看過去，望著他，面露沈思。

黃氏手裡頭事情多，身子瘦了一圈，黃氏長得不是好看之人，勝在乾脆索利，此刻瞧著，精神有些不太好。

寧櫻難得附和寧伯瑾道：「娘，父親說得是，您別憂心忡忡，車到山前必有路。」

見她膚白勝雪的臉頰溢出淡淡輕愁，更顯柔弱，黃氏伸手，理了理小女兒鬢角，安慰道：「娘心裡有數。對了，今日出門順便去鋪子逛了圈，買了幾只花鈿，待會兒讓吳嬤嬤給妳送過去。」

話聲剛落下，門外傳來吳嬤嬤和丫鬟說話的聲音，黃氏笑道：「瞧瞧，剛說她，她就回來了。」

「夫人……」吳嬤嬤一身暗紅色襖子，神態端莊，步履輕快地進了屋，舉起手裡臘梅花色的帖子道：「薛府送了帖子來，說是請夫人、五小姐、六小姐明日去薛府做客呢！」

黃氏買了些首飾和綢緞，吳嬤嬤擔心那些沒有眼力的奴婢不小心摔壞、弄髒了，自己留下來守著，因此薛府的管家送帖子過來時，她剛好就在門口指揮丫鬟們小心點，聽到其中特意提到寧櫻的名字，吳嬤嬤多了個心眼，上前一問，才知薛府送了兩張帖子，她便順勢將帖子拿了過來。

薛墨有些日子沒來了，吳嬤嬤心裡發愁呢，她希望寧櫻嫁去薛府，薛府沒有主母，後宅事情少，寧櫻嫁過去自己當家做主不用看人臉色，因而呈上帖子時，她臉上笑得堆滿了褶皺。

寧櫻打趣她。「吳嬤嬤，瞧妳高興得，明日與我一道去薛府轉轉，不枉費妳笑得如此開懷。」

吳嬤嬤噗哧一聲笑了出來，臉上笑意不減道：「小姐就會打趣老奴，薛府哪是老奴想去就去的，您跟著夫人好好玩。」

她哪會為了薛府的帖子歡喜，是為薛墨記著寧櫻而高興。感情是交流出來的，兩人一年到頭不見面、不說話，再深的感情都沒了。薛墨記得寧櫻，她心裡歡喜呢！寧櫻年紀小，不懂男女之事，吳嬤嬤話裡才沒露出端倪來。

黃氏和寧伯瑾是過來人，清楚吳嬤嬤的想法，黃氏拿過帖子打開一看，道：「薛府沒有主母，這會兒時辰不早不晚，吳嬤嬤，妳陪小姐去外面買些禮，明日給薛府捎去。」本想等年後，如此看來是不成了，明日既然要去薛府，那便明日送禮過去。

桂嬤嬤雖是奴僕，然而對寧櫻有指導之恩，加上桂嬤嬤是從宮裡出來的，自有一份體面。黃氏說完，又讓秋水進屋拿銀子給寧櫻。

寧伯瑾坐在桌前，見兩人對自己視若無睹地說話，心裡泛酸。在外面意欲巴結他的人數不勝數，回到府裡上上下下捧著他，也只有在梧桐院，黃氏和她身邊一群人不把他放在眼裡。沈吟片刻，他道：「在府裡沒什麼事，我與小六一道出門轉轉，她不識路，不懂布莊裡的行情，我跟著去看看。」

說完，寧伯瑾站起身，朝往內室去的秋水道：「不用拿銀子，我手裡有，不夠的話算寧府的帳上即可。」

薛府的帖子下得倉促，一般人家會提前下帖子，像薛府緊著日子的還是少見，他想歸想，嘴上不敢說。寧櫻若真入了薛墨的眼，兩人成親，往後寧府可是和皇家沾親帶故的人家了，是好是壞，無須外人提醒他也分辨得清。

黃氏斜睨寧伯瑾一眼，放下手裡的杯盞，目光落在桌上的書上，頓道：「不了，你出銀子，傳到榮溪園那裡又會生事，送桂嬤嬤的禮盡心意就好。」

老夫人不管事，寧伯瑾去帳房支取銀子，被柳氏、秦氏知曉又有一番說詞，寧伯瑾花錢的事她管不著，但是不想牽扯到寧櫻，買禮的這點銀子她還是有的。

寧伯瑾故作沒看見黃氏臉上的嫌棄，從懷裡掏出一張銀票放在桌上。「用不著去帳房支銀子，我懷裡有，小六妳收著，父親與妳一塊兒出門，免得妳被布莊的人糊弄了。蜀綢分好壞，有心送人，可不好遭人嫌棄。」

黃氏前段日子對著帳冊發呆，忙完田莊、鋪子的事又操心寧靜芸的親事，寧伯瑾雖住在梧桐院，除去公事，兩人甚少平心靜氣地聊天，對黃氏，寧伯瑾心裡仍然存著懼意，單獨相處時，心裡總不自在，與其這樣，不如出門轉轉；換作前兩天，他不敢提，怕黃氏罵他狼心狗肺不管親生女兒的終身大事，今日難得有機會，他不想留下。

黃氏瞥了眼銀票的數額，沒有過多糾結，爽快道：「櫻娘，妳父親給妳的，妳就收著吧，我讓秋水給妳帶點銀子放在身上以備不時之需。」

寧伯瑾沒想到黃氏會這樣說，心裡不痛快，但是看女兒杏臉桃腮，容顏昳麗，張了張嘴，沒有反駁黃氏，相反，語氣極為溫和，問黃氏道：「妳去不去？事情打聽得差不多了，再兩日就過年，妳歇歇才是。」

「不了，我還有其他事，天冷，別讓櫻娘在外面待太久。」

「嗯。」

稍晚，父女倆買了蜀綢出來，寧伯瑾遇到幾位同僚，相談甚歡，約著去酒肆茶樓讓寧櫻先回寧府。物以類聚、人以群分，和寧伯瑾結交的多是富貴清閒人，沒事喜歡聽聽小曲、逗逗鳥，胸無抱負，卻也不敢做什麼傷天害理的事，寧櫻攔不住，便先回府了。

金桂抱著布疋跟著寧櫻，穿過垂花廳，看見寧靜芳身邊的丫鬟在旁邊探頭探腦。金桂小步上前，碰了碰寧櫻手臂，提醒寧櫻朝左邊看。「是七小姐身邊的人，要不要奴婢過去瞧瞧？」

寧櫻轉頭，青翠的大盆樹叢後依稀有橙色的衣衫露出來，寧靜芳從南山寺回來安分許多，可能柳氏和她說了什麼，在那之後寧櫻沒有見過她，金桂去廚房端膳食遇見過她身邊的丫鬟兩回，對方規規矩矩的，不敢給金桂臉色瞧。

「不用了，由著她吧，大伯母做事沈穩，不會由著她亂來的。」人不犯我，我不犯人，以寧靜芳的段數，並不能掀起什麼風浪，否則丟臉的只會是大房，柳氏不會坐視不理。

金桂點頭，後退一步，往旁邊瞄了兩眼，並未上前打探，倒是那丫鬟看寧櫻走得沒了人影才從樹叢裡出來，拍了拍身上滴落的雪水，提著裙襬往芳華園走。

寧櫻先去梧桐院，將買回來的布疋給黃氏過目。寧伯瑾的目光不差，買回來的東西當然是拿得出手的。黃氏摸了下質感，滿意道：「不錯，讓吳嬤嬤去廚房做兩份點心，明日一塊兒送去，至於給薛府的禮，我心裡想好了。」

黃氏低著頭，粗糙的手一張一張翻著手裡的畫軸，神色專注，寧櫻湊上前，輕輕瞥了眼，不由得心中驚訝。「娘從哪兒來的畫軸？」

黃氏打開的這一卷畫軸上的男子，眉目英挺，五官端正，第一眼不會叫人眼前一亮，可是再多看幾眼會覺得他越發好看，一眼勝過一眼，上輩子提及他，許多人都以「耐看」形容——中一甲進士，留翰林院，兩年後任戶部侍郎，從此平步青雲，名聲顯赫，在京中名氣漸大，成為許多人都想拉攏的對象。

他的畫軸，為何會在黃氏手裡？

「小六認得他？」黃氏回眸，微抬著眸子，看寧櫻臉色驚愕，她若有所思地多看了兩眼畫軸。寧櫻跟著她甚少單獨外出，身邊結交了什麼人，她都清楚，而畫軸裡的男子明顯是陌生臉龐。

寧櫻已收起臉上錯愕，挨著黃氏坐下，視線有意無意掃過畫軸上。寧櫻如何不認識，上輩子為了他，寧靜芸和黃氏反目成仇，認為黃氏見不得她好，故意給她挑了這門親事，要她在京中一眾貴女中抬不起頭來；多年後，對方扶搖直上，外人才明白黃氏當初的慧眼獨具，可稱讚黃氏未雨綢繆的話到寧靜芸耳朵裡，回應大家的不過是淡淡輕哼。

「正是我不認識才好奇，娘從哪兒弄來的畫軸？看面相，此人是個福氣的，往後前途大好呢……」寧櫻實話實說。

誰知黃氏聽得大笑出聲，打趣她道：「妳多大的年紀，還懂看面相了？娘問狀元樓門外替人寫書信的秀才買的畫軸，櫻娘覺得他大有作為？」

若不是寧櫻提及，黃氏可能草草一眼就翻過去了，看寧櫻感興趣，不自覺多瞅了兩眼，容貌算不得出挑，眉目間有股穩重正直之氣，黃氏若有所思。起初為寧靜芸挑的親事高不成、低不就，被寧國忠駁回了，不是她選出來的人品行不好，而是家裡關係太過複雜。寧靜芸和程雲潤退親之事在京裡傳得沸沸揚揚，如果寧靜芸嫁到世家，以往的舊事會被人翻出來，與其叫寧靜芸整日面對交頭接耳的嘲笑挖苦，不如找戶門第低的人家，寧靜芸身後有寧府做靠山，有寧府壓著，對方不敢太過造次。

黃氏心知寧國忠有自己一番打算，可她不得不承認，寧國忠說得對，婆媳妯娌都是不好相處的，面上笑盈盈，暗地不知道如何給對方使絆子呢！寧靜芸過去的事不光彩，整天被一群妯娌含沙射影、冷嘲熱諷，久而久之，寧靜芸心思也不太好了。因而，她想起這麼個法子，去狀元樓挑選那些家世清廉的人家，狀元樓裡住著的都是明年參加科考之人，或大展身手一躍高飛，或自怨自艾敗北而歸，那裡的人眼下沒多大的區別，明年科考後，身分地位卻有著雲泥之別。

如果等到科考結束，中舉的人炙手可熱，爭搶的人多，寧靜芸的身分怕挑不到好的，不如趁著科考前將人定下，不管中不中舉，兩人的親事乃板上釘釘的事實，往後，有福同享，有難同當，對寧靜芸來說，不見得是壞事。

「小六覺得他好？」

寧櫻點頭。「他自然是好的。」

即使寧靜芸對他諸多挑剔，他卻從未說過什麼，人前人後待寧靜芸真心實意得好，所以寧櫻心裡才覺得黃氏是個厲害的，身纏疾病，但是給她和寧靜芸挑了門好親事，哪怕黃氏用了些手段。

多看兩眼，望著畫軸上的男子，寧櫻彷彿看到另一張深邃冷硬的臉，目似點漆，鼻若懸膽，冷然的臉永遠處變不驚，喜怒不形於色。

「娘再瞧瞧，妳回去順路和妳姊姊說一聲，明日一塊兒過來。」

榮溪園那邊收到帖子，柳氏派人送了消息過來，問她送何禮物？薛府沒有主母，薛怡沒有成親，禮物太珍貴，對方鐵定不會收，畢竟，明年薛怡和六皇子成親在即，收她們的禮難免有收受賄賂之嫌，六皇子受寵，但不得皇后喜歡，薛府往年低調，不會在這會兒鬧出事情來。

寧櫻有片刻的分心，許久才回過神，收回目光，神色怔怔道：「櫻娘記著了。娘，其實，不管人好不好，總要問過姊姊是否喜歡？她不喜歡，再好的人擺在她面前不過如糞土。」

「說什麼呢，妳姊姊哪懂裡面的門道，娘自有主張，妳回去吧！」說完，黃氏覺得不對勁。她並未說是在給寧靜芸挑選夫婿，怎麼寧櫻一眼就看了出來？抬起頭看寧櫻面露恍惚之色，故作惱怒道：「妳套我的話呢，別和妳姊姊說，以免她心裡難受。」

寧櫻發現，回府後，黃氏眼角的細紋多了些，手裡的煩心事數不勝數，黃氏哪有空閒好好保養？她喉嚨有些發熱。「娘為姊姊挑親事，不如順便將我的也定下吧，一舉兩得，否則，到時候又勞神費力……」

這下，黃氏臉上也錯愕了。「妳多大點年紀，往後別胡說八道，傳出去叫人笑話，妳的親事不著急，娘為妳慢慢挑。」

說不定，早有眉目了，黃氏如是想。

寧櫻搖頭。「娘就在這畫軸中選一個吧！」

她知道黃氏眼光好，不會害她的，上輩子的那門親事黃氏費了許多心思，那人待她不算溫柔體貼，可也是真心。如今細細想來，若沒有被煩心事羈絆，說不定，黃氏可以多活幾年，不至於早早沒了命。

她鼻頭發熱，低下頭，竟是紅了眼眶，秋水站在黃氏身後，真真是哭笑不得。「我的小姐，您才多大點年紀，身子還沒發育開呢，哪就惦記著親事了？您與五小姐不同，您的親事，最快也要等明年，待身子長開後商定也不遲。」說完，朝門口的金桂招手。「扶著小姐下去吧，別亂嚼舌根。」

金桂頷首，伸出手，輕輕扶著寧櫻往回走。她跟著伺候寧櫻有些時日了，夫人和吳嬤嬤她們的心思，她心裡或多或少清楚，是想寧櫻嫁給薛墨，往後日子清閒自在呢！狀元樓裡的那些人以後可能有大好的前程，然而，始終不及長姊是皇妃的薛墨，畢竟，再大的前程都不及和皇家是親戚體面。

落日院略顯蕭條，起初，老夫人命下人修葺不過是為了威脅寧靜芸，下人們得到風聲，並未真盡心盡力修葺院子，寧靜芸搬得急，院子只簡單拾掇一番，裡面的景致和以前差不多，並無多大的變動，好在冬日到處都是蕭瑟落寞，落日院的蕭條不算太過，否則，被外人見著這一幕，又該打探寧府後宅發生什麼事了。

寧櫻踏入主屋，映入眼簾的是一座木牙雕梅花凌寒的插屏，和之前的金絲屏風不同，這扇插屏素淨得有些過了。寧櫻伸出手，白皙的手順著梅花的紋路摸了摸，朗聲道：「姊姊怎麼換了這座插屏？冬日涼意重，梅花雖說應景，瞧著又平添了幾分冷意呢！祖母見著了，怕是要難受一陣子。」

寧靜芸坐在玲瓏雕花窗下，手裡翻閱著一本雜書，她瞇了瞇眼，何嘗聽不出寧櫻話裡的譏諷，道：「換了地方，換種心境，六妹妹等這一日不是等許久了嗎？」

寧靜芸繼續翻閱著手裡的書，並未因寧櫻的挖苦而停下動作。她靠在椅子上，手微微抬高以方便看書，說完這句，便不再理會寧櫻了。

繞過屏風，寧櫻打量起屋子的擺設來。窗下安置兩把圈椅，一張梨木鐫花茶桌，寧靜芸靠在椅背上，抬著頭，冬日的光灑在她臉頰，黑密的睫毛罩上一層淺色，秀美的臉如纖塵不染的仙子，不食人間煙火，靜靜坐著，美得叫人心動。

難怪她對黃氏挑的那門親事存著怨懟，她的姿色，入宮都是不差的，結果卻嫁給白手起家的寒門，日子清苦。

「的確等了許久，只是沒想到姊姊乃堅韌之人，竟真的如我所願和過去劃清界限，茶桌上的苦寒香，真叫人喜歡。」

寧靜芸將折斷梅花的枒杈插在青色瓷瓶裡欣賞，看在寧櫻眼中，也瞧得出她不敢和老夫人較勁，暗中拿花兒撒氣。

寧靜芸握著書的手一緊，眉頭一皺，半晌，又緩緩舒開。「妹妹可聽過一句話，三十年河東，三十年河西，風水輪流轉……」

「姊姊有今日，可不就是風水輪流轉嗎？」寧櫻走上前，拉開桌前的椅子，手碰著扶手，輕輕縮了縮，視線從寧靜芸的手裡移開。「妳竟然看這種書？」

寧靜芸不置可否，又輕輕翻了一頁。「既是看書，看什麼不是看？聽妹妹的意思，未免太過大驚小怪了些，妳喜歡，待會兒我讓柔蘭送兩本去桃園，別說我當姊姊的不照顧妳。」

寧櫻自詡經歷過大風大浪，多少懂得控制自己的表情，然而聽了寧靜芸的話，略顯稚嫩的臉如桃花一般染上緋色，一時說不出話來。閨閣女子端莊清純，對男女之事常支支吾吾、半遮半掩沒有臉面打聽，而寧靜芸光天化日看黃書，面上不動聲色，如何不叫寧櫻吃驚。

「無事不登三寶殿，說吧，什麼事？」說話的時候，寧靜芸又翻了一頁，顯然那頁沒有她想看的內容。

寧櫻張了張嘴，一時想不起來她的話，坐下後，給自己倒了杯茶才反應過來，道：「薛府下了帖子，娘問妳去還是不去？若去的話，明早記得，別起晚了。」

寧靜芸搬來落日院，性情變了許多，好像自暴自棄似的，人懶散不說，常常睡到日上三竿才起，也不去梧桐院，整日在屋裡。寧櫻只當寧靜芸受了打擊一蹶不振，這會兒來看，才知她有「其他事」，兩耳不聞窗外事。

正事說完，寧櫻懶得再和寧靜芸費唇舌。「我走了，明日去不去，妳看著辦吧！」以寧靜芸高傲的心思，明日應該是不會去的，黃氏與她說的時候，她就猜到了。

第十七章

翌日清晨，被屋裡窸窸窣窣的聲音驚醒，寧櫻直起身子趴在床邊，張嘴劇烈咳嗽。聞嬤嬤皺眉，問金桂。「小姐仍然夜夜如此？」

金桂略有遲疑地點頭，快速點亮床前的燈，蹲下身子，輕輕順著寧櫻後背。剛開始，寧櫻夜夜會咳嗽，偶有一覺能睡到天亮，她以為是膳食的緣故，吩咐廚房按照之前的做，誰知寧櫻照樣咳嗽，且每一回咳嗽得肝腸寸斷，金桂在旁邊聽著都跟著難受，但是，等寧櫻醒了就沒事。這病著實怪異，寧櫻不想聞嬤嬤擔憂，不讓聞嬤嬤夜裡守著，故而，聞嬤嬤不知道，以為寧櫻好了。

「今日去薛府，妳記得問問小太醫，這到底是什麼病？白天好好的，夜裡就跟變了個人似的，長此以往，小姐嗓子哪受得住？」說著話，聞嬤嬤去桌前倒茶。

寧櫻漸漸清醒過來。「金桂。」

「小姐，奴婢在。」

「沒事了。」寧櫻緊緊拽著金桂的衣衫，腦子漸漸恢復了清明。昏昏沈沈的時候，她聽到有人在耳邊說話，如玉石之聲，一下、兩下敲在她身上，熟悉的感覺席捲全身，她控制不住想要咳嗽，咳出來，就好了。

聞嬤嬤遞一盞茶過來，皺眉道：「小姐記得找小太醫瞧瞧，長此以往可怎麼好？」

寧櫻手順著枕頭往下找，掏出一面鏡子，銅鏡中稚嫩的臉略顯蒼白，眼角一圈黑色，清澈的眸子隱含著歷經滄桑的疲憊。她才十二歲，含苞待放的年紀，眼裡竟帶著人情冷暖後的倦色，她深吸一口氣，打起精神，咧著嘴，對著銅鏡笑出一朵花來，她不是那個被疾病纏身、日日等死的人，她才十二歲，活得好好的。

聞嬤嬤搖頭嘆氣，出門時，將寧櫻的病情和黃氏說了。

黃氏聽完，眉頭緊皺。寧櫻夜裡咳嗽的事她清楚，只是沒想到這般嚴重。「我知道了，今日會找機會讓小太醫替櫻娘把把脈。」

一行人走到二門，遇到寧靜芸從裡面出來，黃氏臉上有了笑，牽著小女兒，朝寧靜芸揮手。「靜芸來了。」

寧靜芸在裝扮上著實費了些工夫，一身縷金百蝶穿花大紅洋緞窄褃，下繫曳地飛鳥描花長裙，身形曼妙，冷冷寒冬，竟有春風襲來、百花齊放之感；她本就身材勻稱，肌膚瑩白勝雪，如此一穿，奢華又美顏，眼裡有她，再難看其他。

黃氏笑得欣慰，待寧靜芸走近了，一隻手牽著她道：「就該出來走走，整日在屋裡別悶壞了。」

大女兒生得好看，黃氏心裡高興，眼角瞥過將自己捂得嚴嚴實實的寧櫻，心下搖頭；不過，小女兒年紀小，不注重打扮沒什麼不好，大女兒開始選親，多花些心思在裝扮上好。

想著，黃氏左手牽著寧櫻，右手牽著寧靜芸，一臉是笑地出了門。

馬車備好，大房、二房的人等在門前。寧靜芳今日挑選的是件桃紅色梅花簇暗紋的襦裙，俏皮而可愛，可與寧靜芸相比，頓時變得黯淡無光。寧櫻瞅著寧靜芳撇嘴，眼露嫉妒，心下冷笑，面上卻不顯。

薛府府邸在臨天街，天子腳下，這一帶住的都是皇親貴族、達官貴人，馬車駛入街道，黃氏面上凝重許多，掀開簾子，向寧櫻道：「今日薛府應該是還宴請了其他人，妳不熟悉京中人情世故，跟著靜芸，叫她與妳介紹，別鬧了笑話。」

「娘別擔心，我心裡有數。」

另一輛馬車上，柳氏同樣叮囑自己女兒。「薛府另給妳五姊姊、六姊姊下了帖子，其中有什麼涵義妳心裡明白，之前的事揭過不提，薛府啊，說不定往後和寧府……」

「娘。」寧靜芳皺著眉，對著銅鏡描了描自己如柳葉纖細的眉。「娘等著，我會讓小太醫對我刮目相看的。」

她伸出手，吩咐丫鬟將胭脂給她，對著銅鏡，粉紅的唇嬌豔欲滴，她抿了抿。「她有的我都有，我還有外家，她有嗎？」

柳氏面色不豫。薛府和寧府並無往來，今年收到帖子是沾了誰的光，府裡眾人心知肚明，寧櫻心思重，寧靜芳哪是她的對手。

柳氏警告道：「不准和妳六姊姊較勁，妳祖母尚且吃了虧，妳以為妳比妳祖母厲害？娘什麼時候害過妳？」

比起寧櫻，府裡還有個令人忌憚的。柳氏記得清楚，南山寺的事情，黃氏沒有表現出絲毫憤懣不滿，怎麼想都覺得不對勁；南山寺的事情估計還有後招，畢竟，現在都還沒找到程雲潤。

馬車停在薛府前，薛墨一身青色對襟袍子，腰間束著錦帶，頎長身影站在門口，正有人與他寒暄。寧櫻掀開簾子，發現對方的身影有些眼熟，一時想不起在哪兒見過，正欲細看，視線一晃，簾子被黃氏放下，寧櫻故作不滿的撇了撇嘴。

寧伯瑾下馬車和薛墨拱手。寧府來的人多，薛墨指著裡面請進，寧櫻一行女眷先進入大門，是一塊四方形影壁，左右兩側一路栽種了綠竹，本該白雪皚皚的院落，入門後不見一絲雪，如風雨飄過，竹子東倒西歪，青石小路上沿路零星散有落葉，彷彿深秋的竹林，愜意而雅致。

領路丫鬟看她們面露疑惑，解惑道：「前幾日，侍郎爺心情不好，領著下人將府邸的雪全部清掃得乾乾淨淨，少爺擔心侍郎爺苦心白費，趁著下雪前給各府下了帖子。」

如此，算是解釋為何帖子下得急，應該是臨時起意……

薛府內少以假山造景，多迴廊水榭，松柏綠竹，每隔一段便有竹屋、竹亭清幽樸實地坐落於一側，青石磚的路逶迤曲折，兩側繞著顏色深淺不一的矮竹柵欄，有規律地隔開一塊、兩塊藥圃，入鼻處似有淡淡的草藥香，領路丫鬟八面玲瓏，每到一處拐角，便會開口解釋兩句，語調輕，襯著蕭瑟之意，平白叫人心底生出一股閒適愜意來。

薛府子孫世代行醫，院裡種有珍貴名藥不足為奇，一路走來，偶爾能遇到三兩小廝走往柵欄處，蹲下身，刨開土，捏在手裡反覆察看。

寧櫻心中好奇，不由得多看了兩眼，丫鬟耳聰目明，細細解釋道：「小主子說橘生淮南則為橘，生淮北則為枳，藥的種植與之相同，故而常常吩咐人留意草種藥的土壤……」

「之前漫天雪花，堆積厚厚一層，你們豈不是要將雪全部清掃乾淨？」薛太醫做人嚴謹，如此的話，薛府的下人一整個冬日都在鏟雪了。

丫鬟神色一滯，低頭，不好意思地搖搖頭。「小主子熟知藥性，冬日栽種的藥材自是喜陰、喜冷的，前幾日侍郎爺突然帶人上門，二話不說叫人鏟雪，小主子回來唉聲嘆氣，唯恐鏟雪影響藥性，吩咐這兩日多留意著藥圃的土壤……」

說這話時，丫鬟面色微紅地低下頭。那日，侍郎爺不知哪兒不對勁，冷面冷心地上門抓著小主子一頓好打，下手毫不留情；侍郎爺在刑部當值，知曉怎麼對付人不留下痕跡，拳頭不朝小主子臉上揮，可身上一塊沒落下，隨後院子就成這樣了。

主子聽後沒有半句斥責侍郎爺，反而將小主子訓斥了一通，說侍郎爺本就是個不好惹的，又剛送了幾車藥材來，小主子該多討好才是，怎將人得罪了？

柳氏從丫鬟嘴裡第二次聽到侍郎爺這個稱呼，心思一轉，道：「妳口中的侍郎爺可是……」

話說到一半，只見丫鬟拽著衣角，快速蹲下身，聲音不同方才的鎮定，有些許顫抖。

「奴婢給侍郎爺請安。」

眾人循著遊廊對面看去，迎面而來一男子，頎長身影，龍章鳳姿，穿著一身藏青色竹紋立領直裰，腰間，黑色暗紋的寬帶上懸著塊青色玉珮。此人身形單薄，於陰冷寒風中巋然不動，脊背筆直，一雙眼無波無瀾，如投入深井的石子，激不起一絲波瀾，深邃的五官肅肅如松下風，望之儼然。

眾人不由得屏住呼吸，停在這遊廊間。寧櫻走在後面，眼神打量著兩側錯落有致的藥圃，察覺周圍的氣息驟然轉冷，她不解地轉頭，視線從柳氏、秦氏的手臂間隙朝前望去，呼吸一窒，難以置信地睜大了眼。

譚慎衍好似沒想到會遇到人，眼裡有一瞬的詫異，轉瞬即逝，喜怒於他皆不顯於形色，他的目光並未在一群人身上多作停留，抬起手，隨手折斷延伸而出的臘梅，不薄不厚的唇微張，吐氣如這刺骨的風，令人不寒而慄。「妳家小主子不入朝為官真是可惜了。」丟下這句，轉身，疾步離開。

寧靜芳慢慢垂下頭，絞弄著手裡的帕子，面色通紅。她以為薛小太醫便是難得一見的好看之人，卻不想眼前這位有過之而無不及，肩寬腰窄，手神俊美，她抿了抿唇，動作間盡是小女兒的嬌羞，拉著柳氏，嬌滴滴道：「娘，那是誰啊？」

柳氏回神，低頭瞅了眼小女兒嬌俏的小鼻，她心裡正錯愕著。青岩侯世子與薛墨從小一塊兒長大，關係甚好，只是此地為薛府，看丫鬟低眉屈膝如對自家主子無異，明顯兩人的關係比她想像的還要好。

青岩侯受皇上器重，其子更甚，年紀輕輕上陣殺敵，軍功顯赫，回朝後收斂鋒芒，安安生生任刑部侍郎，每年處置的貪官污吏不計其數，手腕了得。眾所周知，待時日一到，刑部尚書之位乃譚慎衍囊中之物，而青岩侯府升一等侯爵是遲早的事。

如果說清寧侯明年有望加官進爵的話，則青岩侯百分百會晉升。譚慎衍率兵平定邊關，斬下對方將領頭顱，這一樁事已在京城傳開，而皇上不著急封賞，應該是想等明年一併給予封賞。

如此想著，看小女兒又扯了下自己手臂，柳氏笑笑，望著地上被譚慎衍折斷的枒杈，沈思道：「他是青岩侯世子，現任刑部侍郎，平素與小太醫交好，他在薛府，並無稀奇古怪之處。」

寧靜芳不懂朝廷之事，她是聽說過青岩侯世子，不過，不是關於世子的戰功和職務，而是他的出身。青岩侯世子其母是江南巡撫之女，嫁給青岩侯風光無限，十里紅妝從江南到京城，紅了多少人的眼，本該鶼鰈情深、相敬如賓的夫妻，在世子四歲時，侯夫人抱病而亡，同年，侯爺娶了另一名官宦小姐；傳說侯爺早已與那人珠胎暗結，侯夫人是被活生生氣死的，關於這件事，傳出來的版本多，寧靜芳自己聽過一些，然而都沒得到證實。

「他就是譚世子啊……」寧靜芳望著路側斷了一截枒杈的枯木，羞紅了臉。

丫鬟直起身子，躬身上前一步，繼續領著大家往裡面走，寧櫻怔怔地站在原地，她身旁的寧靜芸斜睨著她，輕蔑地勾了勾嘴角。「六妹妹不走？」

都是些眼高手低的，青岩侯世子豈是她們能攀上去的？癩蝦蟆想吃天鵝肉呢，寧靜芸心下鄙夷。

她聲音嬌柔，前面的柳氏、秦氏和黃氏皆回過頭來，不明所以地望著寧櫻，寧靜芳心思通透，如何不明白寧櫻心裡想什麼，不適宜地輕哼了聲。「六姊姊可是被譚侍郎神采英拔迷了眼，步子都邁不開了？要知，今日是來薛府做客，六姊姊應恪守規矩，別做出什麼丟人現眼的事叫寧府蒙羞。」

話聲一落，便得來柳氏一記冷眼，前面，薛府的丫鬟也稍顯尷尬，不過她會看人眼色，及時岔開話道：「今日還請了兩位尚書府的家眷以及翰林院學士，她們已經到了，諸位夫人、小姐這邊走。」

寧櫻低頭不語，愣愣地抬腳跟在後面。她只是沒想到，譚慎衍會在薛府裡，且猝不及防出現在她面前，他不喜熱鬧，往誰家湊熱鬧便是那戶人家快遭殃了。譚慎衍喜歡看那些人遭殃前的反應，他說，人在巨大興奮中迎接愁雲慘霧的牢獄之災，臉上露出的神色是最迷人的，因為意味著他沒有吃空餉，為朝廷除掉一禍害，在其位、謀其政，刑部監牢關押的人越多，他越有滿足感。

寧櫻默默低下頭去，心不在焉地走在最後，經過樹下，她不知為何，蹲下身將譚慎衍折斷的枝杈撿了起來，直起身子拿在手裡把玩才驚覺不妥，如燙手山芋似地丟了出去。

女兒不對勁，黃氏察覺到了。

柳氏、秦氏心思活絡，用不著她作陪，寧靜芸會做人，已和幾位小姐相談甚歡。黃氏牽著寧櫻到一側角落的屋簷下說話。「妳是不是哪兒不舒服？娘看妳臉色不好，小太醫在前面迎客，待會兒我讓吳嬤嬤找找他，叫他替妳瞧瞧。」

男大女防，黃氏知曉有些不妥，然而寧櫻的身子重要，她不放心地探了探寧櫻額頭，並無異狀，道：「不舒服的話，去屋裡坐著，不認識那些人不要緊的。」

櫻娘的性子隨她，不愛與人虛與委蛇，做不到面面俱到，這點寧靜芸卻做得很好。

黃氏叫來站在屋簷下的薛府丫鬟，不好意思道：「小女有些不舒服，這屋裡可否歇人？」

丫鬟穿了身薔薇粉色的襖子，聞言，點了點頭，上前一步推開門，側身道：「小姐屋裡請，奴婢去前院請少爺過來。」

寧櫻揚手說不用，她沒有不適。只是沒想到還會見到那個人罷了，不見面的時候從未想過，遇到了才知恍如隔世，兩人一起的日子歷歷在目，轉眼便已物是人非，兩人身分天差地別，往後應該是不會有交集了。念及此，寧櫻心裡好似鬆了口氣，又彷彿壓著一塊大石，悶悶得難受。

薛慶平去了太醫院，府裡只有薛墨和薛怡，故而請了兩位尚書府的大人，請他們代為照顧、炒熱氣氛。

瞅著時辰差不多了，薛墨垂手整理了兩下衣袖，問一旁的小廝道：「譚爺還在屋裡？」

小廝伸手扶著他，頓時，薛墨身子放鬆下來，渾身上下疼得難受，喘著氣道：「他可真下得去手，多年情分，就被他揍一頓給揍沒了。」

小廝抿嘴笑著。「福昌說，譚爺念著情分，並未下狠手，前天刑部抓了幾個驚擾南山寺女眷的刺客，被譚爺打得沒了半條命。」

薛墨瞪他一眼。「你的意思是，我得感謝他高抬貴手饒我一命了？」

小廝惶恐。「奴才不敢。」

「他如今的性子連我也琢磨不透了，瞧瞧咱院子，寒冬臘月不見一片雪花，盡是蕭條頹廢。」薛墨撐著腰，渾身上下疼癢疼痛，疼痛中又有種難言的舒爽，其感覺不足為外人道也。

穿過垂花廳，看迎面跑來一小丫鬟，薛墨鬆開小廝，立即挺直了脊背，動作急了，拉扯到身上的痛處，齜牙咧嘴，面目略顯猙獰。

「少爺，寧三夫人說寧六小姐身子不太舒服，您要不要過去瞧瞧？」丫鬟福身行禮，視線未曾在薛墨臉上停留。薛墨會在小廝跟前好說話，卻對府裡的丫鬟、婢女極為嚴格，她心知這點，不敢觸怒薛墨，故作沒看見薛墨疼得扭曲的面龐。

薛墨皺了皺眉，道：「譚爺在何處？」

丫鬟搖頭，薛墨側目揮手，讓小廝找譚慎衍的去處。「說我在二門處等他。」說完，又朝丫鬟道：「內院我不便隨意進出，妳將六小姐帶去連翹閣，我在那裡等她。」

連翹閣是薛府為數不多的閣樓之一，臨湖而建，周圍景色雅致，丫鬟領命而去，薛墨才伸出手，發現身旁的小廝被他支走了，不由得又垂下手，唉聲嘆氣地朝前面走。

另一廂，丫鬟匆匆忙忙回到屋裡，躬身施禮，看旁邊有人，頓了頓湊到寧櫻耳邊，小聲說了薛墨的指示。「六小姐請跟我走吧！」

寧櫻面有遲疑。她身子健朗，並未有半點不適，看丫鬟站在一旁，不疾不徐，眉目溫婉。她想起一件事來，有點私事想問薛墨，故而站起身，下意識抬手理鬢角的碎髮，手觸著花鈿猛地回過神。清晨，金桂替她梳妝時特意找了花鈿左右插入髮髻間，穩著平日毛躁的碎髮，她垂下手，微微輕笑。「走吧！」

繞著青色鵝卵石鋪成的小道走了約莫兩刻鐘，視野陡然明亮，兩側松柏綠竹縈繞，閣樓藏匿其間，寒風吹拂，閣樓的拱門若隱若現，有「猶抱琵琶半遮面」之感；大理石的拱門上，奇草仙藤引蔓，穿過鏤空影壁，垂下一絲絲的藤條，藤蔓自然而然地縈繞更叫人覺得美不勝收。

「千草藤是夫人在的時候種下的，易存活，春夏秋冬皆能點綴庭院，少爺喜歡，因而挪來此處，好些年了，頗費了一番工夫才讓它長成如今的模樣。」丫鬟看寧櫻站在影壁前，不由得出聲解釋，指著內裡道：「六小姐裡面請。」

院裡景色較外面更顯精緻，左側修葺了座亭子，亭子小，四面通風，以藤蔓纏繞為頂，其間插著各式各樣的臘梅，梅花綻放，亭子熠熠生輝；亭裡安置了張圓桌，桌面搭了張白綠相間的綢緞，順著桌沿垂下，桌上擺著一個青色的瓷瓶，瓶裡插著幾枝枯木，別有一番意境。

丫鬟看她的目光落在亭子裡，試探地問道：「六小姐可是想去亭子坐坐？」繼而又介紹亭子來。夏日炎熱，傍晚薛墨喜歡在這乘涼，偶然起了拾掇出一小庭院的心思來，一日大小姐來了心思，又吩咐人將亭子順著她的意思修葺一新，冬日吩咐丫鬟折了臘梅點綴其間，紅黃相間，如春日盛開的嬌花。

另一邊路上，薛墨半邊身子搭在譚慎衍身上，抱怨道：「你下手未免太狠了，虧得年關了，太醫院輪值，我能讓我爹代替我，否則，我這副樣子怎麼給宮裡的貴人看病？」

譚慎衍嫌棄地將人往外推了推，薛墨似有察覺，黏得更緊了。「兄弟如手足，女人如衣服，到你這裡倒是反了。櫻娘容貌不差，可畢竟才十二歲，她若是個尋常百姓家的，你強取豪奪，對方不敢有半句怨言，但寧府畢竟是官宦人家，依著京中各式各樣的規矩來，你倆再快，她也得及笄後才能嫁你，嫁給你之後才能行房，你憋了多年，美人在懷鐵定是憋不住，她身板弱，哪承受得住你狂風驟雨的索取？嬌豔欲滴的一朵花兒，別被你摧殘得不成人形才好。說吧，南山寺到底發生了何事……」

譚慎衍半垂下眼，目光複雜地看了薛墨一眼，薛墨被他看得發毛，拍了拍自己臉頰，不解道：「怎麼了？」

「沒，突然覺得你長得不差。」

薛墨嗤之以鼻，沒吭聲。薛慶平劍眉星眼，他娘膚若凝脂，貌美如花，他哪會是不好看之人。

「我和你的事別與她說，我不認識她，別嚇著她了。」

薛墨瞠目結舌。「你不認識她也知她和她娘中毒，叫我給她們母女治病，還知她在南山寺會遇到危險？慎之，我雖比你小，你也不至於找這種藉口搪塞我。」

譚慎衍心知他不會信，便是他也不敢信。明明死掉的人如何又回來了？他不解的同時又慶幸著，櫻娘曾告訴了他些許往事，讓他得以占足先機，護她周全。

「送你的幾車藥材不是白送的，你若不聽，改明日我與伯父說，叫他……」

薛墨求饒，半邊身子的重量全部壓在譚慎衍身上。「我答應你，什麼都答應你，我爹收了你的藥材，你要星星、要月亮他都會摘給你，別說是我這個兒子了。罷了、罷了，你不說我便不問，左右不過是兒女情長、風花雪月罷了。」

兩人默默不語到了院子，看丫鬟站在門口，薛墨一手推開譚慎衍，神色端正。「你不想她知曉你的身分也好，否則，你做下的那些事，估計會嚇得她退避三舍，她可不是嬌養在後宅大院的花兒，骨子裡帶著刺，別被她扎到了。」

說話間，兩人進了大門，譚慎衍已收拾心思，看寧櫻的眼神透著陌生來。

聽見動靜，寧櫻望了過來，面色微詫，隨即，推開椅子站了起來。「小太醫和譚侍郎來了。」

薛墨揚眉，笑著拍了下譚慎衍肩膀。「櫻娘認得他？」

寧櫻頷首。「方才在外面見過。」

薛墨意有所指地瞥了一眼譚慎衍，眼裡戲弄之意甚重。一本正經與他說不想寧櫻知道他在背後做的事，一邊又悶不吭聲在人眼前晃悠，刑部出來的人，果然都是心思扭曲的。見譚慎衍嘴角微動，他忙收斂目光，笑著道：「是嗎？聽丫鬟說妳身子不適，可否具體說說。」

寧櫻本想和薛墨說點私事，看有外人在，收起了心思，緩緩道：「沒什麼不適，我娘小題大作而已。」

她話裡有所保留，譚慎衍一眼就看得出來是礙於他在場的緣故，不由得臉色一沈。「是不是我打擾你們了，可需要回避？」

他目光如炬地望著寧櫻，嘴上如此說，手已拉開椅子順勢坐了下來，傾著身子，手漫不經心地搭在桌上，修長的中指輕輕擊打著桌面，臉色極為難堪。

寧櫻不自在地笑了笑，清澈透亮的眸子閃了閃，別開臉，站起身道：「丫鬟讓我過來，我以為你有話要說，這會兒時辰不早了，我娘恐會找我。」

她心咚地跳了一下，並不看譚慎衍，兩人應該是不會有交集了，過多牽扯不太好。

譚慎衍臉色又沈了兩分，半晌後和緩情緒，目光軟了下來，再開口，他一改咄咄逼人，語速慢了下來。「我聽有個婆子嘀咕，說是她家小姐夜裡常常咳嗽，說的可是六小姐？」

薛墨疑惑地哦了聲，側身吩咐丫鬟去屋裡搬椅子出來，頷首，示意寧櫻坐。「既是來了，我給妳把把脈吧！」

他站在譚慎衍身旁，眉目微斂，半點不敢落在寧櫻身上，問起寧櫻在南山寺的事情來。寧府女眷在南山寺遇到刺客的事沒有傳開，然而，知曉的人不在少數，京兆尹抓到人，遲遲沒有結果，薛墨故意提起這事自然還有別的打算。

「那晚妳們在南山寺可受到驚嚇了？聽說貴府的老夫人如今還在府裡養著。」

「並無大礙，人送去京兆尹了，剩下的事與我們無關。」說到這裡，寧櫻想起那晚身上瀰漫著草藥香的男子，反問道：「那晚小太醫可去了南山寺？」

「櫻娘為何這般問？」那兩日，薛墨和薛慶平商量各府年禮的事。今年送年禮的人家多，薛慶平怕被人鑽了空子，要他嚴格把關，他忙了整整三日才忙完，正準備安安心心睡一覺，半夜被譚慎衍從被窩裡拎出來練拳。他只是個文弱太醫，拳腳功夫哪能和譚慎衍比？當晚吃虧就算了，第二天，不知譚慎衍哪根筋不對，又帶著人上門把他打了一頓，其中苦楚無處訴說，這會兒，身上還疼著。

寧櫻低頭沈吟，餘光注意到桌上敲打的手指停了下來，面露猶豫，不知怎麼開口，譚慎衍不在，她開門見山問薛墨尚且可以，可譚慎衍在，她心裡沈甸甸的，莫名發毛。

丫鬟端了椅子出來，薛墨坐在兩人中間，吩咐丫鬟斟茶，將寧櫻的遲疑看在眼裡，拍了下譚慎衍肩膀，篤定道：「我和慎之從小一起長大，櫻娘不必擔心，什麼話，說出來聽聽。」

寧櫻仔細想了想兩人的關係，的確沒有什麼好隱瞞的。譚慎衍為人淡漠，最不喜多管閒事，且不是說三道四之人，她便將在南山寺發生的事說了，略過和男子的接觸不提，完了，聲音軟了下來。「我當時聞著他身上有股淡淡的草藥香，以為小太醫……」

譚慎衍抽回手，眉目上挑，轉身看了薛墨一眼，意味不明道：「倒是不知，你還有古道熱腸的時候。」

薛墨訕訕一笑，回味寧櫻話裡的意思，忽然靈光一閃。「妳沒看清那人的容貌，以為是我？」

寧櫻點頭。她感受到那人沒有惡意，說出來也是希望薛墨從旁幫忙打聽，程雲潤畢竟是有爵位在身的世子，出了事，朝廷會追究，她不想牽扯進去。

薛墨挑眉，不懷好意地望著譚慎衍。難怪譚慎衍脾性那般大，原來是寧櫻將她誤認成自己，醋勁上來拿自己撒氣呢，他遭受的是無妄之災。

沈吟片刻，薛墨心下有了主意，故作驚訝望著譚慎衍。「那日你不是說你後母叫你去南山寺，為那些死在你手裡的冤魂上香嗎？是不是你救了櫻娘？」

譚慎衍目光一凜，望著薛墨的眼神散發出颼颼涼意。

寧櫻身子一顫，難以置信地看向譚慎衍，喃喃道：「是你嗎？」

她的目光純淨無瑕，譚慎衍心生煩躁，淡淡道：「可能是吧，那晚天太黑，並未多留意發生什麼事，可是給六小姐惹了麻煩？」

薛墨叫她櫻娘，自己卻稱呼她六小姐，想著，譚慎衍轉過頭，輕輕呼出一口氣，這會兒想去刑部了，昨日送來幾個人牙子，皮糙肉厚的，比薛墨耐打多了。

「沒。」寧櫻覺得譚慎衍話裡漏洞多，又道：「譚世子和圓成師父關係很好？」

譚慎衍抬手，輕輕撣了撣衣袖上並不存在的灰，心裡煩悶。他在刑部整天想著如何要一群人俯首認罪，寧櫻話裡的意思他聽得出來，她不相信他說的話，委婉打聽呢！

丫鬟端著茶壺出來，譚慎衍聞了聞，皺眉道：「妳家少爺不是珍藏了許多臘梅嗎，不拿出來招待客人留在抽屜發霉不成？」

被突然的訓斥聲驚嚇，丫鬟不知所措，放下茶壺，泫然欲泣地望著腳上的鞋。

薛墨搖頭，可憐地看了丫鬟一眼。譚慎衍這會兒心情不好，誰撞過來誰遭殃，擺手道：「罷了、罷了，讓紅菱將我抽屜裡的瓷瓶拿過來。」

憐惜丫鬟是受了遷怒，薛墨語氣輕柔，要清楚不只她，他自己也遭了一頓慘絕人寰的毒打呢！

寧櫻也被譚慎衍威嚴的語氣驚著了，頓時挺了挺脊背，面上露出些許沈重來。

「我與圓成有些交情，他說寺裡的客人告知他半夜會出事，他急著去山裡請住持，順便叫些人幫忙，如果真的出了事，南山寺百年便會清譽毀於一旦，但若驚動住持，住持勢必會早做準備防止意外發生，這樣豈不是會壞了某些人的主意？我和圓成說，暫時不著急告訴住持，他要人，我有，等著看會發生什麼事就好。」譚慎衍吐字清晰，繼續道：「誰知，半夜還真的跑進去一撥人，且差點傷了人，當然他速度再快，比不過我手裡的箭，我怕給圓成惹麻煩，吩咐侍衛將人拖走，離開時遇到歹人還有後招，一併處置了。」

他一字一字說得慢，寧櫻細細回想。那晚她見著的黑衣侍衛應該是他的人了，且那個在黑暗中救她的人也是他，說起來一個晚上自己竟然欠他兩條人命，寧櫻心下嘆息，但看譚慎衍眉目莊重，波瀾不驚，思忖再三，將那晚的事說了，包括他救了自己兩次的事，第一次在屋裡，第二次在小路。

薛墨一笑。「竟不知還有這事，慎之你救了櫻娘，怎麼悶不吭聲？」

「夜裡黑，看不清人，並不知我救下的是誰。」

譚慎衍的話沒有一點漏洞，不知為何，寧櫻鬆了口氣，繼而問譚慎衍那晚為首之人的去處。清寧侯府派人到處搜索程雲潤的下落，皆不見人影，她沒有提程雲潤的名字，是不想惹禍上身。

譚慎衍表現得更加淡然。「回京路上那人逃了，他的同夥在，他逃得過初一，逃不過十五，既然知曉他們冒犯的是六小姐，稍後我回刑部，讓他們徹查。」

「不用。」寧櫻微微搖頭。她沒有對外人說過程雲潤的事，刑部一介入，程雲潤的事情會被翻出來，免不了牽扯到寧府。

黃氏正籌備為寧靜芸說親，若又起波瀾，黃氏恐會更愁。她只想安安穩穩將寧靜芸嫁出去，減少黃氏心頭的愧疚，往後橋歸橋、路歸路，黃氏活得輕鬆自在些。

薛墨看兩人聊得還算愉悅，心裡輕鬆不少，叫寧櫻抬起手，細細替寧櫻把脈，脈象正常，並無其他。

見薛墨疑惑地看了眼譚慎衍，寧櫻覺得奇怪。「可是有什麼不妥的地方？」

「沒，櫻娘平日注意保暖才是，至於夜裡咳嗽是為何？」

寧櫻心知那是自己的心病，非藥物所能控制的，緩緩道：「夜裡夢多，約莫是魔怔了，不礙事的，往後慢慢會自己好的。」

薛墨沒有多問。寧櫻咳嗽的事，譚慎衍也與他說過，他方才看過，寧櫻脈象正常，體內餘毒已清，並無大礙，那為何還會咳嗽？

「明年我出京遊歷，不在京的日子多，妳遇到事可以找慎之，妳認我一聲哥哥，我便將妳託給他照顧，別怕給他惹麻煩，入了刑部，再厲害的人都要聽他的。」

寧櫻一怔，臉頰微紅，薛墨繼而說起其他。他年紀輕輕，去過的地方不少，沿路風俗人情說得繪聲繪色。寧櫻最喜歡聽外面的事，京城給她的印象一點都不好，黃氏死了，她孤苦無依，之後入了侯府，人前賢良淑德，人後暗自抹淚，到最後被病痛折磨至死……

想得出神了，眼睛微微濕潤起來，她擦了擦眼角，見兩人望著她，勉強扯出一抹笑來，強顏歡笑道：「你去過的地方真多，不像我一年四季都在莊子裡，回到京城，整日在院子裡，不怎麼出門，也不知京外是什麼情形？」

譚慎衍若有所思地低下了頭，薛墨一時無言。他留意到寧櫻心裡頭壓著許多事，撲閃的眼裡透著看盡人情冷暖的炎涼，他怕說錯話惹寧櫻不快，最後譚慎衍拿他撒氣，這會兒，他身上還疼著呢！

靜默間，外面傳來幾位小姐的說話聲，聲音尖銳細膩，明顯是尖著嗓門發出來的，這種聲音聽見的次數不多，寧櫻卻也知曉是誰，不好意思地解釋道：「約莫是府裡的姊妹來尋我了，會不會給你們惹麻煩？」

今日薛墨幫了他大忙，譚慎衍心頭的怒火煙消雲散，答非所問道：「聽說六小姐在京裡過年，大年三十，京郊外熱鬧，城裡做生意的大多會挪到城外，夜裡會放煙花爆竹，甚是熱鬧。我和墨之從小一塊兒長大，他把妳當妹妹，我自也是將妳當作親人的，大年三十，一塊兒去京郊如何？」

寧櫻受寵若驚地看向譚慎衍，像受了驚嚇的兔子，惶惶不安。

譚慎衍語氣一柔，一錘定音道：「那日讓墨之去薛府接妳，我不便出面。」

話聲一落，門口傳來少女獨有的清脆嗓音。「六姊姊，妳果然在這兒呢！讓我們苦找，尚書府的幾位小姐得知妳從莊子回來，想見見妳，問過三嬸也不知妳去了何處，虧得這位丫鬟見我倆有些相似，告知說妳在這處，否則，我們沒地方找人了。」

丫鬟訕訕笑了笑。明明是她去向紅菱要花茶，半途被七小姐擋住去路，質問她六小姐的下落，她沒法才領著她們過來，被七小姐一說倒成了自己話多。她不過一個丫鬟，連辯解的機會都沒有，歉意地朝薛墨福了福身，走到桌邊，恭順地拿起桌上的茶壺。「奴婢去泡茶。」

薛墨不喜歡外人，這點和譚慎衍一樣，譚慎衍對罪犯以外的人不感興趣，而他除了病人，對其他人無甚心思，故而道：「幾位小姐喜歡連翹閣可隨意走走，湖面結了冰，若去湖邊，請多加留心，我與譚侍郎還有事，先告辭了。」說完，拱手別過。

寧靜芳揉著手裡的帕子，像要將其揉碎似的，心裡不舒服。想想也是，她們沒來時，三人相談甚歡，她們剛來，薛墨和譚慎衍就要離開，總覺得像是自己上前討了嫌棄，咬了咬下唇，她踟躕著走到桌前，看譚慎衍坐著沒動，暗暗自喜，面上卻一副委屈。「六姊姊，是不是我打擾你們談話，怎麼偏生我們一來，小太醫和譚侍郎就要離開？若是我的不是，我帶著她們離去便是……」

寧櫻觀察著其他幾位小姐的神色，寧靜芳的話說完，幾位小姐看向她的目光明顯帶著怨恨。薛墨和譚慎衍年紀不小，京裡趕著巴結的人家多，想嫁進兩府的人不勝枚舉，寧靜芳的話分明是將她推入風口浪尖，可想而知走出這道門，她怕會成為京城各府小姐抱怨的對象了。

「這位小姐。」譚慎衍站起身，目光冷冷地看向寧靜芳，嘲笑道：「出門做客，最基本的禮儀都不懂？薛府的下人什麼性子我略知一二，若不是妳威逼利誘、纏著丫鬟問到這邊來，丫鬟會主動領妳們過來？將責任推到丫鬟身上不解恨，又挑唆妳六姊姊和諸位小姐的感情，怕人家不知道妳小小年紀，長了蛇蠍心腸是不是？」

薛墨心知，寧靜芳是將譚慎衍惹惱了，她們不過來，三人還能繼續聊一會兒，寧櫻對譚慎衍已無最初排斥，寧靜芳這一打斷，將諸位小姐的怒氣牽扯到寧櫻頭上，如果寧櫻是個膽小怕事的，往後遇到自己和譚慎衍估計只有退避三舍，不怪譚慎衍和她斤斤計較。

不知為何，薛墨想起小廝說的話，說譚慎衍對他手下留情，之前不信，這會兒看譚慎衍擺明不讓寧靜芳好過的神色，他覺得小廝說的話約莫是對的。

「妳說丫鬟主動帶妳們過來，依著府裡的規矩，妳們走後，丫鬟勢必要受罰，擅自洩漏主子去處，若妳們是群刺客，豈不是給主子惹來殺身之禍？故而，丫鬟輕則杖責二十，重則被發賣出去，妳一開口，先是害了丫鬟一條命，又陷害妳六姊姊，心腸如此歹毒，若在刑部，妳這張嘴縫上二、三十針都是少的。」

譚慎衍說得寧靜芳一愣一愣的，淚珠直往下掉，局促不安地搖著頭，辯解道：「我沒有……」

「妳沒有？妳沒有的話能否叫丫鬟來當面對質？妳身後的那些小姐被妳牽著鼻子走都不知道，幫著妳除掉薛府的一個丫鬟，又把矛頭對準和妳關係不甚好的六姊姊，借刀殺人，妳說妳沒有？」

譚慎衍神色淡漠，一番話說得寧靜芳啞口無言，而她身後的幾位小姐交頭接耳嘀咕起來，寧靜芳尖叫一聲，臉色通紅，身子直直朝後仰。

譚慎衍半分不為所動。「又多了一條，被人識破後裝暈博同情，這次薛府也被牽扯進去了。」

薛墨眼明手快地扶住寧靜芳，朝譚慎衍搖頭。小姑娘年紀小，哪能和每日嚴刑拷打逼供的刑部侍郎一較高下。他是大夫，一眼就看得出寧靜芳不是裝暈的，是真的暈過去了。

而譚慎衍已抬腳大步離去，不忘提醒薛墨。「府裡有會看病的丫鬟，你讓她們過來，別救了人還惹一身腥。」

譚慎衍的話直白，在場的人聽得面紅耳赤，便是寧櫻也微微紅了臉。譚慎衍從來不是一個好相處的人，可也不是這般話多之人。

寧櫻想，難道譚慎衍是成親後才轉了性？

不管怎麼說，寧靜芳的名聲算是壞了，不一會兒，柳氏聞訊趕來，看寧靜芳躺在床上，臉色慘白，她是又急又氣。薛府地位高，今日請的都是些有頭有臉的人物，其中，翰林院大學士的夫人也來了，柳氏想讓兩個兒子與翰林院大學士多來往，誰知，全被寧靜芳破壞了。

不一會兒，寧靜芳陷害丫鬟、將眾位小姐當傻子的事傳開了，尚書府的兩位夫人面色不豫，人在薛府並未當場發作，出了薛府便不准自己女兒再和寧靜芳往來，年紀小就懂得如何借刀殺人，往後誰和她關係好，誰被她算計。

「娘，那寧府的五小姐呢？五小姐心思細膩、沈穩大氣，雖說與清寧侯府退了親，女兒瞧著她是個好的。」

尚書夫人琢磨一番。小太醫和寧府三房關係好，寧靜芸若真的是個好的，平日往來沒什麼，寧靜芸退了親，那樣子的人家不可能嫁到薛府或者青岩侯府，構不成威脅。

尚書夫人和女兒說了幾句話，問起她們可有和薛墨、譚慎衍說上話？要知曉，明年開春，青岩侯府便會晉升為一等侯爵，刑部尚書年紀老邁，最多三年便會告老還鄉，譚慎衍會是開朝以來最年輕的尚書，入閣拜相也未可知。

「沒，譚侍郎冷冰冰的，就是他拆穿寧七小姐。七小姐真是好算計，女兒差點就把矛頭對準六小姐了，鬧起來真是丟臉。」

「妳知道就好，我瞧著，寧府三房怕是要飛黃騰達了，可惜，三夫人沒有兒子，再大的榮華也不長久。」尚書夫人喃喃自語。

第十八章

傍晚，寧櫻從梧桐院出來，金桂穿著橙色襖子跟在身後，說了芳華園的事。

「七小姐醒了後嚎啕大哭，將屋裡的杯子、花瓶全摔了，事情傳到老爺耳朵裡，說七小姐不懂規矩，明年專門請教養嬤嬤教她呢！」

「她是活該，不管她。」

寧靜芳自作自受，她不會同情這種人。

夜裡，寧櫻交給聞嬤嬤一些碎銀子。「明日過年，妳替我賞給院子裡的人，第一個年，辛苦她們了。」

聞嬤嬤會心一笑。「小姐不說，老奴也會提醒您的。」

府裡逢年過節都會打賞下面的丫鬟、婆子，激勵她們繼續盡忠職守，她以為寧櫻小，不懂這個理，正想和她說，誰知，寧櫻心裡跟明鏡似的。

聞嬤嬤欣慰道：「明日要去郊外，老奴先將小姐要穿的衣衫找出來。」

寧櫻點頭，坐在銅鏡前，打量著鏡子裡人的容顏，心緒恍惚。

遇到譚慎衍，又勾出了她許多往事。她不算聰明、不懂算計，婚姻講究門戶，她和譚慎衍身分千差萬別，在外人眼中，他是高不可攀、眾人敬仰的譚侍郎、譚尚書，而她不過是長於鄉野的無知村婦，靠著點手段飛上枝頭做了鳳凰，舉止粗鄙，性子潑辣，配不上他。

在他面前，她心底是自卑的，做事瞻前顧後、畏首畏尾，許多事拿不定主意。她喜歡他，可在前世活得太過小心翼翼，以至於迷失自己，留下諸多遺憾，自己過得不幸福也拖累了他，這輩子，她不嫁給他，心底便不會生出自卑來。

前世的緣分到了頭，這世便各自好好活著，橋歸橋，路歸路。

這般想著，秋水越過屏風進來，晃了晃手裡的黑漆木雕花盒子，笑盈盈道：「小姐，薛府送了回禮，這會兒才到梧桐院，夫人看是幾支木簪子，差奴婢給您送來。」

秋水穿了身橙黃色茜草纏枝紋的長衣，眼眸乾淨，泛著笑。「明天大年三十，小姐記得早點休息。怎不見聞嬤嬤呢？」

話聲一落，便瞧見聞嬤嬤從裡面出來，拍了拍身上的衣衫，倉促和秋水說了兩句話，拿著錢袋子出了門。夜色漸深，其他院子的丫鬟、婆子估計都領了賞錢，就桃園慢了，不敢再耽擱下去，若等丫鬟們歇下，再叫起來就該鬧笑話了，故而腳步匆忙。

秋水看寧櫻髮髻鬆散開，容顏妍麗，安安靜靜地坐著，跟蓮花仙子似的，走上前，揉了揉她腦袋，提醒道：「明日清晨要去榮溪園請安用膳，別在桃園吃；和小太醫去了郊外多留點心，夜裡熱鬧，人牙子肆意妄為，最喜歡哄騙嬌滴滴的小姐，您別上了當，看了煙花爆竹，子時前得回府守歲，莫貪玩。」

寧櫻生下來就是她抱著的，秋水沒有生過孩子，在她眼中，寧櫻像她自己親生閨女似的，故而才會絮絮叨叨叮囑她。

「秋水，我記著呢！」

一路上她和黃氏提過薛府會派馬車接她之事，黃氏不覺得有什麼，寧櫻心裡不自在，想到那個面色冷淡、陰晴不定的男子，她嘆了口氣。薛墨與譚慎衍關係好，明日勢必會遇到他，兩人前世是夫妻，雖說如今是陌路，心下總不太自在。

寧櫻秀眉輕抬，接過盒子，蔥白般細嫩的手摩挲著盒上紋路，隨口道：「小太醫怎麼想著送簪子過來？」

「據說薛小姐得到兩塊沉香木，送去首飾鋪子打造了一套頭飾，恰逢今日宴客，挑了些做回禮，今日去薛府的小姐都有，五小姐也有。」看寧櫻打開盒子，眼眸漸漸有了笑，秋水面上越發溫和，繼續解釋道：「七小姐在薛府鬧的事上不得檯面，聽說薛府沒有送七小姐禮。薛府的人是傍晚送來的，大夫人心裡不舒服，壓著東西沒吭聲，夜色漸黑，大夫人再瞞著，明日傳到老爺耳朵裡她難自處，這才命人送了過來。」

見寧櫻拿出盒子，喜歡不已的模樣，秋水又小聲說了兩句。沈香木貴重難得，秋水猜測，除了寧櫻手裡得的這塊是沉香木簪子，尚書府的幾位小姐得的應該是尋常木簪子，工藝精湛不必說，比不上寧櫻手裡的矜貴，只因寧靜芸的便是尋常簪子。

這個明眼人一看就分辨得出來，秋水和寧櫻說明，是希望她心裡有個底。

見寧櫻眼裡閃過詫異，秋水直起身，準備回梧桐院。「小姐早點休息，秋水還有事要做，就不留下了。」

寧櫻拿出簪子，驚呼道：「雕的是櫻桃花呢，花葉中還有櫻桃，手藝真好，竟是比莊子的吳管事還要厲害。」

吳管事管著莊子，空閒時喜歡抱著塊木頭刻刻畫畫，雕出來的小貓、小狗算不上精緻，卻也有模有樣，吳管事和管事媳婦待她不錯，望著簪子，寧櫻又想起在莊子的時光，那會兒是真的沒有煩心事。

「秋水，妳說，我和父親說讓吳管事一家來京城供我差遣如何？」她身邊沒有跑腿的人，黃氏讓她使喚熊大、熊二，她心裡不舒服，不能全心全意信任他們，即使有事吩咐也多是無關痛癢的，對她沒有多大的幫助。

吳管事一家是寧府的人，賣身契在寧國忠手裡，寧伯瑾討要的話，寧國忠該會給面子。如此一想，寧櫻精神一振，站起身，喚外面的丫鬟為她穿衣。「秋水，我與妳一道回梧桐院，和父親說說，年後讓吳管事他們入京。」

秋水看她說風就是雨的，拉著她勸道：「不急於一時半刻，明天就大年三十了，正月出遠門得少，即使妳想讓吳管事他們進京，也只能等二月了。」

門口的丫鬟被聞嬤嬤叫到旁邊院子領賞錢了，不在。

不見人進屋，寧櫻索性自己回屋取了一件粉紅色斗篷套上，挽著秋水一道往外面走。府裡張燈結綵、燈火通明，暈黃的光蔓延至路的盡頭，瞧著喜氣洋洋的，相由心生，景隨意動，果真不假。

寧櫻和秋水小聲閒聊著，經過岔口時，另一條甬道傳來女子低沈的說話聲。

寧櫻蹙了蹙眉，秋水臉色頓時沈了下來，很快又化為平靜，輕聲向寧櫻解釋道：「是竹姨娘，她被三爺罰了禁閉，今日府裡的主子都出去了，她去榮溪園陪老夫人，一大早就過去了，沒承想這會兒才出來。」

寧櫻聽出秋水語氣除了鄙視還有一絲咬牙切齒，她不難想清楚，十年前那件事是竹姨娘做的，所有人卻都怪在黃氏頭上，若不是這樣，黃氏何苦去莊子過了十年？

「秋水，妳別生氣，天網恢恢，疏而不漏，不是不報，時候未到，說不定，明天報應就來了。」

竹姨娘膝下有一對兒女，生了三房長子的緣故，竹姨娘頗為得意，和月姨娘凡事寫在臉上的跋扈不同。竹姨娘的得意是從骨子裡透出來的，竹姨娘在後院長大，清楚後院爭鬥，她以為有了兒子就是萬事大吉，看不起其他姨娘，對月姨娘也嗤之以鼻；不過，月姨娘性子直，雖知竹姨娘看不起她卻不知其中緣由，活得像月姨娘那般糊塗的，真是少見。

秋水心驚，斜著眼多看了寧櫻兩眼。她心裡對竹姨娘是氣憤的，在寧櫻跟前自認為掩飾得好，結果被寧櫻發現了。「奴婢現在不氣了，夫人回來了，往後慢慢會討回來的，您也別怕，她不過是個年老色衰的姨娘，連主子都算不上。」

「我不怕，回府後，妳瞧我怕過誰？」寧櫻仰著頭，語氣篤定。她心裡納悶一件事，黃氏回來這麼久了，沒發落過任何人，上輩子的黃氏可謂雷厲風行，攪得寧府人仰馬翻，如今卻平靜得很，不太對勁。

聽著聲音近了，寧櫻不想和竹姨娘碰上，抬腳朝梧桐院的方向走。

穿過甬道走來的竹姨娘望著兩人背影，愣怔了下，她身邊的丫鬟也瞧見了，小聲道：「六小姐會不會打聽姨娘您的去向，然後在夫人跟前煽風點火？」

竹姨娘低頭，眸色漸深，目光望向前面，見寧櫻和秋水挽著手，不時歪頭說幾句話，有說有笑走過拱門，她臉上露出猙獰的笑來。「她不過仗著薛府在府裡作威作福罷了，聽說傍晚薛府的人送了禮過來，沉香木打造的簪子，她能不得意嗎？我倒是要瞧瞧，之後兩年，薛府不上門提親，她還有何臉面見人？」

說完，竹姨娘又想到什麼，嘴角揚起高深莫測的笑來，低下頭，小聲交代丫鬟辦一件事，丫鬟聽得摀嘴笑，連連點頭，暈黃的光將兩人的身影投射至一旁樹梢上，半明半暗，令人毛骨悚然。

她們聲音再小，想知道她們說了什麼卻一點都不難，藏身在暗處的秀嬤嬤聽完丫鬟的話，瞅了瞅月色，斟酌一番，去了芳華園。

因寧靜芳發了一番脾氣，芳華園一片狼藉。明日過年，哪能由著寧靜芳胡來？柳氏吩咐丫鬟收拾屋子，去庫房找一套好的茶具、花瓶將房間裡缺的物件補上。

秀嬤嬤匆匆忙忙進門，掀起簾子，柳氏正坐在床榻前，握著寧靜芳的手，唉聲嘆氣，屋裡的丫鬟們各司其職，不敢擾了柳氏情緒。

秀嬤嬤躬身走了過去，屏退屋裡的人，湊到柳氏耳邊道：「竹姨娘和身邊的丫鬟說話，老奴打聽到了些。」她做事穩妥，說這話的時候又四處瞧了瞧，如此才將探聽來的話說了。

柳氏生了兩男兩女，在大戶人家算子嗣多的了，偏偏二夫人肚子爭氣，連著生下四位少爺，有二夫人在前，大房的子嗣便顯得略微單薄了些，兩人一比較，總感覺柳氏落了下乘。

柳氏目光漸沈，聽了秀嬤嬤的話，眼底盡是狠戾，很快又恢復了正常，語氣平平道：「薛府重視她，父親明年又想入內閣，自然不會在這緊要關頭得罪她。靜芳從生下來到現在，何時像今天這般丟臉過？她不過一個從莊子來的丫頭，妄想將我的靜芳比下去，妳吩咐下去，從中幫竹姨娘一把，也算是為靜芳出口惡氣。」

「老奴心裡明白了。」她是柳氏的陪嫁嬤嬤，待幾個少爺、小姐親厚，寧靜芳丟了臉、名聲壞了不說，往後那些達官貴人，寧靜芳是結交不上了。

柳氏擔心秀嬤嬤的人做事不沈穩被人抓住把柄，心思一轉，暗地多叮囑了幾句。竹姨娘是三房的人，事情鬧起來也是黃氏約束不住竹姨娘，和她們無關。

而另一邊，寧櫻和寧伯瑾提起讓吳管事一家進京的事，寧伯瑾面有猶豫，拉開身邊的椅子示意寧櫻坐，他遲疑地岔開話道：「妳七妹妹回來後情緒不佳，妳可去看過她？」

寧國忠將他叫去書房說話，明面上沒有指責寧櫻做得不對，但是暗地提醒他好好管教寧櫻，寧伯瑾心下無奈，詩詞歌賦他還行，管教女兒，他不會也不敢。不說寧櫻性子如何，他訓斥寧櫻，黃氏知曉也不會饒了他，寧伯瑾不敢忤逆寧國忠，說回來問問，隻字不提管教之事。

寧櫻歪頭。「有人在父親面前亂嚼舌根了嗎？」

想到寧國忠嚴肅凝重的臉，寧伯瑾哪敢承認亂嚼舌根的是寧國忠，因此堅定地搖了搖頭。「今日的事情鬧得大，聽說在場的還有兩位尚書家的小姐，妳畢竟是姊姊，怎不幫著妳七妹妹，由著她被人指指點點？」

今日他也去薛府了，翰林院大學士學問淵博、文采斐然，與大學士說話如沐春風，渾身通泰，他哪有心思過問薛府內院發生的事？

「話不是我說的，我也沒法子，七妹妹招了嫌棄，父親要櫻娘開口也遭嫌棄不成？要是那樣子的話，下次有機會遇到尚書府的小姐，櫻娘會與她們解釋的，大不了，往後不和尚書府來往就是了……」

聽她快人快語，寧伯瑾的喉嚨如卡了一根刺似地不上不下。尚書府那樣的人家，能往來自然是好的，事情過了，哪能趕著得罪人？思忖一番，寧伯瑾心下有了成算，道：「罷了、罷了，事情過去就算了，下回遇到尚書府的小姐，妳謙虛些，別得罪了人。」

寧國忠不過是光祿寺卿，從三品，要升入內閣談何容易？多走點路子，結交點人脈總是好的。寧伯瑾多少明白寧國忠，寧國忠年事已高，若明年不能順利入內閣，估計終生便止步於寺卿的位置了，所以才會不遺餘力往上爭一爭。

寧櫻繼續道：「父親能和祖父說說這事嗎？吳管事兒子年紀與我差不多大，祖父答應下來，吳管事一定會同意來京城的。」

京城富庶，吳管事為了兒子的前程著想，知道如何抉擇。

「妳既是想多些人伺候妳，我問問妳祖父的意思。」寧伯瑾對莊子上的事知之甚少，他不是長子，繼承家業的事輪不到他頭上，管田莊、鋪子做什麼？

得到寧伯瑾這句話，寧櫻覺得還不夠。「父親，吳管事對女兒甚好，我答應過他們來京城安頓好了，會把他們接到京裡來，君子一言既出，駟馬難追，還請父親別讓我失信於人。」

寧伯瑾嘴角抽搐。「妳哪算什麼君子？放心吧，明日我就與妳祖父說，他會答應的。」

聽了這話，寧櫻心裡的石頭才算落地。她要吳管事過來還有其他，熊大、熊二去莊子做什麼她不清楚，吳管事來了，她就能知曉前因後果了。寧櫻坐下，又問了幾句月姨娘的事。月姨娘日日都會過來請安，寧伯瑾妾室多，像月姨娘這種性子的還真是少見。

寧伯瑾不欲和寧櫻聊月姨娘，他住在梧桐院這麼久了，連黃氏的床都沒沾到，黃氏氣量小容不得人，眼下對月姨娘不錯，誰知下一刻會不會改變主意？寧伯瑾這些日子大致想通透了，他和黃氏各過各的日子也好，起碼兩人相安無事，互不干涉，遇到兒女的事一起商討，不給寧府惹麻煩就好。

寧伯瑾興致不高，寧櫻約莫是心情好的緣故，又問了幾句功課上的事，寧伯瑾眼神一亮，明顯來了興致，說了一會兒話，黃氏瞅著時辰不早了，催促寧櫻早點回去洗漱，明日得早起。

寧櫻聽黃氏似有話和寧伯瑾商量想支開她，心下明瞭寧靜芸的親事有著落了。她不記得寧靜芸是如何嫁去那戶人家的，左右寧靜芸不高興就是了，回門那日，連梧桐院的門都沒進，在榮溪園坐了一會兒就走了。黃氏拖著病追出去，馬車已走遠，黃氏身子不好，那日吹了風，身子更弱了。

寧靜芸那種人，哪配得上人家？繼而一想，又覺得早點把寧靜芸嫁出去才好，了卻黃氏心頭一樁事，日子輕鬆些。

寧櫻心情矛盾，鬆開黃氏的手，神思複雜地掉頭離開。臨走前，又提醒寧伯瑾記住吳管事的事，才笑盈盈地回去了。

樹影斑駁，輪值的刑部大牢不時響起哀號求饒聲，一聲大過一聲，聲音嘶啞，歇斯底里，若是陡然進了這大牢，會以為孤魂野鬼作祟，然而對守夜的獄卒們來說，他們已習以為常。

侍郎不近女色，又年輕氣盛，心頭火氣無處撒，監牢成了他滅火的地方，尤其最近關進來的一批人，全身上下的傷縱橫交錯，身子無一處好的。

猛地聽見求饒聲大了，獄卒們面面相覷。那些人不懂侍郎爺性子，求饒得越厲害，身上的傷越重，乖乖老實認罪，流放也好，砍頭也罷，乾淨俐落，起碼不用生不如死。

其中一個獄卒朝裡面瞅了眼，撞了撞另一人胳膊。「那間監牢的人犯什麼罪來著？近幾日，侍郎爺專挑那間牢房裡的人出氣，進來時看著人模人樣，這會兒怕面目全非了。」

「進咱牢房的，除了十惡不赦的大罪人還能有什麼？侍郎爺是替天行道。」話聲一落，但看牢房的鐵鍊子動了，接著一身暗紋黑色對襟長袍的男子走了出來，兩人急忙挺直脊背低下頭去。

「把人扔破廟去。」

獄卒們對視一眼。進監牢的都有記錄在冊，依這情形看，哪怕對方氣進得多、出氣得少，貿然帶出大牢，於理不合，猶豫間，獄卒只感覺周遭被一股陰冷之氣縈繞，脊背生涼，毫不猶豫道：「下官這就去辦，侍郎爺可還有什麼吩咐？」

話聲落下，桌上傳來清脆的聲響，獄卒們瞧去，是個錢袋子，裡面的銀子露了出來。

「天冷，回來時買點酒。」說完，他撣了撣肩頭的灰，揮著手裡的鞭子，一把扔在桌上，掀開衣袍，俐落地在桌前坐下，動作優雅，很難想像就在上一刻，他在牢裡將人弄去了半條命。

獄卒們低下頭，眼觀鼻、鼻觀心，隨行的官員們遍體生寒，大氣都不敢出。

一雙骨節分明的手翻開桌上的冊子，他斜著眼，漫不經心地問身邊的人道：「這些都是拒不認罪的？」

獄卒們清楚，譚慎衍是要趁著過年，將刑部牢裡的犯人全審訊一遍，他們負責守監牢，審犯人與他們無關，其中兩人心思轉得快，已行至桌邊拿了銀子，折身回牢房將被打得慘不忍睹的犯人拉出來。獄卒蹲下身時，聽著對方迷迷糊糊說了句，心下大駭，難以置信抬起頭，看向拿著冊子走向另一間牢房的譚慎衍，察覺到對方步伐一滯，回眸望了過來，眼眸盡是戾氣，獄卒心咚咚咚直跳，忙低下頭去，張開嘴，話都說不清楚了。「侍郎爺，他說、他說他是……」

「他是誰我管不著，進了我刑部大牢必然犯了重罪，天子犯法與庶民同罪，他是誰？」丟下這句，譚慎衍揚手，吩咐開門。

裡面的人知曉怕了，伏跪在地，老老實實將自己的罪行供認不諱，師爺沒記錄的他也招了，速度快得令人嘖嘖，可想而知，對譚慎衍的懼怕有多深。

聽他說完，譚慎衍覺得了無生趣。「招了，稟明尚書，明年秋後處斬。」

譚慎衍不再停留，又接著走向另一座牢房，沈重的步伐宛若來自地獄的鬼差，那些人掙不開，逃不掉……

一年積下來的案子，到譚慎衍手上一晚上全解決了，走出刑部大牢，天邊已露出魚肚白，見譚慎衍停下，其他人也不敢走，順著他的目光看向天際，心裡叫苦不迭。

朝堂休朝，他們該好生過年，結果半夜陪著譚慎衍審訊一晚上，虧得那些犯人識趣，該招的全招了，不該招的最後也招了，否則大年三十，一行人怕要在刑部大牢待上一天呢！

福昌替譚慎衍圍上披風，小聲道：「再過些時辰，薛府的馬車就該出門了，您是回侯府還是去薛府？」

譚慎衍側目，意味不明地看了福昌一眼，聲音和緩不少。「你薛爺和你說什麼了？」

昨日薛府那場宴會是薛墨特意為他辦的，不得不說，比起他，薛墨更懂女孩子在想什麼，沒有昨天，他只怕對寧櫻將自己當成薛墨這事耿耿於懷，即使往後兩人成親了，心裡也會梗著。

話說開，才知她是因為自己身上的草藥香而認錯了人，如果自己身上沒有草藥香，她開口叫的一定不會是薛墨。

福昌不知譚慎衍心裡的想法，若知曉了，只怕會笑譚慎衍想多了。人家六小姐才十二歲，離成親還早著，您心裡再添堵也得要人嫁給你之後，如今兩人的關係不過只有一面之緣，成親哪是那麼容易的？

譚慎衍坐馬車走了，其他幾位大人才鬆了口氣，各自吩咐身邊的小廝備馬車，準備回家。

大年三十，從刑部大牢出來，怎麼想都不是個好的兆頭，眼下也沒法子，只希望侍郎爺心情好，之後幾天別叫他們來刑部就好。

寧櫻一覺睡得踏實，睜開眼，屋裡燈火通明。

聞嬤嬤笑盈盈站在床頭。「小姐起床了?」

寧櫻甜甜一笑,伸了伸懶腰,白皙的臉頰帶著些許緋紅,杏臉桃腮,如含苞待放的花朵般嬌豔。

聞嬤嬤扶著她坐起身。「這會兒時辰還早著,去梧桐院陪夫人說一會兒話,再和夫人、三爺一塊兒去榮溪園。」

「好。」

天氣晴朗,樹梢堆積的雪潔白無瑕。院門口,兩座與寧靜彤差不多高的雪人各站一側,身上穿著衣衫,以樹枝為鼻,紅蘿蔔為嘴,栩栩如生,她驚呼一聲,興高采烈跑了出去。

聞嬤嬤追在後面。「小姐快回來,先將衣服穿上。」

雪人是秋水和府裡的丫鬟堆的,說是寧櫻喜歡。蜀州常年不見雪,秋水為了滿足她的好奇心,說了些家鄉的趣事,鄉下沒什麼樂子,一群孩子最喜歡在雪地裡打滾、堆雪人。寧櫻記著這件事,年年冬天都會問秋水會不會下雪?秋水見她憧憬便答應她,回京後給她堆一個,昨晚和丫鬟們忙活大半個時辰,看寧櫻高興得手舞足蹈,臉笑得如天上的暖陽,聞嬤嬤嘆氣,拿著衣衫走了出去。

「奶娘,雪人是秋水堆的吧?她心思細膩,針線活好,堆的雪人也好。」寧櫻以為秋水忘記了,因為上輩子秋水並沒有給她堆雪人,可能和黃氏的病有關。秋水要照顧黃氏,又要分心照顧她,精力不濟,哪有心思堆雪人?

寧櫻伸開手，撲進聞嬤嬤懷裡，鼻尖冷得通紅。「奶娘，真好，真的不同了，我們大家都好好的呢！」

聞嬤嬤失笑。「快把衣服穿上，別著涼了，待會兒去梧桐院，小姐多謝謝秋水就是了，昨晚，她不驚動您，虧得夜裡風小，若吹垮了……」說到一半，聞嬤嬤覺得不妥，大年三十說垮不吉利，又岔開了話。「咱們先進屋洗漱。」

大年三十，所有人臉上充斥著喜悅，說話聲音都比平日大。梧桐院中，黃氏和寧伯瑾起了，寧櫻照著府裡的規矩給兩人磕頭，黃氏給了她一個紅色布袋子，寧伯瑾則是給一張銀票。

寧伯瑾出手闊綽，寧櫻早就看出來了，她樂呵呵收下，站起身，問黃氏道：「娘，秋水呢？昨晚她堆了兩個雪人，可好看了，我要和她說聲謝謝。」

黃氏指著門口。「在屋裡呢！難怪昨晚回來得晚，我問她，還一副神秘莫測的樣子，原來是去妳的院子了。」

剛好遇到秋水端著茶壺從外面進來，寧櫻跑過去，一把抱住秋水，鼻子有些發酸。「秋姨，謝謝妳，那兩個雪人我很喜歡呢！」

很多事情都不一樣了，秋水騰出時間為她堆雪人，可見手裡頭的事情忙得差不多了，黃氏不生病，秋水好好的，大家都長命百歲呢！

秋水微微一笑道：「小姐歡喜就好，快鬆開奴婢，奴婢手裡端著茶壺呢，別燙著了。」

寧櫻吸了吸鼻子，鬆開秋水。除了黃氏待她好，就屬秋水與吳嬤嬤了，上輩子，她們一一離開她，這輩子那些事都不會再發生了。

不一會兒，寧靜芸來了，裝扮依然精緻，一身藤青曳羅靡子長裙，外面穿了件織錦皮毛斗篷，亭亭玉立，眉目如畫，嘴角泛著淺淺的笑，從容淡雅，舉手投足帶了些江南女子的婉約，寧櫻看了兩眼便收回目光。

緊接著，三房的姨娘到了，寧伯瑾風流，府裡的姨娘多，好些沒有懷孕，因人多，屋裡忽然有些擁擠了。寧伯瑾似乎沒意識到他身邊有這麼多的姨娘，眼裡帶著驚訝，但看黃氏波瀾不驚，又別開了臉。

過年，府裡的姨娘們要去榮溪園給寧國忠和老夫人磕頭，走在路上，眾人腳步聲雜亂細碎，寧櫻不由得失笑。

寧靜彤年幼，經過南山寺的事，她與寧櫻關係好上許多，膽子也大了，問寧櫻道：「六姊姊笑什麼？」

寧櫻指著地下，如實道：「今日在榮溪園用膳，咱人多，也不知大伯母、二伯母會不會生出其他想法來？」

柳氏做事顧全大局，秦氏眼皮子略淺，他們這麼大的陣仗，月例都會多出許多，算起來，大房、二房算是吃虧了。

寧靜彤不明白，走在前面的黃氏和寧伯瑾聽得明白，黃氏臉上神色淡淡的，寧伯瑾微微紅了臉。往年，他要麼歇在竹姨娘院裡，要麼歇在月姨娘院裡，一大早就去榮溪園了，不和大家一起出門，沒發現他不知不覺有這麼多妾室，被女兒委婉說出來，他面上無光，又不好出聲訓斥，只能輕咳嗽兩聲，緩解心底尷尬。

榮溪園這會兒正熱鬧著，大房的姨娘、少爺、小姐都到齊了，寧櫻的目光掃了一眼，從柳氏到寧靜芳，寧靜芳安安靜靜地站在柳氏身後，低頭揉著手裡的帕子，眉目溫柔，神色安詳，不像是大鬧過一場的人。

用膳的地方在榮溪園後面的院子，那裡搭建了臺子，柳氏年年都會請外面的戲班子來府裡唱戲，意欲討個好兆頭。大戶人家，大年初一幾乎都在自家聽曲看戲，寧櫻不太喜歡，好在那是明日的事。

吃過早飯後，眾人商量起去京郊的事情來。京郊有酒肆茶樓，因為風俗，這些年，朝中有些大臣在那邊建了亭臺樓閣，不過這群人中不包括寧府。

寧國忠和老夫人年紀大了，不欲湊熱鬧，提醒道：「你們出門玩先將酒樓訂下，別因為酒樓，和人爭得臉紅。」

那裡的酒樓背後有靠山，年年都有為了尋好位置而大打出手的世家子弟，丟盡了臉面，寧國忠為了寧府的聲譽著想，故意如此一提，說完，看向旁邊桌的寧櫻，問寧伯瑾道：「今日，薛府會來馬車接小六？」

寧伯瑾點頭。他覺得寧櫻跟著薛墨走不太好，女兒家名聲重要，男女有別，又怕外人說三道四對寧櫻名聲不好，沈思道：「小太醫心思通透，薛小姐應該是在的，再說了逢年過節，沒有那麼多講究。」

京城民風還算開放，寧府若地位顯赫，外人瞧見薛墨和寧櫻在一塊兒不會亂說什麼，偏偏寧府地位比薛府矮一大截，在外人看來，寧櫻是癩蝦蟆想吃天鵝肉，寧府也會跟著捲進去，寧伯瑾清楚寧國忠的忌諱。

寧國忠點了點頭。「你心裡清楚就好，她年紀不小了，靜芸的親事定下便輪到她，別鬧了笑話。」

寧伯瑾不敢對寧國忠說個不字，急忙點頭，繼而和老夫人說話，噓寒問暖，三言兩語哄得老夫人眉開眼笑，飯桌上熱鬧不少。

吃過早飯，寧伯庸吩咐備馬車，府裡的姨娘不便出府，少爺、小姐大多是要去湊熱鬧的，不過這會兒時辰還早，便在旁邊亭子裡歇著，丫鬟端著糕點、瓜果放在桌上；秦氏是個閒不住的，抓了把瓜子放手裡慢慢剝著。

寧櫻的目光緊緊盯著寧伯瑾，等著他開口向寧國忠要吳管事一家。她牽著寧靜彤，沒注意到寧靜芸朝她身邊靠了靠，手碰了下她的手臂，她才回神，輕抬著眉。「有事？」

「妳第一次在京城過年，不知京郊的情形，商鋪小販，什麼都有賣，林子大了，好人、壞人都有，妳跟著我別走散了，否則，不被人拉去賣了，也只有待明日清晨小販回家才找得到回來的路。」寧靜芸說這番話的時候眉眼冷冷的，眼裡不無嫌棄。

寧櫻心裡不豫，誰知，旁邊的黃氏聽了，附和道：「妳姊姊說得對，今日出門四處轉轉，讓妳姊姊陪著妳。」

薛府馬車過來接寧櫻，黃氏輩分高，跟她們一塊兒唯恐掃她們的興，加上她手裡頭還有其他事，不想出門。

黃氏的話說完，寧櫻瞧見寧靜芳、寧靜蘭從座位上起身，朝她走了兩步，臉上堆著明豔的笑，兩人異口同聲道：「六姊姊，我們與妳一塊兒。」

起初，寧櫻不明就裡，但看老夫人目光炯炯等著她開口，她才恍然，大家都是衝著薛墨去的。想想也是，明年六皇子大婚，薛墨身分更是尊貴，太醫院的官職不高，然而，卻能常常和宮裡的貴人打交道。

寧櫻挑了挑眉，目光如炬地望著寧靜芳，絲毫不給她臉色。「七妹妹也想與我一道？妳昨日在薛府暈倒，害小太醫受了薛太醫訓斥，今日又是坐薛府的馬車，若妳身子再有不適，豈不是賴上小太醫了？」

寧靜芳被她說得面紅耳赤，緊緊咬著牙，想到昨日種種，淚珠在眼眶打轉，強忍著沒哭出來。「我不會給六姊姊惹麻煩的，昨日的事是我不對，我爹娘說過我了，往後我會改的。」

寧櫻看不出來，昨天又哭又鬧，這會兒在她跟前柔柔順順跟換了個人似的，薛墨家世不錯，可值得寧靜芳死纏爛打、委曲求全嗎？

「妳七妹妹知道錯了，妳帶著她就是，馬車寬敞，多個人無多大影響，大過年的，歡歡喜喜才好。」老夫人擺手，神色稍有不豫。寧櫻什麼心思她何嘗不明白，薛小太醫對她有好感，她是怕府裡姊妹跟著搶了她的光彩。

老夫人看來，比起寧櫻，寧靜芳更適合嫁給薛墨。寧靜芳是長房嫡女，身分尊貴，又是寧府正經養大的孩子，嫁了人能幫襯寧府，因而，她才讓寧靜芳跟著，巴望寧靜芳爭氣些，將薛墨搶過來。

寧櫻不知老夫人的想法，牽著寧靜彤朝外走。「隨妳。」

寧靜芳僵在原地，氣得咬牙切齒，若不是柳氏說的那番話，她哪會低聲下氣看寧櫻臉色。她低下頭，眼裡閃過暗光。

寧靜芸事不關己，追上寧櫻的步伐，回頭朝黃氏道：「娘不用擔心，我會陪著妹妹的。」

這時候，管家從迴廊走出來，在寧櫻身前停下說了兩句，管家的聲音不高，眾人皆停了下來，豎著耳朵偷聽。

「六小姐，薛府的管家說今早太后身子不適，薛太醫和小太醫進宮去了，不能和妳去京郊逛……」

管家的話一落，眾人臉上神色各異，上首的寧國忠蹙了蹙眉，端起青花瓷的茶杯，輕輕抿了口；他身旁的老夫人眉頭一皺，隨即又緩緩舒展開，輕輕吐出一口氣，嘴角浮起淺淺的笑來；柳氏與老夫人差不多，不過神色更為收斂，低著頭，掩飾住臉上的情緒；秦氏繼續剝著瓜子，一臉幸災樂禍……

「哎喲，我說小六啊，小太醫不來妳別太傷心，讓妳大哥、二哥帶妳去城外，他們年年都去，熟悉路，保管不會將妳弄丟的。」秦氏將一顆瓜子放進嘴裡，慢條斯理道。

消息來得突然，走了兩步的寧靜芸不得不停下腳步，臉上一會兒紅、一會兒白。她想和寧櫻一道無非是為了薛墨，黃氏替她相中一門親事，最遲初六就會有結果了，那種清貧的人家她哪願意？黃氏說得千好萬好，她心裡認定不行，偏偏寧國忠當著面說了往後不會管她的親事，寧伯瑾又是個沒主見的，如果她不自己想法子，那門親事她避不開；薛墨相貌堂堂、家世清白，說她不動心是假的，本想近水樓臺先得月，不想，天要絕她的後路。

一時之間，她燦若星辰的眸子暗淡下去，調轉回頭，面露厭惡……

寧櫻神色微斂，側過身，不著痕跡觀察著眾人反應，冷笑不止。有好處時人人想沾光，落空了人人看不起，外人口中的大戶人家，不過爾爾。她嘴角扯出嘲諷的弧度，微微一笑道：「多謝二伯母了，天兒還早，我與彤妹妹隨意逛逛，不麻煩堂哥了，畢竟，還有五姊、七妹妹、九妹妹作陪呢！」

寧靜芸面露失落，聞言，僵硬地扯了扯嘴角，沒有否認，身形略微僵硬地愣在原地，深想覺得自己舉措不妥，沈吟半晌，低眉附和道：「小太醫有公務在身也好，娘與我和六妹妹一塊兒吧！」

起初，黃氏不肯一起是怕掃了她們的興致，外人不在，黃氏不用顧忌誰，說完這句，寧靜芸好似為自己折身回來找到藉口，行至黃氏桌邊，伸手扶黃氏起身。

寧靜芸反應得快，沒丟臉，寧靜芳則不同。她低聲下氣本就是為了討好小太醫，一雪前恥，小太醫不去，她立即變了臉色，濃妝豔抹的嘴角輕輕顫動，有幾分咬牙切齒的味道。「六姊姊，方才是不是以為我上趕著巴結討好妳，心裡竊喜著？」

寧靜芳回想寧櫻看她的眼神，興味的眼神裡明顯帶著嘲笑，心念一轉，她學著寧櫻，微挑著眉道：「怎麼辦，小太醫好像不去了，六姊姊心裡是不是很難受？」

寧櫻莞爾，臉上笑靨如花，面似晚霞。「我心裡不難受，只是有的人心裡怕是不好受吧！好好的，希望落空，還得一整天與不喜歡的人湊在一起看人臉色，想到這個，我心裡高興著呢！」

寧靜芳頓時臉色鐵青。「妳說誰不好受？」

寧櫻笑得更甚。「誰應我說誰。」

寧靜芳自幼被柳氏捧在手心寵著，寧櫻回來前，她是寧府最受寵的七小姐，寧櫻回來後，她諸事不順，心裡壓著火沒處撒呢！在薛府丟了臉，她恨不得死了才好，偏偏面上不得不忍著，就因為寧櫻和小太醫關係好，寧府上上下下都得退讓，從小到大她何時在人前諂媚過？寧櫻看她的笑話不說，如今又諷刺挖苦她。

怒火中燒，寧靜芳狠狠朝寧櫻撲去，濃妝豔抹的面容露出猙獰之色。

寧櫻牽著寧靜彤，眼明手快想躲開寧靜芳的攻勢，卻被她伸手抱個滿懷，身子直直摔在地上，寧靜芳就跟瘋了似地扯著她頭髮，用力亂抓一通。

要知道，寧櫻最在意的便是她一頭濃黑的秀髮，頭皮發疼，疼得她眼裡泛泛起淚花。「寧靜芳，大過年的，妳發什麼瘋？」

「我打妳，誰叫妳欺負我！」寧靜芳魔怔似的，拽著寧櫻一綹髮髻不肯鬆手，鬢角的花鈿掉落在地，碎裂開來。

寧櫻側臉著地，被花鈿刺了下，臉上一陣刺痛，她咬咬牙，回頭抱著對方，腳往上抬、身子往上踢全往寧靜芳身上招呼，兩耳光搧了下去。

事情發生得快，眾人皆沒回過神。

寧櫻身旁的金桂先回神，彎下腰，拉過寧靜芳的手，大力將寧櫻的髮髻解救出來，她手裡使了蠻勁疼得寧靜芳大叫一聲，拳打腳踢，一時之間，三人滾成一團。

柳氏也反應過來，驚呼道：「來人，快將六小姐、七小姐拉開！」

寧國忠瞪眼，一手重重拍向楠木嵌螺鈿雲腿細牙桌，聲音如轟雷，肅穆威嚴。「好！真是好！姊妹互不相讓，妳死我活，害怕寧府的臉沒丟完是不是？」

桌上茶杯晃動，啪的一聲掉落在地，摔成碎片。亭子裡，頓時寂靜無聲，丫鬟、婆子們個個噤若寒蟬，寧靜芳身子一縮，害怕起來。寧國忠不苟言笑，甚少過問後宅之事，他發起火，全府上下沒有不怕的，她此時才清楚自己犯了怎樣的錯，停止動作，驚慌不已要推開寧櫻爬起來。

寧櫻哪肯罷休，對寧國忠的話充耳不聞，手伸至寧靜芳頭頂，狠狠拽了一把寧靜芳的頭髮，她髮髻鬆垮，衣衫不整地坐在寧靜芳身上，下手狠毒，疼得寧靜芳啊啊叫出了聲。

寧國忠面色一沈，抓起桌上的盤子扔了出去。「還要動手是不是？」

寧櫻不解氣，又搧了寧靜芳一耳光才停下，身子一轉，伸出手要金桂扶她起來。金桂手裡握著她被寧靜芳拽落的一綹頭髮，寧櫻拿在手裡，目光淬毒地瞪了寧靜芳一眼，又伸腿踢了寧靜芳一腳才看向亭子，望著自己少了的一綹頭髮，眼眶發熱，極力忍著不掉淚，還得裝作雲淡風輕的模樣，不慌不忙邊整理自己衣衫邊道：「祖父說得對，像七妹妹這種品行，是該好好教養了，規矩差、丟人現眼是小事，要像今日打我這樣打了外面的貴人，那可是要對簿公堂的。」

柳氏氣得嘴都歪了。「小六慣會倒打一耙，真當我們是眼瞎的不？靜芳沒怎樣，倒是妳，毫不猶豫搧了三個耳光，孔融四歲知道讓梨，妳不謙讓姊妹就算了，竟朝比自己小的妹妹動手……」

柳氏擦了擦眼角，快速上前扶著還處在震驚中的寧靜芳起身，見她面頰通紅，漸漸有腫脹的趨勢，沈穩如她也變了臉色，質問黃氏道：「三弟妹瞧瞧靜芳的臉，之後如何出門見人？」

知曉有人撐腰，寧靜芳哇的一聲大哭出來，像受了天大委屈似的，淚如泉湧，哭聲震天。寧國忠皺眉，莊嚴的面上閃過不耐煩。

金桂替寧櫻整理妝容，撩開寧櫻鬢角處的頭髮，才看見寧櫻的臉上劃傷了一道口子，血順著傷口流下，在白皙的臉頰上格外顯眼。「小姐，您臉受傷了。」

說著，拉過寧櫻，讓柳氏自己瞧，柳氏撇嘴，不出聲了。女為悅己者容，如果寧櫻毀了容，往後的親事就難了，也算為寧靜芳報了仇。柳氏擔心寧靜芳臉受了傷，拉著她細細檢查起來，偏袒之意甚重。

黃氏默默不語，垂眼，緩緩走了過去。

寧櫻這會兒也覺得傷口有些疼了，手碰了碰，疼得她皺起了眉頭，嘴上故作輕鬆地安慰黃氏道：「娘，我沒事。」

黃氏見她眼裡含著淚花，極力忍著不落淚，鼻尖都紅了，轉頭反駁柳氏道：「事情如何引起的，大嫂也見著了。靜芳六歲啟蒙，有夫子教她琴棋書畫、禮義廉恥，《女誡》、《孝經》倒背如流，結果長幼不分動手打人，完了將事情推到姊姊頭上，大嫂妳出身書香世家，妳與我說說，靜芳做得對還是不對？」

「一府姊妹就該互相幫襯，三弟妹也瞧見小六目中無人的樣子了，真當有薛府做靠山，就可以在府裡耀武揚威、刁蠻任性？靜芳年紀小，被小六冷嘲熱諷難免沈不住氣，她做姊姊的本該胸襟寬廣多包容，靜芳做錯了，稟明母親與我，我自會訓斥靜芳。」

「大伯母。」寧櫻低低喊了聲，聲音低若蚊蚋道：「您的意思是七妹妹要打我，我就該任由她打，完事了再稟明您，請您為我主持公道？」

柳氏眉頭緊皺，心虛地點了點頭，正欲繼續為寧靜芳說兩句話，但看寧櫻一腳踢了過來，正中寧靜芳的屁股，力道之大，她抱著寧靜芳，差點跟著寧靜芳摔倒在地。

柳氏抬眸，怒氣衝衝地瞪著寧櫻，聲音冰冷。「妳做什麼？」

「我先打她一頓，再讓我娘訓斥我兩句好了，大伯母話裡不就是這個意思嗎？」寧櫻頭皮還疼著，一早的好心情全沒了，想著自己沒了頭髮，氣得紅了眼，便掙開金桂，意欲再補兩腳，否則難解她心頭之恨。

「小六，妳做什麼！真以為拿妳沒法子是不是？」寧國忠積威甚重，這會兒已到盛怒的邊緣。「金順，將兩人帶去祠堂，請家法。小小年紀不學好，倒是學會窩裡反了，對自家姊妹拳腳相向，這種不仁不義不孝的子孫要來何用？」

一時之間院裡鴉雀無聲，寧靜芳嚇得止住哭聲，在柳氏懷裡瑟瑟發抖。只聽說過府裡的少爺挨家法的，小姐還是頭一回，傳出去，她真的沒臉見人了。

寧櫻順了順髮，撿起地上碎裂的花鈿交給金桂，旁若無人道：「收著，問問哪兒可以修復？」

她聲音不高不低，在場的人都忍不住倒吸一口冷氣。換作平日，寧國忠若皺起了眉，大家大氣都不敢出，實在沒看出來這六小姐竟是個天不怕、地不怕的，都這會兒了還在意弄碎的花鈿，真是初生之犢不懼虎。

不知為何，秦氏笑出了聲，看寧伯信睨她一眼，不贊同她這會兒出聲。大房與三房的事，他們插手不適合，說不定還會左右不討好，何苦呢？

秦氏不覺得害怕，反而膽子大了起來。「父親，您別氣，大年三十，讓小六、小七鬧鬧也好，喜慶，而且小孩子打架本就是這樣，小六、小七兩人年歲相同，做事衝動了些在所難免；只是小六是什麼性子，府裡的人都清楚，小七平日斯斯文文的，沒想到下手這般重，您瞧瞧，小六白皙的臉蛋傷了一道口子呢……」

聽著前面的話，都以為秦氏勸寧國忠別生氣，話到後面漸漸變了味，秦氏語氣明顯偏向寧櫻，柳氏低頭，眼裡閃過幽光，沒吭聲。

「站著還不動，我說的話是不是不聽了？」

金順不敢，招手叫來幾個婆子，上前欲拖走兩人，這時候，走廊外傳來一道低沈的男聲。「寧府真是熱鬧，難怪在門口等了許久不見有人出來，竟是都來這湊熱鬧了。」

寧國忠眉梢露出不耐煩，瞪眼看向來人，只見譚慎衍一身絳紫色祥雲暗紋金絲直裰，奢華貴氣，俊顏冷峻，清冷的眼眸如出鞘的利劍般鋒利，偏偏此刻收斂起內裡煞氣，似笑非笑地站在走廊上，臉上露出促狹。

寧國忠一震。譚慎衍的身分他當然不陌生，平定邊關、軍功顯赫，任職於刑部更是讓刑部如虎添翼。

心思轉念間，寧國忠收起臉上的怒氣。「譚侍郎怎麼來了？」

譚慎衍不愛與朝廷官員打交道——唯有刑部辦事的時候。念及此，寧國忠心口一顫。在朝為官，私底下多少做過些見不得人的事，如果譚慎衍是衝著那些見不得檯面的事而來，寧府可就完了。

「墨之有事入宮，唯恐六小姐久等，叫我走一趟，說在酒樓訂了雅間，我們先去，但看這樣子，貴府有事？」問完這句，譚慎衍才不動聲色將目光轉至寧櫻身上，見她髮髻鬆鬆垮垮掛著，衣衫縐巴巴的，略施粉黛的臉頰泛著勝利的笑，心底感到好笑。

她本該是這樣子的人，再狼狽也不會在人前服輸，永遠昂著頭、趾高氣揚。

他勾了勾唇，笑意未顯，然而他在刑部任職，對傷格外敏銳，待看清她側臉上的傷口，眸色一沈，臉冷了下來。

昨日，寧靜芳便是在譚慎衍跟前丟臉，心思被他戳穿，訓斥得體無完膚，寧國忠不由得想到譚慎衍和薛墨的關係。薛墨中意寧櫻，譚慎衍護短，寧靜芳沒個規矩惹惱寧櫻，薛墨不好出面，譚慎衍替薛墨出頭，這般想，昨日的事就說得過去了。

寧國忠心裡有了打算，笑道：「姊妹倆鬧著玩，不是什麼大事，沒想到煩勞譚侍郎親自走一趟。小六回屋收拾收拾，譚侍郎親自來了，妳便與他一道吧！傍晚，我讓妳大哥去接妳。」

譚慎衍往前走了兩步，語帶嘲諷。「鬧著玩能傷了臉？寧府的小姐們真是貪玩。」

寧國忠訕訕。論起來他一大把年紀，官職不如譚慎衍有實權，刑部尚書年事已高，刑部諸多事務都交給譚慎衍把關，刑部尚書如同虛設，做主的都是譚慎衍，皇親貴族、平頭百姓一視同仁，偏偏御史臺沒人敢說什麼。

「譚侍郎說得是，往後會讓她們注意的。」寧國忠搓著手，微微動了動。寧伯庸會意，上前與譚慎衍寒暄。

不等他開口，譚慎衍轉身就走。「我在外面等著，六小姐別著急，時辰還早，記得讓丫鬟瞧瞧身上可還有什麼地方傷著了，身子最要緊。」

寧伯庸尷尬地笑了笑，回頭望著寧國忠，見他若有所思，難免心情複雜地看向寧櫻。不知她走了哪門子好運，入了薛小太醫的眼，如今又有譚慎衍出面為她說話。寧伯庸對這個姪女沒什麼印象，偶爾從柳氏嘴裡聽到寧櫻的名字，多是說她頑劣、蠻橫驕縱，在寧伯庸看來，女子賢德淑良最重要，故而從心底看不起寧櫻，曾與寧伯瑾說過，叫他好生教導寧櫻，以免往後惹出什麼麻煩。

結果，這樣子無賢無德的人入了薛小太醫的眼，且有譚侍郎出面為她說話，來日，她若嫁入薛府，就是六皇妃娘家的弟妹，時常能進宮，來往的人多是皇親貴族、達官貴人，身分地位與現在不可同日而語；想到這些，寧伯庸這才細細打量起寧櫻的臉。清麗的臉蛋已有美人之姿，眉如新月，唇紅齒白，杏眼微張，似是天生麗質，容貌一等一的好，難怪被薛小太醫看重了。

再看自己女兒，寧伯庸嘆氣，訓斥道：「妳回屋好生歇著，之後去祠堂閉門思過一個月，抄寫《女誡》，每天三個時辰，我會讓管家守著，哪天待的時間不夠，抄寫夠了再出來。」

寧靜芳抬起頭，臉頰腫得老高，嘴角似是有血絲，可見寧櫻下手多狠。

寧靜芳目光怨毒地瞪著寧櫻。「那她呢？」

寧伯庸皺眉。「什麼她？妳六姊姊還有其他事，給我去祠堂，金順，將人帶下去。」

譚慎衍親自出面，寧伯庸哪敢拘著寧櫻？惹得譚慎衍不快，改日寧府一些骯髒事少不得會被刑部翻出來，他在朝為官多年，也不敢得罪這個玉面羅剎。

刑部乃六部之首，即使是考核官員的吏部都不敢給刑部使絆子，譚慎衍為人，可想而知。

「憑什麼……」寧靜芳不服氣。明明寧櫻打了她，為何到頭來受罰的只有她一個人？可話未說完便被柳氏堵住嘴。柳氏回過神來，清楚寧靜芳要是再鬧下去，討不了好，替她應下道：「她知道錯了，這便去祠堂，大爺今日可要出門？」

譚慎衍在，寧伯庸自然是要出去的。明年科考，官員調職變動大，刑部還有番大動靜，寧國忠想入內閣，他也想走動關係。

柳氏想想就明白了。每年科考，刑部、吏部的事情多著，有的官員身居要職，刑部壓著等機會，科考便是他們的機會，要知道處置一個官員容易，之後再要找官員填補空缺難，科考結束，朝廷會提拔一大批進士入翰林院，往年在翰林院當值的進士們便會補上朝廷官職的空缺，因而明年是朝廷職位變動大的一年。

「大爺先去，妾身先帶靜芳下去收拾，將她送去祠堂……」

「收拾什麼？收拾一新，又好與人打架是不是？」寧國忠沈著臉，揚手吩咐婆子將寧靜芳帶下去。「七小姐不懂事，罰半年月例，她身邊的丫鬟、婆子不及時勸阻，一併罰半年月例，往後若要再犯，送去家廟。」

各府都有自己的家廟，寧府的家廟離得遠，如果寧靜芳真被送去那種地方，一輩子都回不來了，那可是比蜀州還苦寒的地方，寧靜芳沒有聽說過，柳氏是知曉的，她身子一怔，差點落下淚來。

婆子不客氣地左右拉著寧靜芳走了，柳氏的手空盪盪的。她管家十餘年，小心翼翼，不敢行錯一步，結果連自己女兒都護不住，妝容精緻的臉上有些許狼狽。「小六，妳七妹妹不是故意的，妳幫她……」

「妳說什麼？」寧伯庸眉頭一皺，甩了甩袖。今日的事是寧靜芳挑起的，有此下場皆是她咎由自取，慈母出敗兒，寧靜芳就是這樣子被柳氏寵壞的。

寧伯庸一臉歉意地看向寧櫻。「妳大伯母的話別聽，今日的事是妳七妹妹的不對，妳臉上的傷口如何了，要不要請大夫瞧瞧？」

過年忌諱多，請大夫就是其中一項，但是寧伯庸沒有昏頭。臉蛋不比其他地方，若留下傷痕，影響親事是一定的。

「不用了，我先回去了，譚侍郎還等著。」

寧櫻的態度冷淡，寧伯庸臉上沒有絲毫不悅，點了點頭，讓寧伯瑾跟著寧櫻回去。

這時候，被婆子拖著走了幾步的寧靜芳放聲大哭，嘴裡破口大罵，用詞粗鄙，柳氏臉色微變，正欲上前勸兩句，只聽寧國忠道：「後天送去莊子養養，再不行直接送往家廟。」

送去家廟的多是犯了見不得人的事的小姐，又或者被夫家休回家的，寧靜芳年紀輕輕被送去家廟，不說外界如何揣測，對寧府的名聲也不好，寧國忠不會不清楚利弊，他第二次說起，想來是真的氣著了。

寧靜芳也聽見了，頓時止住哭聲，婆子們不敢懈怠，快速拉著她朝祠堂走。

秦氏手裡的瓜子剝完了，站起身，拍拍手，朝一旁的成昭道：「前些日子你外祖父不是送了你一瓶藥膏嗎？你六妹妹受了傷，快拿出來給她塗抹，小可憐的，別留下什麼疤才好，否則，如花似玉的姑娘……」像是說到動情處，她指了指自己眼角，眼裡淚光閃閃。「小六啊，二伯母瞧瞧，妳七妹妹可真是狠心，都是親姊妹，她怎麼就下得了手？」

成昭不是傻子，自然明白秦氏的心思，是想藉機拉攏寧櫻，若有譚侍郎在皇上跟前美言兩句，即使入了翰林院，往後出來也能大有作為。

黃氏扶著寧櫻回府，寧靜芸目光閃了閃，跟著去了桃園。她以為薛墨不會來了，正後悔自己不該表現得太過，誰知峰迴路轉，小太醫沒來，來了譚侍郎，兩者都是身分尊貴之人。

寧靜芸不是好高騖遠之人，比起譚慎衍，她更看好薛墨，倒不是譚慎衍家世不夠，比起薛墨，譚慎衍更有前途，但不知為何，寧靜芸總覺得譚慎衍看寧府眾人的目光不善，可能是她多心了，不管如何，能見到薛墨就成。

金桂替她清洗傷口時，聞嬤嬤站在一邊，嘴裡不停地罵七小姐歹毒，兩邊的傷口淺，中間的深，天冷，血凝固了，黃氏陪在一旁，問寧櫻疼不疼？

「哪能不疼啊，不過看她栽了這麼大的跟頭，我只能暫時忍著，待她出來再好好算帳。」寧櫻的臉頰雖疼，最疼的還是頭皮。她摸向被寧靜芳拽落頭髮的地方，讓黃氏看。「娘看看是不是禿了？會不會很醜？」

黃氏瞅了眼，頭皮有些紅，目光又沈了兩分，笑著寬慰寧櫻道：「沒多大的事，過幾天就好了，妳受了傷，不如在家歇著，我讓人和譚侍郎說一聲。」

「不用，大年三十，我可不想在屋裡待著，娘讓我去好了。」她不想再和譚慎衍有交集，但是不得不承認，若不是有譚慎衍出現，寧國忠不會饒了她，她心裡不怕，大不了魚死網破，寧靜芳敢動她的頭，她不會善罷甘休。

黃氏揉了揉她的腦袋。「成，讓秋水也跟著妳去，多帶兩個丫鬟。」

寧櫻點頭，想起寧伯瑾答應她的事情來。「父親呢？」

黃氏看向屋外。「妳大伯和他有話說，待會兒，他們也是要出門的，讓妳姊姊陪著妳，我就不去了。」

黃氏臉上並未表現出憤慨，只是擔心寧櫻臉上的傷口往後會留疤。

外面，寧成昭將手裡的瓷瓶遞給寧伯瑾，恭順道：「三叔快給六妹妹送過去吧，這藥膏是我外祖父向太醫院要的，治療傷口效果好。」

寧伯瑾感激，看向寧伯庸，心裡有兩分忌憚。「大哥別說了，我清楚你的難處，小孩子打架，靜芳也受到懲罰了，就算了吧！」

寧伯瑾只是納悶，為何黃氏沒有動靜？他記得清楚，誰要是動了寧靜芸和寧櫻，黃氏鬧得比誰都厲害，大有玉石俱焚的架勢，這次卻很安靜。

寧伯瑾進屋，面色悻悻地看著寧櫻。「妳大哥送來的藥，試試吧！」

聞嬤嬤看不上。二房也不是個好相與的，誰知藥膏有沒有毒？原本不會留疤的，用了反而留了疤。金桂重新替寧櫻盤髮，騰不出手來，吳嬤嬤和秋水的想法與聞嬤嬤相同，站著不動，因而一時之間，沒人搭理寧伯瑾。

寧伯瑾尷尬地笑了笑，兀自道：「是妳大哥的心意……」

這時候，門口傳來老管家的聲音。「稟三爺，譚侍郎送了藥膏來，說是送給六小姐的。」

寧伯瑾縮回手，快速折身出去，試圖打破屋裡的沈默，朗聲道：「譚侍郎既然送了藥膏，就用譚侍郎送來的吧，他與小太醫走得近，藥膏應該是小太醫送他的。」

他本是想說藥膏藥效好，剛進屋的秦氏卻聽出另一番意味，認為寧伯瑾不信任成昭送來的藥，只信小太醫，心下不喜，斜眼掃了眼老管家，斟酌一番，臉上又笑開了花。「三弟說得對，小太醫妙手回春，小六的臉不會留疤的。」

約莫半個時辰才收拾好，黃氏不欲出門，秦氏拉著她，死活要她出門轉，黃氏拗不過，加上秦氏一直在她耳邊嘰嘰喳喳，聚蚊成雷，她心下煩躁，最後隨秦氏一道出了門。

一路上，秦氏心思活絡，挽著黃氏打聽在莊子上的事情來，言語間流露出關切之情，黃氏神色淡淡的。

第十九章

譚慎衍騎馬，身後跟著輛半新不舊的馬車，看上去極為樸實，湖綠色的車簾掀起才知裡面門道：內裡寬敞，青綠古銅鼎紫檀木香案上擺著一瓷瓶，瓷瓶裡插滿了臘梅，香味清幽，不由自主叫人心情愉悅。

寧櫻牽著寧靜彤坐一塊兒，寧靜芸和寧靜蘭坐在旁邊。寧靜蘭臉皮厚，巴著寧靜芸，攆都攆不走，寧櫻和寧靜芳打了一架，沒心思管她，任由她上了馬車。

馬車平穩，身下的墊子柔軟，約莫是夜裡沒睡好又或是和寧靜芳打架耗了些體力，寧櫻靠著車壁緩緩閉上了眼。

倒是寧靜彤，掀起簾子，四處張望，她是庶女，出門的次數屈指可數，算下來，竟都是和寧櫻一起的。她探出半邊身子，新奇地望著外面的街道，街道張燈結綵，掛滿了燈籠，鋪面布條招牌煥然一新，迎風飄揚，煞是好看。留意到譚慎衍的目光，寧靜彤友善地笑了笑。

譚慎衍看寧櫻睡著了，頭沿著車壁緩緩向下滑，恨不能伸手接著她，攬她入懷，然而，眼下兩人身分懸殊，他大致清楚她心裡什麼想法，約莫是不想和他有牽扯，她面對他時拘謹很多，不如在薛墨跟前自在。

「暗格裡有靠枕，拿出來給妳六姊姊靠著，別落枕了。」譚慎衍的話輕柔，如山間清泉，激得人身子一軟，光是聽著聲音，就生出一股衝動來。

寧靜蘭挪了挪身子，剛坐好，寧櫻身子一歪倒在她身上，寧靜蘭面露嫌棄，不過轉瞬即逝，再抬頭，臉上掛著得體的笑。「譚侍郎，不礙事的，六姊姊這般睡我腿上就好了。」

「硬邦邦的，比得過靠枕？」譚慎衍眼一沈，語氣陡然轉涼。

寧靜芸依著譚慎衍的話打開暗格，拿出裡面的櫻桃花色靠枕，小聲道：「九妹妹、彤妹妹坐過來，讓六妹妹在車上睡一會兒；九妹妹妳動作輕些，別碰著六妹妹的傷口了。」

寧靜蘭感覺落在自己身上的目光冷了兩分，她嘴角一僵，輕輕扶著寧櫻的頭，接過寧靜芸手裡的靠枕讓她枕著，並將她的腳抬到軟墊上，做完這一切再看車簾外，已不見絳紫色的身影，她低下頭，絞弄著手裡的帕子。

出城的人多，官兵不盤查，且今晚沒有宵禁，她們的馬車經過時，外面傳來士兵的問候聲。

寧靜彤不知曉譚慎衍身分，小聲向寧靜芸打聽，寧靜芸將花瓶的花抽抽剪剪，變換著花樣，緩緩道：「他是小太醫的朋友，刑部侍郎，彤妹妹聽過嗎？」

寧靜彤搖頭，不過她歪著頭，思索著道：「他鐵定也是個好人，薛哥哥是個好人呢！」

寧靜彤心裡藏不住事，將臘梅園的事說了，薛墨體貼，因而她對薛墨格外有印象。

倒是寧靜芸，多出了心思，想起在臘梅園，程雲潤冒犯了月姨娘，寧伯瑾才鐵了心思退親的。

她向寧靜彤打聽道：「那日還發生了何事，六妹妹和小太醫可有說起其他？」

她更想直接問寧櫻和薛墨有沒有談到清寧侯府？起初她懷疑是黃氏從中作梗，可黃氏再有通天的本領也不可能算計到清寧侯府去。寧伯瑾說了，那日去臘梅園是臨時起意，黃氏就是不想她好過，也不可能在那麼短的時間內將程雲潤叫去臘梅園。

如果有薛墨在中間幫忙的話，一切就有可能了。寧靜芸提著心，時至今日，她清楚自己和程雲潤是不可能了，然而她心裡不甘心，黃氏不回京的話，她的親事還好好的，至於程雲潤身邊的通房、外室，待她嫁到侯府會慢慢收拾，老夫人教過她不少本事，她清楚該怎麼做，誰知道，一切都沒了。

見寧靜彤沈思不語，她不由得提高了音量。「小太醫和六妹妹可說起過其他人？」

寧靜彤不知寧靜芸為何突然激動起來，看了眼寧櫻，緩緩點了點頭。「說過很多人，不過都是靜彤不認識的，有些人六姊姊也不認識，是薛哥哥在外面認識的，因為好玩才說的。」

寧靜芸面色一鬆，不知是遺憾還是鬆了口氣，怔怔道：「是嗎？」

寧靜彤以為寧靜芸懷疑她說假話，一臉認真。「是的。」

「小太醫常常出門遊歷，見多識廣，他認識的人多不足為奇，是六妹妹孤陋寡聞罷了。對了，為何妳叫他薛哥哥？」寧靜芸垂眼，望著睡顏秀麗的寧櫻，皺眉道。

說起這個，寧靜彤歡喜起來，便將臘梅園的事一五一十說了，包括薛墨讓丫鬟抱她，陪她摘臘梅。「五姊姊，小太醫是好人，府裡的哥哥們對我都沒他好，他說，我可以叫他薛哥哥，往後他會繼續對我好的。」

寧靜芸目光深沈。那日她們參加晉府的賞梅宴，沒承想，寧櫻和薛墨還有如此緣分，若是她也去的話，會不會，她與薛墨的關係也會變好？

想多了，寧靜芸臉頰發燙，小聲道：「小太醫敦厚善良，往後遇到了，別給他添麻煩，他讓妳叫他薛哥哥，妳便叫吧！」

「嗯，薛哥哥待靜彤很好的。」

車外，離得不遠的馬匹上的男子將她們的對話聽得一清二楚，嘴裡輕哼一聲，揮下手裡的鞭子，身下的馬抬起前蹄，疼得長嘶一聲。

福昌尾隨其後，暗道：主子您有氣別拿馬出氣啊，小太醫去宮裡，頂多晌午就回來了，有仇報仇、有怨報怨，馬兒何其無辜啊！他心裡想著，不由得又為薛墨擔憂起來。之前身上的傷還沒好，今天怕又要添新的了。

不過，福昌覺得薛墨沒錯。譚慎衍性子古板，凡事悶在心裡，哪個姑娘知道他心裡想什麼啊！薛墨就不同了，一表人才，知道討女孩子歡心，且連身邊的人都一併討好了，兩相比較，福昌又為自己主子擔心起來。但凡是個女的都會選體貼善解人意的，薛墨乃不二的人選，至於譚慎衍……福昌搖頭。

糾結半晌，他決定找機會好好勸勸譚慎衍，別一味暗中做好事不留名，好比在南山寺，明明救了自己心儀之人，英雄救美，以身相許，多登對的璧人，到譚慎衍嘴裡竟成了天黑沒看清人，若不是薛墨提出來，寧櫻怕都不知譚慎衍救過她的命，天大的恩情聽著這冷冰冰的話也沒報恩的心情了。

福昌唉聲嘆氣，轉頭回望了眼掀起的窗簾，又是一聲嘆息……

出了城，起初寧靜芸沒反應過來，察覺到不對勁，看時辰應該到了才是，誰知，馬車不見停，她探出頭瞅了眼，心下疑惑，鬧市竟然過了。

寧靜蘭也注意到了，跟著探出身子，問寧靜芸。「怎麼越走越遠了，還要去其他地方不成？」

寧府的馬車與她們一道，不過在鬧市的的岔口拐了進去，看譚慎衍騎著馬繼續往前面走，寧伯庸和寧伯瑾嘀咕。「譚侍郎可是要帶小六她們去別的地方？」

「我也不知，罷了、罷了，人在他手裡，不會出事的，快去煙喜樓瞧瞧哪些大人到了？」寧伯瑾和寧伯庸圈子不同，他喜歡吟詩作對，他說的大人，自然是往常和他走得近的那些。

想起寧伯庸說的，寧伯瑾心有遲疑。「大哥說小太醫會開口嗎？」

「譚侍郎與他關係好，這件事對譚侍郎來說不過舉手之勞，不會惹來麻煩，小太醫會答應的。」寧伯庸拍了拍寧伯瑾的肩膀，給他鼓勵。「小太醫看重小六，你與小六好好說，叫她問問小太醫。」

寧伯瑾想了想，刑部明年要處置好些人，只是提前向刑部要個官職空缺的名單，的確不算什麼難事。「大哥做好準備，我一輩子碌碌無為，就靠著你與二哥了。」

寧伯信眯著眼，昏昏欲睡，聞言，清醒過來。「三弟說得哪兒的話，咱兄弟三人，還說那些做什麼？」

馬車繞著鬧市走了兩、三圈不停，寧靜芸低頭思忖，看對面的寧櫻睫毛動了動，緩緩睜開了眼，眼神迷茫，眉目秀麗，她心思一動，忽然就明白了，朝寧靜蘭道：「九妹妹坐下吧，該停下的時候自然會停下的。」

傳聞譚侍郎心狠手辣，逼供可謂無所不用其極，然而今日卻善解人意、不驕不躁，為了讓寧櫻多睡一會兒，騎著馬，繞著鬧市轉圈，真的是因為和小太醫關係好的緣故嗎？

在寧櫻開口前，寧靜芸遞過去一杯水。「喝點水，瞧瞧妳臉上的傷怎麼樣了？」說完，湊到寧靜彤耳朵邊輕輕說了一句，只看寧靜彤探出車窗，朝前面的譚慎衍揮手，聲音甜美。「譚侍郎，六姊姊醒了呢！」

寧櫻揉了揉惺忪的眼，漸漸恢復了清明，從懷裡掏出一小面鏡子，舉過頭頂，瞧了瞧自己頭皮，疼得厲害，金桂替她梳頭時都不敢太用力，她輕輕碰了碰，問寧靜彤。「我這兒的頭髮是不是少了很多？」

譚慎衍騎著馬，聽見寧櫻的話，寧府發生的事他已清楚，只是不知寧靜芳還扯了寧櫻頭髮。他眼裡閃過暗光，雙腿一夾馬肚，往前走了幾步，吩咐車伕駛去鬧市，繼而回來道：

「福昌會帶妳們去竹喜樓，我還有事，回城一趟，晌午再見。」

寧靜芸正為證實自己心中想法感到難以置信，誰知譚慎衍一番話，又推翻了她心底的猜測，頷首道：「多謝譚侍郎了。」

回應她的是譚慎衍轉身駕馬離開的颯爽背影，決絕而清冷……

寧靜芳被送到祠堂，又發了一通火，嘶啞著聲音破口大罵，進入院子，目光冷冽地四下搜索，像是在找要摔的物件，見四周空曠，身子直直地往祠堂正屋衝，步伐踉蹌，和路邊醉酒的瘋子無甚差別。

嫡女風範，消失殆盡。金順做管家多年，見此蹙起眉頭，望著前面的柳氏，沒有立即作聲，然而祠堂供奉的是寧府祖宗的牌位，他不敢由著寧靜芳摔東西，吩咐婆子拉住寧靜芳，躬身上前與柳氏小聲說話。柳氏管家，平日對他多有照顧，逢年過節沒少給他們甜頭，金順願意賣柳氏個好，照眼下的情形來看，寧靜芳鬧得越厲害越不利，不如安安靜靜在祠堂修身養性。君子報仇、十年不晚，何須逞口舌之快？

「老爺動怒，七小姐若執拗，發脾氣摔東西，沒有任何好處，大夫人勸勸七小姐才是。」

柳氏凝視金順一眼。其中利害她當然清楚，寧靜芳真要將屋裡的供品或牌位摔了，估計就只剩下家廟這條路了，寧國忠對寧靜芳沒有那麼多耐性，哪會一再包容？於是她垂下眼，擺手道：「我心裡有數，你先下去吧，我與七小姐說幾句話。」

寧靜芳的裙襬沾上了泥，袖子、手臂也到處都有，髒兮兮的，與平日那個乾淨整潔、大方得體的七小姐大相徑庭。寧靜芳沒有真的糊塗，進了屋，癱軟在地，仰躺著，雙眼無神地望著屋頂褐色大樑，兩行淚順著眼角滑下，腳在地上亂踢著，嘴裡不住罵著人。

柳氏屏退兩側的婆子，蹲下身，扶著寧靜芳站起身，掏出袖中的手帕，替她擦拭著臉上的污漬，眼裡晦澀不明。「妳何苦與她置氣？小太醫去宮裡給太后看病，遲早會出來，昨天已經丟了臉，怎麼還沒受到教訓？」

寧靜芳沈不住氣。薛墨一天不表明自己不喜寧櫻的態度，寧國忠和老夫人就會護著她，寧府太需要一個跳板讓寧府往上跳，薛墨主動靠過來，寧國忠自然不會放過這個機會。

起初，柳氏以為寧靜芸會是這個跳板，沒想到變成了寧櫻。寧府在京城根基深，開朝後，寧府也曾出過內閣輔臣，那時候寧府的名聲如日中天，可惜好景不長，來不及蔭封子孫，那位閣老就沒了命，此後寧府漸漸沒落，一朝天子一朝臣，府裡的一花一草、一山一水再精緻富庶，終究是祖宗留下來的家業而非自己掙的。寧國忠心有抱負，想重現寧府輝煌，為之努力一輩子才升到光祿寺卿，眼瞅著要止步於光祿寺，寧國忠哪會甘心？薛府是寧府的機會，他自然不會輕易錯過了；而寧櫻靠著和薛墨這層關係，足夠她在府裡橫著走了。

「娘。」寧靜芳撲進柳氏懷裡，聲淚俱下道：「我看不慣她，憑什麼她一出現我就得讓著她？她除了臉蛋美，哪點有我強？」

想到這個，寧靜芳擦了擦鼻涕，摸著自己紅腫的臉，眼裡閃過厲色。「娘，您不能放過她，我嚥不下這口氣。」

柳氏嘆息，揉著女兒的頭髮，苦口婆心道：「妳年紀不小了，做事怎麼還這般莽撞？妳如果忍忍，譚侍郎過來接她，妳便能和她一同出遊；譚侍郎功名在身，身分地位不輸薛墨，妳如果入了他的眼，往後何愁沒有翻身的機會？娘與妳說過很多次了，女子在娘家身分地位懸殊再大，嫁的夫婿才是最後的較量；瞧瞧妳三嬸，出嫁前認識的多是些無足輕重的人，嫁給妳三叔後，水漲船高，誰還敢拿她以前的身分說事？人往高處走，水往低處流，再努力、再會持家、名聲再好，都比不過嫁給一個身分尊貴的男人，這點，妳要記著。」

看女兒灰頭土臉，柳氏眼眶泛紅，她是過來人，有些事再明白不過。娘家再厲害都沒用，夫家顯赫自己才能跟著沾光，嫁雞隨雞，嫁狗隨狗，話說得粗鄙，道理卻是對的。柳府與寧府起初門當戶對，這幾年柳府名聲漸起，她回娘家想為寧伯庸謀份好的差職，她父親答應得爽快，下面幾個哥哥含糊其辭不肯應下，慢慢她就懂了，怕是幾個嫂子暗中說了什麼。如此一想，寧靜芳吃了虧也好，至少往後清楚自己怎麼做，別像今日如市井潑婦似地吵罵。

柳氏瞇了瞇眼，忍下眼中淚花，循循善誘道：「妳該領受點教訓了，多與妳大姊姊學學，收斂鋒芒，安心過自己的日子，別鬧笑話，妳最初聽娘的話，哪有今天的事？」

柳氏早知寧櫻不是好惹的人，勸過寧靜芳好多次，寧靜芳當面應得好好的，背過身就忘得一乾二淨，接二連三給寧櫻使絆子，沒害著寧櫻，次次都讓自己沒臉，想起黃氏年輕時的作風，她的女兒哪是對手，柳氏嘆了口氣。

柳氏的話在冷寂的屋裡響起，寧靜芳望著從小疼愛自己的母親，難以置信有朝一日她會埋怨自己，明明她最是疼她，捨不得她受絲毫委屈的人。

一時之間，寧靜芸淚簌簌往下落，內心充斥著難以名狀的恐懼，摟著柳氏的腰身，楚楚可憐道：「娘，我知道錯了，以後我什麼都聽您的，您別生我的氣好不好？」

「我氣妳做什麼？妳遇到事多想想後果，別次次都把自己弄得這般狼狽，對付人有很多種法子，而妳卻選擇了最不適宜的一種。」以前，柳氏認為寧靜芳年紀小，不願意她知曉後宅的一些手段，如今看來得慢慢教她了。

屋裡一陣靜默，寧靜芳窩在柳氏懷裡沒有吭聲，柳氏瞅了瞅外面的天色，準備離開，卻聽寧靜芳陡然說了句。「娘，您說，小太醫真的會娶六姊姊嗎？」

柳氏以為女兒想明白了，她說的都聽了進去，聽見這句話才知是白費了。她理了理寧靜芳的衣衫，見她臉頰腫著，眼圈周圍濕答答的，本想說句重話又嚥了下去，嘆息道：「她的事有三叔、三嬸管，妳過問做什麼？好好待著，初二妳大姊姊回來，我與她商量可有其他的法子放妳出來？」

寧靜雅是府裡的長女，在寧國忠和老夫人跟前說得上話，以寧靜雅的名義當說客，說不定寧靜芳會少吃些苦頭。過幾日，再給柳府去信，藉著柳老夫人的名義將寧靜芳弄去柳府，等寧國忠的氣消了再回來。姊妹相殘不是光鮮事，寧府愛名聲，不會讓打架之事傳出去，寧靜芳應該拘不了多久。

柳氏揉揉她的頭，叮囑道：「妳好好反省自己，往後不能像這般毛毛躁躁的，娘還有事，先回去了。」

今日去京郊的人多，柳府的人也在，柳氏在年前約了娘家、嫂子在煙喜樓聚聚，幫忙問寧伯庸明年官職調動的事。哪怕嫂子不喜，為了寧伯庸的前程，她也得厚著臉皮豁出去。

柳氏鬆開寧靜芳，慢慢朝外面走，寧靜芳追著走了兩步，趴在門邊，兩眼淚汪汪地看著柳氏。「娘，您記得常常過來看我，我怕。」

寧國忠發了話，身邊的婆子是他的人，不會縱容她。寧靜芳心裡犯怵，祠堂陰暗，夜裡陰風陣陣，想想便覺得毛骨悚然，寧靜芳縮著身子，凌亂的頭髮隨風飛揚，像是有什麼在頭頂爬，她大叫一聲捂住了頭，想起府裡幾位哥哥說的祠堂鬧鬼，今天過年供品豐盛，夜裡他們會從地裡爬出來找吃的……

想到這些，寧靜芳一刻也待不下去了，往前跑了兩步，被門口的婆子攔住，她身子不由自主顫抖著，不知是冷得還是其他，對著柳氏的背影大喊道：「娘，您常常來看我。」

聽著小女兒的哀求聲，柳氏眼眶一紅，低下頭，偷偷抹去眼角的淚，寬慰道：「娘會常來的，妳快進屋。」

屋裡有筆墨紙硯，寧靜芳身邊用不著人伺候，門口的婆子對視一眼，順勢關上門，將其落了鎖。今日之事，府裡的風向怕是會變了，姊妹打架，一人被關祠堂，另一人卻出府去玩，兩人都是明白人，心裡已有了主意。縱然不討好三房，也萬萬不可得罪，而不得罪的法子便是將寧靜芳看緊了，別讓她溜出去，否則，寧靜芳不知死活又去尋寧櫻麻煩，老爺怪罪下來，所有的人都逃不了罪責。

兩人寸步不離守在門口，不時透過門邊縫隙觀察裡面的寧靜芳，見桌上鋪好了紙，寧靜芳不哭不鬧地坐在桌前，握著筆，身板筆直地寫著字，兩人暗自鬆了一口氣。寧靜芳這樣子是最好的，她們好交差。

不一會兒，外面走來一灰色衣衫的婆子，其貌不揚，低著頭，頭髮稀疏，圓髻小小的一團，枯黃粗糙的手指著外面道：「大夫人說今日的事煩勞兩位嬤嬤了，七小姐要在祠堂住一個月，往後得多多依仗兩位嬤嬤，特賞了些酒和糕點擱在兩位嬤嬤屋裡，還請兩位嚐嚐。」

兩人沒有生疑，大夫人八面玲瓏，管家的這些年頗有手段，收服了一群下人，她們平日做些粗使活計，頭回遇到賞賜，臉上泛起笑來，轉頭看祠堂門鎖著，寧靜芳出不來，應該不會生事，想了想，兩人道謝，搓搓手，哈著氣地往住處走。

察覺到外面腳步聲遠了，寧靜芳只感覺屋裡好似突然黑了下來，她惶恐不安地左右瞅了眼，見窗戶邊貼著道人影擋住了光，嚇得她放聲尖叫，隨即屋裡充斥著股異樣的香味，她嗅了嗅，只覺得身子發軟、眼皮漸重，疲乏得很，她歪著頭，手無力地垂落，眼眸漸漸閉上。

隨即，窗戶被人輕輕撬開，黑色人影一躍而入，走向桌邊，探了探寧靜芳鼻息，朝窗外的絳紫色身形的男子道：「主子，會不會太狠了？寧老爺身為光祿寺卿，真得罪了他，告到皇上面前，您就遭殃了……」

回應他的是沈默。福昌知曉，在寧國忠告到皇上之前，寧靜芳要遭殃了。

望著椅子上睡得死氣沈沈的女子，他搖頭嘆息，心裡暗道：什麼人不好惹，偏生招惹他家主子，結果要遭罪了吧！

譚慎衍從容躍進屋來，面無表情，手裡的匕首輕輕在掌心摩挲著，像極走街串巷、磨刀殺豬的殺豬匠，只是譚慎衍容貌更俊朗些，但是下手也更狠。

想到譚慎衍的手段，福昌打了個激靈，拉開椅子，扶著寧靜芳站好，試探地問道：「是您親自動手，還是奴才……」

譚慎衍半垂著眼眸，視線在寧靜芳身上逗留片刻，繞著轉了兩圈，喃喃自語道：「人長得像畜生，更盡做些畜生不如的事，福昌，她是真的醜吧？」

福昌嘴角抽搐，類似的話聽過一次，是在南山寺腳下，譚慎衍拿同樣的眼神打量被打量過去的清寧侯世子。「長得人模人樣，盡做些畜生做的事，福昌，他長得好看嗎？」

譚慎衍評頭論足的本事沒有半點長進，不知為何，福昌想起了寧櫻。這種性子的譚慎衍，有姑娘喜歡才有鬼。

當然，他不知曉，他一句話，罵到了京中一大半姑娘……

福昌深吸口氣，認真端詳兩眼，如實道：「今日過年，她妝容精緻，約莫是後來哭花了才成這樣子的，不管怎樣，論容貌比不上六小姐就是了。」

情人眼裡出西施，福昌心知在譚慎衍眼中，寧櫻就是那天上仙子，花容月貌、傾國傾城，非常人所能及的。

「難怪……」譚慎衍一臉嫌棄，蹲下身，臉驟然一冷，眸色黑不見底，抬起手，匕首乾脆俐落地劃了下去。

另一廂，兩個婆子喝了點酒，興致勃勃說了許久的話，晌午時想起要給祠堂的寧靜芳送飯，她們拿著鑰匙去開門，站起身，搖搖晃晃，腳步虛浮地走出院子，視線中，瞧著一位小丫鬟匆匆走來，面色慘白地說祠堂那位正呼天搶地，如鬼哭神號。

兩人手挽著手，對視一眼，醉酒緋紅的眼中盡顯不滿，才半天就鬧起來，真是個不省心的。

小丫鬟心裡害怕，催促道：「兩位嬤嬤快去瞧瞧吧，傳到老爺、老夫人耳朵裡，奴婢們只怕會跟著遭殃。」

大年三十，本該喜氣洋洋喝酒吃飯，結果出了這件事，兩個婆子面色不豫，眼神迷濛地笑了笑，不甚在意道：「七小姐身子嬌貴，約莫又哪兒沒想通，急什麼，傳到老夫人耳朵裡與咱們有何關係？七小姐自己要鬧，難不成咱能拿布條堵了她的嘴？」

吃人嘴短，柳氏做事面面俱到，過年送她們吃食多是一份體面，結果，被寧靜芳一鬧，兩人不覺得是體面，反而有種被拉上賊船的感覺。

本就是準備去祠堂的兩人又掉頭回屋，慢悠悠泡杯茶，端著喝了漱口，沖散了嘴裡的酒味，看小丫鬟惶惶不安，來回踱步，鬧得人心煩意亂，其中一婆子道：「七小姐鬧，妳去榮溪園稟明老夫人，咱當下人的，哪敢和主子置氣，問問老夫人的意思。」

兩人在後宅多年，哪不清楚府裡的風向？老夫人不喜三房已久，可寧櫻運氣好，得到小太醫和譚侍郎青睞，老爺都沒法，何況是老夫人？七小姐不安生，哭起來，老夫人心裡窩火，只會越發不喜七小姐的行徑。

小丫鬟見兩人不慌不忙，她跺跺腳跑了出去。不是她多事，實在是那哭聲聲嘶力竭，她膽子小，擔心出了事，怪罪下來，她討不了好。

榮溪園內，寧國忠與老夫人說了一上午的話。寧國忠尊敬這個妻子，她將後宅管理得井井有條，秀外慧中，雷厲風行，全府上下沒有不服氣的。然而最近這些事加起來，寧國忠覺得她年紀大，腦子遲鈍了，寧府能走多遠，除了子孫爭氣，後宅還得有位能明辨是非、懂得取捨的主母才行，前些年她做得不錯，從黃氏回來後，她做法明顯急躁了。

寧國忠說得口乾舌燥，盯著妻子日漸清瘦的臉頰，語氣稍緩。「有的事妳心裡該有數，朝堂風雲變幻，宗室侯爵沒落得快，何況是咱們這樣的人家？老大勤於政務，吏部年年考核皆是優，官職也平平穩穩往上升；老二也不差，壞就壞在手裡頭沒有實權，想要加官進爵比別人困難多了，若有人肯從中牽線搭橋，以老大的性子，早就平步青雲了。」

對這三個兒子，寧國忠心裡是滿意的。寧伯庸心思通透，一點就通，做事沈著穩重，胸有丘壑；老二寧伯信憨厚正直、沒有旁的心思；老三寧伯瑾政績平平，在吟詩作對方面還算小有名氣；至於下面幾個孫子，更是可圈可點、前途不可限量，依這形勢瞧，寧府正是蓄勢待發的時候，可老夫人做的事若傳出去，寧府的名聲就毀了，這點是寧國忠最不滿的地方。

老夫人低著頭，一早上她的老臉紅了又白、白了又紅，反反覆覆好不精彩，耷拉著耳朵嘆了口氣。「是我急躁了，靜芸的事，我以為程老夫人一言九鼎，左右不過是個孫女，神不知、鬼不覺送出去……」

寧靜芸和程雲潤退了親，想要再結親，寧伯瑾與黃氏肯定不會答應，偏偏程雲潤對寧靜芸志在必得，她才與程老夫人私底下達成協議，寧靜芸進了侯府，明年官職調動上，清寧侯為寧國忠走動。以寧國忠的年紀，再不升，一輩子就過去了，至於名聲，都是壓迫門戶低的人家，皇親國戚之間的骯髒陰私還少嗎？可也沒人敢說什麼，哪怕臭名昭彰，想巴結的人不也成群結隊？

心中衡量，她才覺得送寧靜芸出去是划算的買賣，如今被寧國忠一語點醒，才感到後背發涼。皇親國戚的宗室子弟，只要不生出不該有的心思，一輩子榮華無憂，而寧府和皇家沾不上邊，名聲兩字卻能壓垮整個寧府，差一點，她就犯下了大錯。

正想著，門外傳來佟嬤嬤的稟告聲。「老夫人，丫鬟說七小姐在祠堂歇斯底里鬧得厲害，問您拿個主意。」

寧國忠不悅。「差人送去莊子，何時想清楚了，何時再回來，想不清楚，就永遠別回來了。」

年前，寧靜芳也被禁足，念其要出府做客，寧國忠睜隻眼、閉隻眼由著她去了，誰知，寧靜芳不知深淺，越發沒規沒矩，連寧櫻都比不上，寧國忠對這個孫女極為失望，他寧可做一回惡人，也不准有人丟寧府的臉。

老夫人想勸兩句。柳家不像當初，已越過寧府蒸蒸日上，鬧起來，兩府面上無光，可張了張嘴，又怕讓寧國忠反感，她沒吭聲，低頭擺弄手腕上的鐲子。

佟嬤嬤在外面等了一會兒，心下明瞭，招來院子裡的小丫鬟，小聲嘀咕了兩句，擺手將人打發了，七小姐算徹底失寵了，大夫人也救不了她。

丫鬟身形一震，頷首稱是，提著裙襬走了。

誰知不一會兒，丫鬟又回來了，臉色蒼白地拉著佟嬤嬤，支支吾吾話都說不清楚了，佟嬤嬤皺眉，聽完後大驚，倒吸兩口寒氣，推開門進了屋。

老夫人和老爺正在用膳，聽了佟嬤嬤的話，滿臉詫異。「可是真的？誰做的？」

佟嬤嬤搖頭，小聲道：「丫鬟不清楚，大爺、大夫人不在府裡，您要不要過去瞅瞅？」

老夫人心裡震驚。寧靜芳一個人在祠堂面壁思過，好好地怎麼臉被人劃傷、頭髮遭人剪了？傳出去，寧靜芳一輩子都別想嫁人了。

老夫人站起身，讓佟嬤嬤給她拿斗篷邊思忖道：「成什麼樣子了？」

「頭髮齊肩，丫鬟說七小姐哭鬧得暈過去兩次了。」

頭髮代表著一個人的福氣，貧苦人家的孩子多頭髮枯黃細軟，一瞧便是無精打采、沒有精氣神的，因而京裡的夫人、小姐極為在意髮質，隔不久便會修剪自己頭髮，不過是將長得太過的的頭髮稍微剪掉些，又或者是分叉的那部分，及腰的長髮在大家看來是正好的長度，京城裡的夫人、小姐多是這樣的長短，而寧靜芳的頭髮被人剪得只剩下一小截。

寧國忠擱下筷子，好好的一頓飯，頓時沒了心情，皺眉道：「讓人將老大他們叫回來，再不管管還真的是要鬧翻天了。」

老夫人瞇了瞇眼，目光一閃，腦子裡冒出個想法，不過她不敢表現出來，轉眼，收起心底的心思，吩咐佟嬤嬤道：「妳敲打下面的人一番，誰要是亂嚼舌根說出去，我饒不了她。」

老夫人也是女子，知曉頭髮的重要性，便披上斗篷，匆匆忙忙朝祠堂走去。這些日子，她身子的病情不見好，走得快了，氣息不穩，佟嬤嬤穩穩扶著她，不時提醒她慢些。

還未到祠堂門口，便聽見裡面傳來的嚎啕大哭，說是心膽俱裂也不為過，老夫人鬆了鬆佟嬤嬤的手。「讓管家私下打聽誰做的，以下犯上不得好死，守門的婆子呢？叫過來，我親自審問。」

佟嬤嬤不敢耽誤，將老夫人的手遞給身後的丫鬟，快速退了下去。

第二十章

寧櫻她們在竹喜樓吃過午飯，靠在床上小憩，晌午的街道安安靜靜的，如倦鳥歸巢後的林子，在熱鬧中漸漸靜謐下來。

寧櫻和寧靜彤躺在床上，閉著眼，睡得香甜，寧靜芸靠在美人榻上，手裡捧著本書，看得津津有味。

譚侍郎將她們送來後便再無出現，小太醫也不見人影，寧靜蘭興致缺缺，百無聊賴地沈浸在自己幻想中，進門時店裡的小二態度恭順，低眉屈膝的模樣叫她心裡升起一股濃濃的優越感。煙喜樓與竹喜樓是京城貴人年年都會來的酒樓，竹喜樓名聲更甚，都是按照官職訂位置，在寧靜蘭的記憶裡，寧府只在竹喜樓搶到過一次位置，還是因某位侯爺家裡有事，臨時不來了，恰好與寧伯瑾有兩分交情，將位置讓給了寧府。

憶及當年，在竹喜樓的頭一晚，她想像過無數次站在這象徵身分地位的酒樓裡，她會有怎樣的際遇。會遇到情投意合的朋友，對方家世好、身分尊貴，她會跟著收到各式各樣的帖子，在一眾姊妹中揚眉吐氣……那一晚，她想得翻來覆去睡不著，翌日她穿著一身新衣，滿懷希望地走向竹喜樓，沒想到迎接她的是不斷給人屈膝行禮，對方知曉她出身寧府，還是庶女，壓根兒不搭理她；她與關係好的幾個朋友炫耀，還被嘲笑一番，這件事一直藏在她心裡，她想著有朝一日定要一雪前恥，沒想到，今日機會就來了。

小二點頭哈腰的態度，滿足了寧靜蘭心底的虛榮，至少誰都不敢嘲笑她，她進了竹喜樓，且是在四樓雅間，不是人人都有的位置，要知曉，一樓、二樓有不少沒落的侯府呢……

想到這裡，寧靜蘭精神一振，站起身，走到銅鏡前，細細照了照自己妝容，確認是好看的之後，行至桌邊，趴在窗櫺上往下看，街道上的小販停止了叫賣，或坐或蹲著吃飯，姿勢粗鄙。寧靜蘭撇嘴，她看不起商人，真想能遇到幾位平時來往的小姐，打聲招呼，看看她們對自己會是怎樣阿諛奉承？為此，寧靜蘭伸長脖子往下面搜索，半晌，也沒在街上找出個認識的人來。

不過她不洩氣，待會兒出門，她總要驚豔眾人的，想像著小太醫站在自己身邊溫和地介紹自己，寧靜蘭不由得臉頰發燙，一隻手搗著發燙的臉頰，又好似想到什麼，格格笑出了聲。

寧靜芸從書上抬起頭，望著寧靜蘭的背影，蹙了蹙眉……

約莫半個時辰，街上傳來一、兩聲對話，聲音好似離得有些遠，慢慢聲音大了起來，伴隨著嘈雜的腳步，一聲高過一聲的叫賣重新響徹街道。

沈浸在自己思緒中的寧靜蘭回過神，神采奕奕地盯著下面，目不轉睛，全神貫注。

寧靜芸喚丫鬟進屋替她梳妝，對寧靜蘭的反應嗤之以鼻，不置可否，整理好妝容，坐在窗邊，眼神倨傲地望著下面，盛氣凌人，只有傲氣。

寧櫻見兩人的目光都放在樓下街道，心下冷笑，她睡了一覺，精神大好，臉上的傷口不再流血，她拉扯嘴角時疼得厲害，這會兒照鏡子，她才反應過來，問金桂。「會不會留疤？」

「小太醫的藥膏藥效好，應該不會留疤。」金桂湊上前，細細看了看。兩側的傷口淺，中間的有些深了，留疤的話，應該是中間的那一點。看寧櫻緊緊皺著眉，她話鋒一轉，安慰道：「小姐別擔心，留了疤也是一小點，鬢角留一綹頭髮放下來就遮住了。」

「我只是覺得，留了疤也好。」這樣子的話，說明這輩子真的和上輩子不同，她有能耐改變處境，維持她想要過的生活。

金桂替她梳好髮髻，對著鏡子瞧了瞧。寧櫻不如寧靜芸明豔嬌媚，容貌卻也是不差的，而且寧櫻年紀小，身子沒有長開，往後說不定會比寧靜芸好看。

寧櫻牽著寧靜彤準備出門，早上給黃氏和寧伯瑾磕頭時，寧伯瑾給了銀票，街上鋪子多，她想買點好玩的，問寧靜芸和寧靜蘭道：「五姊姊和九妹妹不出門？」

寧靜芸沒吭聲，而寧靜蘭堅決地搖頭。她們在這兒，小太醫一定會過來的，她才不要走呢！

寧櫻看出她的想法，又瞥了眼寧靜芸，見她站起身，似乎不想和寧靜蘭繼續待在屋裡，寧櫻會意，推開門叫丫鬟留下，秋水和金桂跟著她就好，寧靜芸則一個丫鬟都沒帶。

竹喜樓有五層，她們在第四層，樓梯間，遇到其他府的人，寧櫻善意地笑了笑，並不開口說話。寧靜芸心思活絡，知曉對方的身分，禮數周到地給她們見禮，進退有度，得來好些人的稱讚。在一樓時，遇到兩位夫人，走在前面的是一位三十出頭的貴婦，披著件織錦鑲毛斗篷，脖頸間繞著雪白的絲絨毛領，耳尖的金鑲紅寶石耳墜在領子上輕輕搖曳，富貴雍容，看氣度便知曉對方是有頭有臉的夫人。寧櫻低下頭，避免衝撞了對方。

寧靜芸屈膝福身，聲音清脆甜美道：「晚輩見過侯夫人。」

「免禮吧，瞧著有些面生，不知是哪位府上的？」夫人輕吐氣息，聲音輕柔，隨和的臉上帶著親切的笑，笑容純淨，平白生出一股好感，想讓人親近。

寧靜芸抿唇，聲音不卑不亢。「晚輩乃寧府五姑娘，祖父是光祿寺卿。」

「哦，是寧府的？是個好的……」

她的話說到一半，被身旁的另一名夫人出聲打斷。「什麼時候，寧府這樣子的府邸也能在竹喜樓找到位置了？掌櫃的莫不是生意做糊塗了？」

煙喜樓與竹喜樓是朝中達官貴人聚集之地，不過能在竹喜樓訂到位置的，家世更顯赫，寧國忠官職從三品，在京城裡算不得什麼。

寧靜芸臉上笑意不減，且不見絲毫自卑或是怒氣，不由得人讓人暗中點頭稱讚。

「妳莫胡說，寧府不是沒有來過竹喜樓，將來日子長著，誰都不清楚對方有什麼造化，莫仗勢欺人。我們也走了，別讓她們不自在。」那位夫人側過身，與不滿的夫人解釋。

各自別過，寧靜芸說起那位夫人的身分乃長公主的妯娌。寧櫻大致猜到了，全京城待人這般溫和的夫人不多，但看那夫人通身的氣派就知曉，只是沒想到會在這遇到她，且身後沒有隨行的晚輩，她心裡覺得奇怪。

街道窄，寧櫻讓秋水牽著寧靜彤，白雪皚皚，摩肩接踵，腳下積雪早已融化，低窪處淌著一灘水，黑漆漆的有些髒，她的目光順著街道落到兩旁鋪子上，生意好的鋪子排起了長龍，往前走，一處空地上有雜耍團的人正表演雜技，猴子聰明，翻跟頭、跳舞、磕頭……樣樣都很精彩。

人多，寧櫻瞅著都是些穿著華麗的人，她沒有上前湊熱鬧，看寧靜芸好似極為感興趣的樣子，她說道：「妳若喜歡，讓秋水陪著妳在這兒瞧瞧，我和彤妹妹繼續往前。」說完，又想起一件事來，上上下下看著寧靜芸。「為何妳不戴帷帽？」

寧靜芸自視甚高，不管何時出門必然都會戴著帷帽，今日過年沒有那麼多忌諱，可對寧靜芸來說今日與平常無異，出門該戴著帷帽才是。

前面的人多，有男有女，寧靜芸只能依稀瞧見裡面的情形，伸了伸脖子，只看得見大致的情形，難免覺得興致缺缺，收回目光，理所當然道：「過年沒有那麼多講究，妳瞧著街上誰戴著帷帽？」

寧櫻輕笑，不信寧靜芸的說詞。寧靜芸什麼性子，她再知曉不過了，哪會因為過年就改了性子。眨眼時，眼角多出抹絳紫色的衣角，衣衫平整，整潔如新，寧櫻目光一滯，抬起頭，正對上譚慎衍無波無瀾的眸子，只一眼，她便別開了臉，淡淡道：「譚侍郎也來逛呢！」

譚慎衍好似心情很好，說話時，聲音溫潤清朗，嘴角微翹著。「隨意走走，過年期間，小偷、人販子猖狂，雖說刑部不管治安，提前找到要緝拿的犯人也是好事，未雨綢繆……」譚慎衍話說到一半，聽到身後的福昌微咳嗽兩聲，話語一頓，目光沈了下來。「六小姐喜歡看戲？」

福昌直覺得額頭抽抽得疼。來時路上，他教過多少次了，小姑娘最喜歡甜言蜜語，想要討寧櫻歡心，投其所好至關重要，大過年的，誰願意聽刑部緝拿小偷、人販子，未雨綢繆？就他家主子說得出來……福昌搖頭，回想薛墨說得或許不無道理。常年在刑部與一幫凶神惡煞、跟心理扭曲的人打交道久了，不懂何為風花雪月，柔情密意，自家主子該收收心，學著怎麼討女孩子喜歡了。

寧櫻搖頭。對著譚慎衍，心裡總覺得彆扭，尤其他的目光赤裸裸地望著自己時，好似含著深不可測的情愫，寧櫻下意識地排斥，轉過身，緩緩道：「經過這兒，看人多，好奇望兩眼罷了，譚侍郎接下來要去哪兒？」

「隨意走走。」譚慎衍望著寧櫻，眼裡閃過複雜。

福昌與他說了許多，譚慎衍明白自己不是個體貼的人。上輩子，黃氏用了些手段將寧櫻送到他跟前，他覺得喜歡就娶了，寧櫻是個活潑之人，話多，他則沈默，常常聽她說。他以為她喜歡絮絮叨叨，他便聽著不吭聲或偶爾應一句，她說話時，眼珠好似會發光，一閃一閃的，他最是喜歡她眼裡的神采；慢慢地她變了，變得唯唯諾諾、沈默寡言，眼裡的光一點一點淡了，他明白他哪兒做錯了，卻始終找不到關鍵，到後來她病重，她都在極力偽裝，總說她自己沒事，實際上他知曉她時日無多了。

「六小姐……」譚慎衍動了動唇，忽然想要說點什麼。

誰知，一道促狹含笑的聲音打斷。「櫻娘和慎之在呢！讓我好找。」

譚慎衍嘴角一抿，轉過身，日光極為不善地看著來人，眼底閃過幽暗不明的光。

福昌撫額，頭越發疼了，真想暗中提醒一句，投其所好，愛屋及烏，該對薛爺態度好些，想法子親近寧櫻才是關鍵。

薛墨穿著一身銀色長袍，身形頎長，眉目溫和，信步而來，留意到譚慎衍的目光，他訕訕一笑。「可是打擾了你們？」

「薛哥哥。」秋水牽著的寧靜彤飛奔出去，撲到薛墨懷裡。她年紀小，此番行徑倒是不覺得有什麼。

寧櫻想起譚慎衍好似有話說，詢問地投去一瞥，而譚慎衍臉上已恢復清冷，渾身上下透著生人勿近的氣息，寧櫻不明白他的氣從何而來，便調轉目光，轉開了頭。

薛墨一到，寧靜芸心情不錯，揚著嘴角，笑盈盈上前拉過寧靜彤，嫣然道：「小太醫剛從宮裡出來，彤妹妹別黏著他，小心累著小太醫了。」

薛墨擺手，語氣帶著淡淡疏離。「不礙事的。」

薛墨和譚慎衍並肩而立，兩人皆是好看之人，站在一塊兒吸引不少目光，不過兩人都不愛和外人打交道，即使有人知曉他們的身分，也不敢貿然上前攀關係，反而對兩人身旁跟著的寧靜芸來了興致。寧靜芸容貌秀美，舉手投足間透著股婉約大氣，不少人交頭接耳，議論起寧靜芸的出身，得知寧靜芸和程雲潤退了親，一時之間，看寧靜芸的目光便耐人尋味起來。

寧櫻則不起眼得多，偶有幾雙眼望過來，不過在掃到她身旁的譚慎衍後，默契地移開了視線。青岩侯府這兩年鋒頭正盛，譚慎衍令人聞風喪膽，敢招惹譚慎衍的人屈指可數。

走了兩條街，花了一個多時辰，寧櫻買了好幾樣小玩意兒，有珠子串成的花籃、竹子編造的兔子、小貓，樣樣她都愛不釋手，雖不是貴重之物，但勝在稀罕；寧靜彤挑了一對耳墜，小姑娘已到懂美的年紀，買了耳墜又嚷著要買胭紅，高興得手舞足蹈。倒是寧靜芸什麼都沒選，沒有能入她眼的東西。

一行人穿過鬧市，遇到寧府的馬車，寧伯庸和寧伯瑾坐在裡面，兩人神色緊繃，愁眉不展。

寧櫻心裡疑惑。寧伯瑾也看見她了，一時心思複雜，出聲叫馬車停下，頭探出車窗與寧櫻道：「我與妳大伯、二伯有點事回府一趟，夜裡早些時候回來，我與妳大哥、二哥說了，叫他們回家的時候叫上妳們。」

寧櫻點頭，看寧伯瑾皺著眉，想來是府裡發生了大事，否則依這時辰算，酒樓這會兒正是最熱鬧的時候，寧伯瑾哪捨得離開。

因為人多，不好直言問寧伯瑾發生了何事，寧櫻乖巧點頭道：「知道了。」

寧伯庸斂著笑，眉目間盡是凝重之色。寧櫻察覺到寧伯庸看向她的目光帶著明顯的探究意味，只覺得莫名，她挑眉善意地笑了笑，揮手道別。

馬車緩緩駛過，激起低窪處的水灘，濺了路人一身，引來破口大罵，罵完不解氣又朝他們望了過來，不等他出聲，譚慎衍身後的福昌已大步上前，冷峻面容嚇得對方倉皇而逃。

寧櫻笑著搖頭，不著痕跡地朝身後招手叫來金桂。「妳問問大少爺、二少爺府裡是不是出事了？」

寧伯瑾附庸風雅，酒樓年年有對對聯、詩詞接龍大賽，聚集了狀元樓的考生，熱鬧非凡，像寧伯瑾這樣的人，不是出了大事絕對捨不得離開。

金桂頷首，小跑著走遠了，寧靜芸也若有所思。

薛墨指著酒樓道：「這會兒酒樓熱鬧，我們去瞧瞧，要知曉，今年風采斐然的那位可能是明年的前三甲呢！」

狀元樓裡考生多是從外地來京應考的，年年都會在這邊露臉，各有各的心思，一則為了得世家小姐的青睞，二則希望得貴人看重納入幕僚，對自己的前程增添助力。

他們到的時候，裡面氣氛正高，高臺上，詠詩之人昂首挺胸、慷慨激昂，平凡的五官因為臉上的自信跟著神采飛揚起來，由裡而外的活力迷了一眾小姐的眼，而寧櫻的目光落到角落的一張四方桌上，男子一身單薄的青布衣衫，脊背筆直，可能聽到詠詩之人的內容，一雙眼熠熠生輝，五官生動……

寧櫻不由自主看向身旁靠向薛墨的寧靜芸。這樣子的她，如何配得上那個人？寒衣之士，眼下貧困潦倒，待他日自會展翅高飛，扶搖直上，而寧靜芸不過是養不熟的白眼狼罷了。

寧櫻沒注意，一道深邃複雜的目光從她望向角落的桌子時，便落在她臉上，將她的神情看得清清楚楚。

如果有一天，她記得你們的曾經，卻寧可與你形同陌路，互不干涉，該怎麼辦？

譚慎衍身為刑部侍郎，審訊過成千上萬的犯人，直到今天，他也遇到了難題。他眸色微暗，骨節分明的手漫不經心地整理著鑲金邊的衣袖，神色不明，許久，眉梢恢復了清冷，再看向角落裡的四方桌上，臉上露出一抹了然。

如果寧靜芸能多照拂黃氏些，寧櫻心裡應該會感激她的，以寧靜芸的手腕，寧府發生了什麼大致是清楚的吧！寧櫻一輩子最在意的便是黃氏，結果黃氏抑鬱而終，寧靜芸卻在夫家過得如魚得水，苟志在朝堂嶄露頭角，有了作為，她從沒和寧櫻往來過，說恩斷義絕也不為過，寧櫻因孝順，礙於黃氏隱忍不發。

苟志沈穩，胸有鴻鵠大志，這樣子的人，寧靜芸這等忘恩負義的，確實配不上……

薛墨對舞文弄墨、吟詩作對無甚興趣，側目打量身旁的寧櫻，見她的視線落在角落的四方桌上，白皙秀麗的臉頰閃過一抹異樣。循著她的視線，他望了過去，見男子衣著樸實，下頷微緊，相貌平平，一眼看不出出色的地方，多看兩眼才發現他平靜無波的眸子流光溢彩，給整張臉平添了幾分儒雅的氣韻。

薛墨暗暗將他與譚慎衍比較，遺憾地搖了搖頭。出身、容貌、家世、心機……比譚慎衍差遠了，哪怕明年高中狀元，十年內皆不是譚慎衍的對手。

「櫻娘聽得懂他們唸什麼嗎？」薛墨見她看得出神，不由得說話轉移寧櫻的注意。

譚慎衍心思霸道，寧櫻盯著誰瞧，便是給誰惹麻煩，薛墨嚐過苦頭，不想那男子遭了同樣的罪。

看寧櫻怔怔地轉過頭，薛墨善意笑了笑。他清楚寧櫻的能耐，雖認識些字，品詩卻是沒那本事的。譚慎衍對寧櫻上心，他這個做朋友的自然要多幫襯，幫襯之餘，查寧櫻的底細是免不了的，得知她在莊子度日清苦，黃氏手頭拮据，而寧府對她不聞不問，到了啟蒙的年紀也沒有夫子教導，唸書認字是回京後才學得，算起來不過三個月的光景，即使有寧伯瑾指點，也不可能比得上從小耳濡目染的勛貴小姐，看寧櫻似有挫敗感，薛墨抿唇，寬慰道：「不懂沒什麼，我們去樓上，會有人與妳講解。」說完，朝大紅色牆柱下的小二招手。

能在大堂當差，都是有眼力的人，小二雖沒見過薛墨和譚慎衍，但看兩人氣度不凡，不敢小覷，覥著笑，躬身作揖道：「不知爺有什麼吩咐？」

煙喜樓年年都有人賽詩，從寒門小戶到皇親國戚，無人不知、無人不曉。不過前者地位低，即使想湊熱鬧在煙喜樓也訂不到位置；後者礙於矜持，多去竹喜樓，不會光明正大來這邊湊熱鬧，常與人結伴以掩飾自己的身分。念及此，小二心思微動，態度越發恭順。

「二樓可有位置？」薛墨抬眉望了眼二樓，紙質的窗戶大敞，時有秀麗的面容望下來，很快又收回目光，面色微紅。

薛墨不怎麼來這種地方，可清楚女子臉上的嬌羞為何而來。京裡一年四季舉辦的宴會中，總會促成幾樁親事，聽得多了，他也大致知曉說親的過程，那些時不時探出身子張望的，多半是想在這裡說門妥帖的親事。

小二心下為難，每年來這煙喜樓的人數不勝數，哪還有位置？他心裡清楚，嘴上卻不敢直言回答沒有，畢竟得罪了貴人，掌櫃的不會饒過他。小二心思轉得快，小心翼翼道：「這會兒正是熱鬧的時候，二樓有沒有位置，小的沒法給個準話，不如請爺稍等，待小的去問問？」

小二的話說得含蓄，薛墨琢磨出其中的意思來。位置應該是沒了，小二不敢直言得罪才想了這麼個迂迴的法子，他不是刁難人的性子，沒了就沒了，擺手正欲說不用，被旁邊的譚慎衍搶了先。「不著急，你上樓找青岩侯府的雅間，說侯爺在竹喜樓請她們過去，把屋子騰出來。」

譚慎衍聲音不溫不火，聽不出喜怒，不過多年在刑部當值，又上陣殺過敵的緣故，說話時，眉目間隱隱帶著厲色，叫人心底發寒。

小二低著頭，思忖片刻，琢磨出譚慎衍的身分後，面露膽怯。「小的這就去辦。」

薛墨耐人尋味地看譚慎衍一眼。「你怎麼知道你後母在這裡訂了雅間？」

回答他的是譚慎衍上挑的眉眼和嘴角譏諷的笑意，薛墨心思一轉就明白了。他與譚慎衍自幼喪母，照理說境遇差不多，然而，薛慶平對原配一往情深，多年沒有續弦，不像譚富堂，妻子死後不到一年就娶了繼室，鬧得後宅烏煙瘴氣。小時候，譚慎衍在後母手裡吃過幾次虧，甚至差點沒了命，他這時候還記著呢！要說青岩侯足智多謀、老奸巨猾，在女色上卻是個糊塗的；胡氏門戶低，容貌一般，且鼠目寸光、唯利是圖，是個登不上檯面的人，最喜旁人阿諛奉承、巴結討好，今日來這邊，只怕也是想憑藉著自己青岩侯夫人的身分，要大家奉承她，炫耀顯擺，是胡氏生平最喜歡做的事情。

想了想，薛墨只覺得薛慶平對他們姊弟極好，至少，沒有娶個惡毒的後母回來虐待他們。

見譚慎衍眼神凜冽，輕抿的唇角隱含戾氣，薛墨拍了拍好友的肩膀，擔憂道：「你這樣，待會兒被她知道了會不會鬧？」

為何說胡氏登不上檯面？芝麻大的事就跟市井潑婦似地又罵又鬧，生怕京城上下不知曉她潑辣粗鄙的性情，要不是青岩侯有幾分本事，因為他娶的繼室，青岩侯估計要被御史臺那幫人的唾沫星子淹死了。若胡氏只是登不上檯面就算了，偏偏算計人這塊又有幾分腦子，著實叫人頭疼。

小二去了雅間，向裡面的夫人遞了話，滿臉恭維之色，得到一袋子賞錢，好話更是順溜地往外冒。守著屋子，待她們出了門，手腳麻利地將屋子收拾一新，這才下樓，與譚慎衍回話，笑容滿面道：「侍郎爺這邊請。」

寧櫻想到苟志和寧靜芸，心裡替苟志不值。苟志飛黃騰達並未乘著寧府的勢，寧國忠初入內閣，凡事小心謹慎，擔心被人抓住話柄；而寧靜芸又是不情願嫁過去的，寧國忠對孫女婿的事並不在意，寧伯瑾更是不管外面的事，苟志能升官全是靠著他自己的能耐，寧櫻是真心佩服他的。苟志在朝堂摸爬滾打，栽了跟頭又慢慢站了起來，故而，她不想苟志娶寧靜芸了。娶妻當娶賢，即使對方性子潑悍，夫妻間也該和諧相處，寧靜芸眉目間盡是高人一等的優越，苟志與她站在一起，像是千金小姐與忠厚管家，格格不入。

寧櫻心裡想著事，心不在焉地跟在薛墨身後，如今，要想破壞兩人的親事談何容易？寧伯瑾回府了，黃氏卻是在暗處盯著苟志一舉一動，想到這裡，她後悔了，當日黃氏拿出他的畫像不該多言的，若是因為她的那兩句話讓黃氏對苟志上了心，倒是她害了人家。寧靜芸好高騖遠，心思活絡，豈會屈身於寒門小戶？勉強於她，最後的結果是害了清白之人。

屋裡被收拾過了，不過還殘存著小姐的脂粉香，寧櫻蹙了蹙眉，不置可否，這時候，下面傳來一道清新溫潤的男聲，寧櫻看寧靜芸好奇地探出頭朝下面張望，她臨窗而坐，望著苟志不卑不亢的神色，心思複雜。

薛墨與譚慎衍也好奇地望了過去，因為寧櫻的目光，薛墨在男子吟詩時聽得格外用心，完了，評價道：「明年，他應該是榜上有名了。」

譚慎衍不吭聲，接過小二送過來的茶壺，嗅了嗅茶香，吩咐道：「打壺開水來即可。」

寧櫻不愛喝茶，苦瓜、黃連類的更是不喜，他都記著。因茶有股淡淡的苦味，上輩子她見黃氏藥不離嘴，黃氏去後，她身子也不好了，整天拿藥吊著，生活如此悽苦，整天飲茶，不是更叫人覺得心酸嗎？

小二頷首，端著茶壺退下，薛墨瞅了眼心情不太明朗的譚慎衍，小聲道：「是不是出什麼事了？」

他覺得此人氣度不凡，眉眼有神采，卻不過分張揚，拿捏得剛剛好，不如方才那名男子容易吸引目光。有些時候，低調反而活得更久，年年科考前，京中都會出幾條人命，死得都是可造之材，隱忍蟄伏到最後的才是真正的贏家。

「沒，他學富五車，文采斐然，出人頭地乃早晚的事，你倒是有眼力。」

譚慎衍並未認真打量那名男子，只憑藉著一首詩就知他將來大有出息，薛墨想，或許這就是為官之人的敏銳吧！不過，那名男子的詩並未引來強烈的掌聲，可能與容貌有關，比起方才那位，他的容貌太過平淡了些。

薛墨看寧櫻望著樓下若有所思，不由得好奇。「看櫻娘頻頻盯著他瞧，可是見過他？」

寧櫻一怔，嘴角緩緩笑開，模稜兩可道：「路上遇到過一次，方才見著覺得眼熟，直到看清他手裡的狼毫筆才恍然大悟，他看起來就是個有前程的。」

「原來如此。」薛墨沒有多想。那人穿著樸實，渾身書卷之氣甚重，初見的確會有些印象，還以為寧櫻對那人生出好感，不意是烏龍一場。不知為何，他心裡竟有點失落，雖譚慎衍吃醋的後果太過恐怖，偶爾能叫譚慎衍吃癟也算人間趣事。

樓下氣氛熱烈，詩詞或慷慨豪邁或含蓄婉約，皆引來一大幫人議論，文人雅士的較量怕就是這般了，唇槍舌戰，為了今年詩魁頭銜爭論得面紅耳赤，半點沒有文人的儒雅之氣。

不一會兒，金桂回來了，因關係重大，她顧不得通傳逕自走了進來，寧櫻覷她眉眼有憂色，只怕寧府發生了大事。她站起身，落落大方走向金桂，金桂會意，壓抑著臉上的情緒，與薛墨和譚慎衍見禮，之後跟著她的腳步進入旁邊的茶室，臉上焦慮不已。

「小姐，七小姐出事了，她在祠堂抄寫，不知誰闖入祠堂，剪了她的頭髮，且在她臉上劃了兩道口子，大爺、二爺、三爺都回府了。」

寧櫻眼神微詫，狐疑道：「七小姐被人劃傷了？」

金桂點頭，此事是秦氏身邊的明蘭告訴她的。明蘭是秦氏的陪嫁，甚得秦氏信任，早上秦氏便在寧櫻和寧靜芳之間做了選擇，秦氏有意親近三房，明蘭應該是得到秦氏的指使，故意將消息透露給她，起初她問寧成昭身邊的小廝，個個三緘其口不肯多言，若非遇到明蘭，一時半刻還打聽不出寧府發生的事。

「小姐，您說會不會是夫人……」

黃氏最在意寧櫻，平日捨不得說一句重話，而且她在府裡沒少聽黃氏嫁進寧府時的事，三爺性子溫吞，凡事瞻前顧後，不求上進，夫人進門後逼著他讀書考取功名，跟嚴厲的夫子沒什麼兩樣，三爺與她鬧，夫人二話不說揍了三爺兩頓，打得三爺沒了脾氣，專心唸書，竟也考中了。那時候的三爺心有怨懟，在老夫人跟前卻也不敢亂說，院子裡的姨娘更是被夫人壓制得死死的，待五小姐出生，姨娘們才傳出懷孕之事……

這樣子的人，哪會任由六小姐被人欺負？而且金桂細細回想了下早上黃氏的反應，的確太過平靜了，平靜得有點反常。

寧櫻也懷疑是黃氏。以黃氏的手段，真要對付寧靜芳，寧靜芳必死無疑，但是她清楚黃氏的性子，不會大肆招搖留下把柄，她剛和寧靜芳鬧，轉身寧靜芳就被人劃傷臉，外人聽了毫無疑問會懷疑到黃氏頭上，黃氏在莊子十年，已經懂得收斂自己的脾氣，不會這般莽撞。

哪怕黃氏因為她的緣故記恨寧靜芳，也不會選擇這個法子。黃氏面冷心善，自己將女兒捧在手心寵著，哪捨得對別人的女兒下此狠手？剪頭髮、劃傷臉，不是黃氏的作風。

如此想著，身旁傳來一道清冽的男聲，好整以暇地望著她。「府上七小姐被人劃傷臉了？」

聲音激得寧櫻心口一顫，不知何時譚慎衍站在她身旁，她竟然絲毫沒有察覺，出於禮貌，她客氣地笑了笑，想將這事遮掩過去，家醜不可外揚。

寧府的事，她不想譚慎衍過問，誰知，卻聽譚慎衍道：「是墨之做的，福昌與他說了七小姐為難妳之事，他覺得因為他才害得妳被人傷了，心下過意不去，就讓人剪了七小姐的頭髮，在她臉頰劃了兩道口子。」

他語氣輕描淡寫，寧櫻卻僵在原地，秀眉輕蹙，像有想不通的地方。薛墨素來不喜歡多管閒事，哪有閒情逸致管寧府的事？只聽他又道：「我讓人去寧府告知寧老爺了，女子以賢為德，寧七小姐的做派，實乃寧府之恥辱，受點打擊說不定是件好事。」

寧櫻嘴角微抽，突然意識到一件事。「會不會給小太醫惹麻煩？」

「不怕，再過幾日他便要出京遊歷，六皇子大婚才趕回來，寧府能奈他如何？」譚慎衍的話說得意味深長。

寧櫻抬手摸了摸臉上的傷，心下過意不去。她被寧靜芳害了，自會找機會討回來，薛墨插手的話，傳出去會拖累他，更重要的是會累及他的名聲。

和寧靜彤有一搭、沒一搭說著話的薛墨絲毫不知自己被好友賣了，且賣了個徹底。

天色暗下，華燈初上，街上人聲鼎沸，熱鬧非凡，暈黃的光照亮整條街道，交錯而過的人身上皆籠罩了一層柔光，寧櫻心緒輕鬆不少，對譚慎衍的語氣和緩許多。

譚慎衍認真聽著她說，哪怕她話短，語速慢，他也沒有絲毫不耐煩，彷彿很久前的樣子，時不時附和兩句，一問一答，兩人還算相談甚歡。

寧櫻顧著往前走，沒細細留意，回過神才知，身後的寧靜芸與薛墨已不見蹤影，寧靜彤也不知去哪兒了，看向身旁俊顏稍冷的譚慎衍，寧櫻抿了抿唇。可能是街上影影綽綽，勾出她不少回憶，都說譚慎衍不解風情，然而，夫妻十年，過年時他都會帶她出來轉轉，街上擁擠，他擔心人撞到她，總是將她護在身旁，眼神陰狠地盯著從她身邊經過的男子。還記得有一位酒意微醺的少爺經過她身邊時，腳步虛浮往她身旁靠了一下，手臂碰著她胸脯，不待她反應過來，譚慎衍抬腳踹去，摩肩接踵的街道上，那人摔出去，壓到好些行人，他卻緊緊摟著自己，深邃的眼裡滿是煞氣。那會兒，她滿心都是他，雖覺得他下腳重了，卻也欣喜他是喜歡自己的，她摟著他眉開眼笑，笑得開懷。

譚慎衍盯著她若有所思的臉龐，也想起那時候來，只是他不懂討她歡心，覺得在街上卿卿我我丟人現眼，拉開她的身子，呵斥了她兩句，彼時她歡喜的眸子立即泛起水光，委屈地點了點頭，耷拉著耳朵，低下頭，繼續往前走，夜空中煙火絢爛，她卻再未抬過頭，身影落寞。

「六小姐想什麼？」摩挲著腰間玉墜，譚慎衍清冷的臉蒙上一層朦朧的柔意，眼裡帶著溫和。

寧櫻搖頭。那已經是過去的事情了，如今兩人都有各自的生活，再抬頭，她臉上已恢復了從容，笑不露齒道：「京城煙火漂亮，我還沒見過呢，估算著時辰，快了吧！」

說完，抬頭看向夜空，風清月朗，暈黃的光被街上的燈籠蓋住風華，這時，不遠處傳來一聲巨響，緊接著，一道細長的火花升上高空，於夜色中「啪」的一聲綻放，聲音綿長，伴隨著五彩繽紛的星火迸射開來，火樹銀花，驚心動魄。

緊接著，一道道煙花由低至高，爭先恐後在夜空中綻放，寧櫻仰著頭，清淺的笑緩緩在嘴角綻開，她拉住身旁的譚慎衍，心花怒放道：「瞧見了沒？真好看。」

這是她見過最好看的煙花，上輩子她見過許多次，都沒今晚的好看，繽紛絢爛，美麗至極，看了一會兒，她收回目光，好想問問黃氏見著了沒？這會兒，她有些想黃氏了。上輩子黃氏忙忙碌碌，連休息的時間都沒有，更別說賞煙火，好在一切都不同了。

她轉過頭，看自己的手搭在譚慎衍手臂上，不著痕跡縮了回來，找話說道：「譚侍郎年年在京城都能見著這盛景，會不會覺得我見識淺薄？」

「不會。」譚慎衍目光一軟，繼續道：「年前禮部尚書上奏皇上說研發了『滿天星』的煙花雨炮竹，綻放時形狀如星星，這會兒瞧著，果然不假。」

寧櫻回頭看了眼人群，不見薛墨、寧靜芸的影子。寧靜芸溫婉矜持，卻可為了目的誓不甘休，她怕薛墨著了寧靜芸的道——要成全一對親事，三書六禮、明媒正娶外，還有許多法子。

譚慎衍嘴角浮現的笑在寧櫻回頭時漸漸隱去。「墨之約莫是被什麼事絆住了，煙火會持續兩刻鐘，我們再往前轉，稍後便回去吧！」

他何嘗看不出，寧櫻是在尋找薛墨的身影，想到上輩子薛墨的為人，譚慎衍目光漸深。

寧櫻看譚慎衍情緒不對，識趣地沒有多問。他本就是陰晴不定之人，她習慣了，繼續往前走。

兩人一路沈默，福昌跟在身後，對著自己主子的背影連連搖頭。自家主子在刑部大牢對待犯人可謂無所不用其極，怎麼到了寧櫻跟前就跟二愣子似的？夜色已深，男女同行，多好的機會討對方喜歡，自家主子竟憋不出一句話來。禮部的「滿天星」？福昌抬頭望了望夜空中的煙火，哀嘆不已。

要寧櫻看見他家主子的好，難！

兩人回去時，寧靜芸和薛墨已經在屋內，煙花燃盡，依稀能見到夜空縈繞的煙霧，寧靜彤意猶未盡地望著外面，小臉紅撲撲的，拉著寧櫻滔滔不絕說著，小嘴一張一翕，可見有多激動。

與她同樣激動的還有在旁邊端著茶杯、眼珠快落到薛墨身上去的寧靜蘭。生於後宅，誰都不是簡單的，寧靜蘭小小年紀已知曉為自己打算，和平日竹姨娘的教導不無關係。

寧靜芸則坐著，姿勢優雅，慢悠悠喝著茶，只是目光落在寧櫻身上時，帶著探究的意味。

寧櫻故作沒看見，收拾好東西，準備回府。寧靜蘭捨不得卻知道惹寧櫻不喜，薛墨也會跟著厭棄她，撇著嘴，慢條斯理地站起身，見寧櫻手裡提著一支梅花狀的燈籠，心下羨慕。

「六姊姊哪兒得來的？」

寧櫻不欲多說，淡淡道：「買的。」

譚慎衍不吭聲，眉眼明顯染上不明的愉悅，不過他素來喜怒不形於色，除了瞭解他的寧櫻，薛墨都沒發現。

薛墨望著外面的天色，街上熱鬧，怕要到後半夜才會安靜下來，寧櫻她們是女兒家，自然要早些回府，於是他看向寧櫻。「我讓馬車送妳們回去。」

寧靜蘭轉向薛墨，眼珠轉了轉，道：「今日多謝薛哥哥了，靜蘭玩得很開心呢！」嬌滴滴的語氣叫薛墨身子一震，不悅地蹙了蹙眉，瞥了寧櫻一眼，沒吭聲。他和寧靜彤剛回來，一天下來沒和寧靜蘭說過一句話，謝從何來？

寧靜蘭自不會說下午遇到一群姊妹，跟著來雅間裡說了許久的話，言語間盡是羨慕她與薛墨攀上了關係，連以前瞧不起她的那幾人都說話巴結她，寧靜蘭知曉，一切都是薛墨的緣故，便打定主意往後要好好跟著薛墨，叫那些人不敢輕視她。

然而，薛墨一句話就打破了她的歡喜，語氣冷酷無情道：「不用謝，本就是和櫻娘說好的，沒想到妳會來。」

這點，薛墨和譚慎衍差不多，都不太愛主動攀關係的人，尤其是女子。最毒婦人心，薛墨深以為然，故而毫不給寧靜蘭好臉色。

寧靜蘭臉色一白，難以置信地看著薛墨，然而他已站起身，出了門，聽見耳邊傳來一聲輕哼，寧靜蘭回眸瞪著嘲笑她的寧靜芸，咬著唇，氣憤不已。

下樓時遇到寧成昭身邊的小廝牽著馬車候在外面，寧櫻上前喊了聲，轉頭與譚慎衍道：「大哥他們過來接我們了，如此就不煩勞譚侍郎和小太醫，今天，多謝兩位了。」

她的目光高深莫測地轉向薛墨。寧府的事，她理應說聲謝謝，不管如何，謝謝他能護著自己，可人多找不著機會，只能等改日有機會再說。

譚慎衍目光一沈，和寧成昭說了兩句，寧成昭受寵若驚，好在他不是目光短淺之輩，不會拉低身分過分諂媚，不卑不亢寒暄兩句，待寧櫻她們上了馬車，吩咐車伕趕路，一行人準備回府。

人影重重，薛墨與譚慎衍並肩而立，循著譚慎衍的目光，嘆息道：「寧府幾個小姐都不是省油的燈，就那登不上檯面的庶女還妄想……」

「墨之……」望著街道上漸行漸遠的馬車，譚慎衍還有些許愣怔，打斷薛墨的話道：「你覺得六小姐如何？」

「笑裡藏刀，不是省油的燈。」薛墨的話脫口而出，但看譚慎衍臉色不對勁，隱有發怒的樣子，急忙改口道：「性子灑脫隨興，是個敢愛敢恨的人，小可憐的，堂堂嫡女，為了上一輩的恩怨在莊子吃苦受累，你待人家好一點。」

想到寧櫻的手段，薛墨突然期待起來，撞了撞好友的手臂。「其實，她進了青岩侯府也不錯，你後母那類毒婦就該有人幫你收拾，櫻娘絕對有這個本事。」

看好友斜睨著自己，目光悠悠，薛墨頭皮發麻，誰知，譚慎衍並未生氣，語氣十分心平氣和。「我與你說件事。」

薛墨覺得奇怪，豎著耳朵道：「何事？」

「我讓福盛去寧府說你做了件事……」譚慎衍聲音沒有一絲波瀾起伏。

薛墨聽完他的話，盛怒不止，想他薛墨在京城名聲雖不說一頂一得好，卻也是個溫文儒雅的大夫，結果竟跟後宅一小姑娘過不去，還拿剪刀剪了人的頭髮、劃傷人的臉頰，這種事怎麼都像紈袴子弟報復人的行徑，頓時美目圓睜，氣急敗壞道：「你可知我爹知道會怎樣？寧府鬧到皇上跟前，我怎麼說？」

「過幾日我再拉一車藥材去薛府當作賠罪，薛叔不會計較的。」

薛慶平心寬，對朝堂之事不感興趣，在太醫院也是個老實本分的人，因為這樣，皇上才為六皇子挑了薛府做岳家。

馬車已轉過轉角看不見了，譚慎衍調轉目光，盯著薛墨怒氣衝衝的臉，寬慰道：「不用怕，鬧到皇上跟前，也有我呢！寧國忠敢鬧到皇上跟前，明年我便要寧府滿門抄家……」

聽著這話，薛墨臉色好看了些，至少，譚慎衍對他還是不錯的。

「你說過的話你自己記著，上回，寧櫻在寧府吃了虧，我將皇上送的玉珮給她，結果鬧得滿城皆知，皇上問我是不是看上她了？你中意的人我哪敢碰，我便胡謅說她有些像我死去的母親，皇上這才沒多過問的。」

譚慎衍垂下眼，語氣陰沈沈道：「像姨母？這種話你都說得出來？」

薛墨攤手。「我也沒法，總不能說你看上了人家吧？你可都一大把年紀了。」

話未說完，腰上一痛，疼得薛墨大叫出聲，聲音高低起伏，氣息微喘，聽著總覺得有股耐人尋味之意，街上不少人望了過來，薛墨臉色一紅，偏生那隻手還掐在自己腰間，又疼又癢又麻，他是大夫，對穴位自然清楚，好漢不吃眼前虧，求饒道：「快鬆手，否則明日就有人傳你有龍陽之好了。」

譚慎衍鬆開手，讓福昌備馬準備回府，薛墨又想起一件事來，追上去，言詞懇切。「若寧府將事情鬧到皇上跟前，你一定要出面為我作證。」

「他不敢。」譚慎衍語氣篤定。

第二十一章

他說得沒錯，寧國忠的確不敢。寧靜芳的臉蛋受傷，頭髮被剪掉，起初他懷疑是黃氏做的，黃氏年輕時便是個眼裡容不得沙子的人，否則不會和老夫人關係鬧僵。

寧靜芳傷了寧櫻臉蛋，留了疤，寧櫻一輩子都毀了。他問過所有下人，婆子含糊其辭，細問才知她們怠忽職守，院外的丫鬟不清楚裡面的情形，他看過屋子，門窗好好鎖著，沒有人進得去，料定是有人趁著兩個婆子喝酒偷拿了鑰匙，可惜怎麼都抓不到人。

後來，薛墨身邊的小廝送來一封信，看得他大汗涔涔，寧伯庸三兄弟坐在下首，不明白寧國忠為何變了臉色。

「父親，何時小太醫與府裡有書信往來了？」寧伯庸心思敏銳些，見寧國忠盯著信，臉色沈重，細細一想，難以置信道：「難道是他……」

今日太后身子不舒爽，太醫院的人全部進宮了，譚侍郎和薛墨關係好，見到寧櫻在寧靜芳手裡吃了虧，轉身便告訴薛墨不無可能；只是寧伯庸不敢相信，薛墨竟然堂而皇之地對寧靜芳動手，若他們追究起來，薛墨名聲壞了不說，告到皇上跟前，以皇上的行事作風，定會讓薛墨娶寧靜芳以作補償，薛墨不怕？

「罷了，事已至此，追究也沒用，靜芳年紀不小了，總沒大沒小成何體統，明日送去莊子裡，待頭髮長好再回來，對外就說生病了，柳府那邊也瞞好了。」

最後一句就是敲打寧伯庸了。柳府這幾年爬得快，柳氏幾個嫂嫂心有齟齬，可老爺是個沈穩公允的人，待柳氏這個嫡親的女兒、孫女好，如果知曉寧靜芳出了事，怕會找他討個公道，鬧到外面，被御史臺的人揪到短處，又該起紛爭了。寧國忠與柳老爺政務沒什麼交集，心裡卻有些不舒坦，彼時兩家門戶相當，這兩年柳家更顯，他心裡好強，不舒服罷了。

寧伯庸蹙了蹙眉，看寧國忠捏著信，直覺信裡還說了其他，寧國忠不說，他也不多問。

「孩兒知道怎麼做了。」

寧靜芳的事，下人們口徑一致，寧靜芳使性子不服懲罰，在祠堂大發脾氣，拿剪刀威脅說要出嫁做姑子，婆子沒放在心上，反應過來的時候已經晚了，寧靜芳的頭髮剪了，兩個婆子上前搶剪刀，不小心劃傷了寧靜芳。

最終，兩個婆子以下犯上，被送去莊子作結。

芳華園，柳氏含淚吩咐丫鬟替寧靜芳收拾行李，強撐精神交代丫鬟們，不時低頭抹淚。秀嬤嬤看得難受，有心勸兩句，卻又不知說什麼，猶豫半晌，毫無聲息忙其他事情去。

吩咐完，柳氏坐到床前，盯著床榻上目光空洞的女兒，嘆息道：「事已至此，妳好好去莊子上，娘讓秀嬤嬤跟著妳，過兩年，待妳頭髮長了，娘就將妳接回來，妳別怨娘，娘也沒法子。」

柳氏坐在床邊，眼眶通紅，伸手掖了掖被角，看著小女兒臉上鮮紅的口子，只覺得怵目驚心，她不忍再看，繼而盯著女兒的小手瞧。

六皇子與薛怡大婚，薛府跟著水漲船高，因此薛墨才有恃無恐。人生在世便是這樣，哪怕吃了虧、受了委屈，不得不向惡人妥協，只因為還有更珍貴的東西要守護。

柳氏揉著女兒微胖的手，哽咽道：「這件事，娘記著，他日會替妳報仇的，明年妳哥哥參加科考，若高中後，入了翰林……」

「娘，天色已晚，您早點休息，我不生氣了。」頭髮沒了，臉受了傷，再認不清現實，她就是真的無藥可救。

寧櫻為何能處處壓她一頭，不僅僅是靠薛墨，還有寧國忠的態度，寧國忠若態度強硬些，寧櫻哪敢作威作福？寧靜芳腦子裡想了許多，想起柳氏每次回柳府在舅母們跟前的小心翼翼、在寧府的兢兢業業，她轉過頭，露出另一邊沒有受傷的臉頰，漆黑的眸子閃了閃，水光浮現。「娘，是我不懂事，給您添麻煩了，秀嬤嬤做事沈穩，她跟著您，我有奶娘、丫鬟，不會出事的。」

聽到小女兒這般說，柳氏自責不已。若她不急著出門而是陪著寧靜芳，薛墨哪有機會動手？她揉了揉女兒的腦袋。「明日妳哥哥送妳過去，妳哥哥以前念叨是為了妳好，心裡關心妳呢！妳二哥得知妳受了傷，在外應酬一整天都沒有心情，說他當哥哥的沒有護好妳。」

「我知道。」寧靜芳笑了笑。從小到大，兩個哥哥會訓斥她，卻是實打實對她好，她心裡明白，只是有時候忍不住想要使性子罷了。他們兄妹的關係比柳氏兄妹不知強了多少，可能腦子開竅了，忽然就想通了許多事。舅舅們對母親的態度，並不如看上去那般好，兄妹情分並沒有多少，而她的哥哥們對她是愛之深、責之切。

寧櫻再壓制她又如何？她有嫡親的哥哥，往後有兄長做靠山，而寧櫻什麼都沒有，三十年河東，三十年河西，笑到最後的才是贏家。

這件事，讓寧靜芳懂了許多，說她一夜長大成人也不為過。

寧櫻並未過多關注大房的事，寧靜芳離開的清晨，她蓋著被子睡得正香，夢境中，夢到了許多人和事，難過歡喜、悲傷離別……前世的景象如走馬燈般閃過，睜開眼時，外面天已大亮，聽外面丫鬟們的聲音，應該是又飄起了雪。

金桂進屋伺候她穿衣，淡淡說起寧靜芳離開的事。寧櫻一怔，見窗外白雪紛飛。這種天趕路不好走吧？

「七小姐沒鬧？」

「沒，還讓丫鬟捎話給您，說來日方長。」

挑釁之味甚重，真是寧靜芳會說的話。

寧櫻置若罔聞，伸手拿出銅鏡，細看臉頰的疤，傷口犯癢，她拿手碰了碰，忍不住想要摳一摳，被金桂攔住了。

「小姐，您別碰，慢慢會好的，這會兒摳了，流血不說，說不定就真留疤了。」

金桂找出件玫紅色衣衫替寧櫻穿上，說起她小時候的事。寧櫻不敢再亂碰，洗漱好，抹了藥膏，去梧桐院給黃氏請安，卻不見寧伯瑾人影，寧櫻心下納悶。

黃氏看出她眼裡的詢問之意，示意她坐下，吩咐吳嬤嬤傳膳，解釋道：「昨晚守歲完，妳父親就出門了，應該是酒樓有人等他，咱別管他，不會出事的。」

寧伯瑾公務上碌碌無為，整日吟詩作對，黃氏已習慣了。正在這時，門口丫鬟說寧靜芸來了，黃氏眼裡閃過詫異。昨日在煙喜樓，她見著那人了，相貌平平，難得的是文采斐然，假以時日會有出息的。過兩日，寧靜芸的親事該有著落了。

寧靜芸穿了一身月白色立領長裙，髮髻上簪花清新明亮，在雪色中顯得容貌秀美，神態悠然。

黃氏笑道：「妳姊姊長大了，若是妳父親爭氣些，妳姊姊應該有更好的前程。」

寧櫻望著盈盈而來的寧靜芸，一言不發。

女子在家從父、出嫁從夫，兩者息息相關，母族顯赫的，夫婿自然是個厲害的，反之若母族家世低，嫁給個門當戶對的男子，成親後身分便矮了一大截。當然，也有低嫁低娶，最後跟著夫家地位青雲直上的，也有高嫁高娶最後卻漸漸沒落的。在黃氏眼中，寧靜芸知書達禮、貞靜賢淑，一般男兒配不上她。

「舉手投足再無可挑剔，心思壞了便廢了。」寧櫻低低呢喃了句，依然不喜寧靜芸，只是當著黃氏的面，不說罷了。

寧靜芳的事，寧國忠和老夫人心裡不痛快，免了今日晨昏定省，黃氏樂得自在。早膳後，黃氏讓寧櫻先回桃園，她有話與寧靜芸說。寧櫻知曉是為了寧靜芸的親事，乖巧地沒有多問，出了梧桐院的門，讓金桂留個心眼打聽落日院的事，黃氏身旁有吳嬤嬤可探口風。

下午，寧櫻就從吳嬤嬤嘴裡知道了，黃氏將畫冊遞給寧靜芸看，寧靜芸瞧不上，又和黃氏吵了起來。

說到這裡，吳嬤嬤嘆息。寧靜芸不如寧櫻懂事，寧櫻凡事想著黃氏，怕她操心累著，寧靜芸卻反著來，生怕黃氏日子平順似的，隔不久就會出事。

望著寧櫻黑白分明的眼眸，吳嬤嬤欣慰道：「還是小姐您懂事，三爺在夫人跟前稱讚過您好幾回了。對了，昨晚聽三爺說，老爺答應吳管事的事情了，說正月一過就派人去莊子將吳管事一家接進京城，賣身契也給夫人了，今早夫人忙，忘記與您說。」

從小看著長大的，情分不一樣，吳嬤嬤守著寧櫻又說了許久的話，說得多了，再提到寧靜芸，言語間少不得抱怨，覺得寧靜芸不懂體諒。

「我倒是不清楚，六妹妹竟喜歡背後和人嚼舌根、說人壞話。」

吳嬤嬤說到興頭上，指責寧靜芸的語氣甚重，卻不想被寧靜芸當場聽去，轉過身，看寧靜芸神色不豫地站在門口，光潔的眉頭輕蹙著，她老臉掛不住，不自在地屈膝道：「老奴給五小姐請安。」

「吳嬤嬤不喜歡我又何苦心不甘、情不願給我施禮？妳是母親跟前的紅人，又自小看著六妹妹長大，看在她們的情分上，我能對妳發作不成？」寧靜芸語氣冷冽，杏眼微微瞇了起來，蓮花移步進了屋。

她話裡有話，寧櫻當然聽得出來，意思是吳嬤嬤要是沒有黃氏與自己護著，她就發落吳嬤嬤了。

寧櫻看著寧靜芸，不客氣道：「沒辦法，吳嬤嬤得娘器重，對我又是從小的情義，誰要是對她不好，我絕不會饒她。」

氣氛凝滯，吳嬤嬤尷尬地揉了下鼻子，緩緩道：「五小姐與六小姐說話，老奴先回去了。」

黃氏手裡頭還有事，如果不是金桂說寧櫻找她有話說，她也不會過來，更不會說主子的壞話被抓了現行，出門後，她拍了拍自己的嘴，想到往後可不能亂說了。

屋裡，寧靜芸瞧寧櫻看她的眼神充滿厭惡，心中不耐煩，再回想起寧櫻剛回來那會兒對自己有多巴結。

寧靜芸袖下的手緊了緊，面上一派淡然道：「妳有本事，背後又有靠山，誰敢說妳半句？妳是不是早就知道娘給我訂下的人是誰？」

昨日在煙喜樓，寧櫻朝一樓看了好幾眼，她心思雖然在薛墨身上，身邊的事情卻沒有錯過，薛墨和寧櫻的對話她聽得清楚，寧櫻以前見過苟志，可是看寧櫻的神色，不只是見過，分明是認識。

「妳是不是在娘跟前說了什麼？那人和妳串通好的吧，我嫁過去，妳心裡就舒坦了。」

寧靜芸不認為是自己小肚雞腸，寧櫻骨子裡透著對她的不喜，平日在黃氏跟前懂得掩飾自己的情緒，背過身就是一副拒人於千里之外的表情，對她說話也陰陽怪氣，好似自己與她有深仇大恨似的，她不知寧櫻對自己的仇恨從何而來，就像自己也不知為何打從心裡就是討厭黃氏一樣。

苟志，說不定是寧櫻為了報復她，故意塞給她的對象。念及此，寧靜芸眼神冷了下來，目光淬毒地盯著寧櫻，恨不得剜她一塊肉下來。

寧櫻面不改色，墨黑的眼眸波瀾不驚。她討厭寧靜芸不假，許人姻緣的事她只怕有心無力，沒想到寧靜芸會懷疑她從中作梗。

寧櫻嘴角揚起輕蔑的笑，拉過桌上的花籃，聲音沈靜如水。「妳未免太把自己當回事了，我要和人串通的話，這會兒妳該在清寧侯府後宅而不是這裡。」她提著花籃，喚金桂進屋，眉梢含笑道：「摘幾株臘梅插籃子裡。」

籃子是昨日買來的，樣式新穎，近日書閣的梅花開得正豔，摘來放在籃子裡更讓人賞心悅目，想著，她心情好了不少。

寧櫻將籃子遞給金桂，想起一件事來，小聲叮囑道：「別讓父親身邊的人瞧見了。」

寧伯瑾是愛花之人，摘花的事情若傳到他耳朵裡，難免會不喜，重則責罰他身邊的下人，輕則自己關在屋裡悶悶不樂，不管何種結果，免不了在她耳邊念叨，為了耳根子清靜，讓金桂小心些總沒錯。

金桂雙手接過籃子，點頭應下，眼角掃過桌前不太高興的寧靜芸，面有遲疑，擔心她走了，屋子裡沒人，寧靜芸要是欺負寧櫻的話，幫襯的人都沒有。有昨天寧靜芳動手的事情在前，金桂懸著心不敢讓寧櫻和寧靜芸獨處。

「我與五小姐說說話，出去把門帶上。」寧靜芸多疑，有的事不開誠布公，寧櫻心裡不快，她忍她許久了。

金桂看寧櫻臉色又冷了，不敢再多說。寧櫻待身邊的人好，然而生氣時卻叫人膽戰心驚，聞嬤嬤都勸不住。如花似玉的年紀，眼裡常常流露出看盡世態炎涼的淡漠，金桂敬重這個主子，心裡卻也存著懼意，出門時，順手關上屋門，叮囑門前的丫鬟別進屋打擾寧櫻她們說話。

自家小姐與五小姐不對盤，不是一、兩日的事情，平日小姐壓著情緒不外露，待會兒就不好說了。

「妳後面有薛府撐腰，摘花還怕父親知曉？」寧靜芸拉開椅子坐下，青綠色的裙子掃過扶手，動作優雅，容貌端莊，可紅唇微啟時，語氣盡是嘲諷。

寧櫻抬手摩挲著平滑的桌面，眼底不帶一絲情緒。「妳犯不著冷嘲熱諷，妳和苟家的這門親事，我與妳一樣不贊同，知道為什麼嗎？」

譏誚的目光陡然嚴肅，瀲灩的杏眼中，帶著不易察覺的同仇敵愾，寧靜芸蹙了蹙眉，抬頭望著她，只聽寧櫻不重不輕道：「他正直穩重，來日前途無限，娶了妳，後宅不寧，妳如何配得上？」

聽她語氣夾雜著濃濃的厭惡，寧靜芸眉頭緊鎖，抿了抿唇，臉色微白。「如此的話最好，婚姻向來講究門當戶對，哪怕來日他一人之下、萬人之上，我也不會多瞧他一眼。」對自己的親事，她心裡已有了主意，薛墨是她翻身的機會，她自然不樂意嫁到那種人家，一輩子在京城貴圈中抬不起頭來。

將來的富貴榮華她等不起，她迫切需要一門親事，叫她從清寧侯府的退親中揚眉吐氣；再說，一個貧困潦倒的考生，縱然能高中狀元，無非去小地方做個芝麻大點的知縣，平步青雲也要好幾年的光景，誰知曉幾年後又會如何？

寧櫻輕哼一聲，嘀咕了句眼皮子淺的，抬起頭冷冷道：「話說完了就回去吧，私底下別過來了，相看兩厭的人，在外裝得姊妹情深，回府就各過各的，互不相干，別給對方添堵。」

她語氣冰冷，寧靜芸臉色也好看不到哪兒去，拂袖而去，怒不可遏。

姊妹倆不歡而散，寧櫻坐在窗下，望著外面飄零的雪花，陷入了沈思。寧靜芸運氣好投胎在黃氏肚子裡，否則哪來的光鮮？

直到迎面一陣冷風吹來，寧櫻打了個寒顫，吩咐銀桂叫馬房備馬車，她要出門一趟。

苟志相貌堂堂，娶寧靜芸的確可惜了，這女子心眼是壞的，臉蛋再美都沒用，蛇蠍美人，害人不淺，寧靜芸不肯嫁正好，救了荀志一回。

寧櫻隨意挑了一件紅色襖子穿在身上，出門時，見銀桂和翠翠守著門。翠翠現在老實本分並沒生出不軌的心思，寧櫻對她，心情難以名狀。

「翠翠，妳與我一道吧！」

翠翠是二等丫鬟，照理說該常常跟著她，可她心有芥蒂，甚少點過她的名，上輩子的翠翠是她推給譚慎衍做妾的，念著翠翠救過她的情分，這一世她不欠她，只要翠翠不生出其他心思，她願意一直待她好。

翠翠身子一顫，明顯受寵若驚。寧櫻不喜歡她，她心裡感覺得到，起初聞嬤嬤總指使她做其他事，甚少要她在寧櫻跟前晃，她心裡隱隱有感覺，自己哪兒得罪了寧櫻，可每一次寧櫻看她的目光格外複雜，既不是惡意，也不是善意，是一種她不懂的感情。

她本是不起眼的丫鬟，若不是寧櫻回來，寧靜芸不會挑自己來伺候她，與她一起進府的丫鬟，在大房、二房當差的都有，三等丫鬟居多，整天有做不完的活計，不如她輕鬆，她以為一輩子就這麼過去了，沒想到寧櫻又突然叫她陪同一塊兒出府。

「小姐……」一時之間，翠翠激動得不知說什麼，怔怔地望著寧櫻，連規矩都忘了。

銀桂碰了碰她，回屋裡拿出傘打開，遞給翠翠。「妳替小姐撐著傘。」

翠翠回過神，雙手竟有些顫抖。寧櫻嘆氣，都是十三、四歲的年紀，約莫是自己冷淡得太過明顯，突然叫翠翠，才讓她這般激動。

「走吧！」寧櫻想，時過境遷，她該試著相信身邊的人，相信她們沒有惡意。

走出拱門，巧遇攜手而來的黃氏和吳嬤嬤，梅花色的油紙傘上蓋著薄薄一層雪花。黃氏面容略微憔悴，眼圈下一片青色，好似一宿沒睡似的。

寧櫻一怔，看吳嬤嬤對她搖頭，心知是吳嬤嬤將黃氏叫過來的。她與寧靜芸感情不好，當著外人的面作戲維持姊妹情深，私底下關係如何吳嬤嬤是清楚的。

黃氏想她與寧靜芸親近，然而她做不到。寧櫻停下腳步，理了理略顯縐褶的衣角，臉上泛起笑，笑盈盈道：「娘怎麼這會兒過來了？」

黃氏無奈。兩個女兒不對盤，她心裡不當回事，以為血濃於水，寧櫻和寧靜芸分開久了感情淡，往後就會好轉，平時兩個女兒的波濤洶湧只當看不見，吳嬤嬤回來與她說寧櫻和寧靜芸約莫會吵起來，她才意識到兩人關係竟如此不好，得知寧靜芸怒氣衝衝走了，寧櫻叫人備馬車準備出門，她放心不下，才準備過來瞧瞧。

「冰天雪地的，妳出門做什麼？」黃氏大步上前，皺著眉頭，關心地問道。

昨天夜裡，寧伯瑾出門前，她叮囑過他，寧靜芸的親事再問問苟家的意思，沒意見的話將兩人的親事訂下來，等科考後成親，讓苟志心裡有個數，他們心裡也有個準備。她在煙喜樓見到苟志就中意他當女婿，寧靜芸從小到大性子有些偏激，苟志五官周正、進退有度、能屈能伸，是個不拘小節的人，兩人成了親，若寧靜芸鬧，苟志會讓著她。她為女兒考慮周全，誰知最後寧靜芸不答應，說寧死不嫁，還將事情怪到寧櫻身上，認為寧櫻在外面隨便找了個人引她上鈎，黃氏心裡難受，她看著寧櫻長大，寧櫻哪是卑鄙之人，何況還將矛頭對準自己的姊姊？

對寧靜芸，黃氏不免覺得失望，同時又深深後悔自責，當初不該將她留在府裡，任由老夫人將她養歪了。

寧櫻拿過翠翠手裡的傘，慢慢走了過去，臉上笑意不減道：「隨便出門走走，娘怎麼有空過來了？」

「妳姊姊性子偏激，自恃身分，嫌棄苟家地位低，心裡不樂意，她心裡氣的是娘，如果和妳說了什麼，妳別放在心上。」黃氏牽起女兒的手，細細解釋。「苟家這門親事我和妳父親覺得沒問題，妳姊姊一時半刻想不開，往後就好了。」

婚姻乃父母之命，媒妁之言，寧靜芸年紀小，只看到眼前的繁華，府裡之前也有出嫁的嫡女，大房的寧靜雅嫁的不是顯赫人家，身分不算高，但日子過得不錯，老夫人真要是為寧靜芸好，不會尋著門家世好的就把親事訂下，該好好考察對方的品行才是；清寧侯府那種人家，寧靜芸嫁過去也是遭罪，寧靜芸看不清利害不要緊，不聽她的勸不要緊，日久見人心，她心裡會明白的。

寧櫻心裡不痛快，反駁道：「娘為了姊姊著想，可曾想過苟志？苟志性子沈穩內斂，是個有抱負的人，明年科考後會大有作為，娶了姊姊，家宅不寧，不是白白受其連累嗎？」

寧櫻心裡對寧靜芸成見深，苟志家世清白，前程似錦，眼下的窘境不過是暫時的，將來他會飛黃騰達、官運亨通，娶寧靜芸不是明智之舉；而且她不想寧靜芸日子順遂，整日頂著一張端莊的臉炫耀顯擺，想到寧靜芸可能春風得意，她心裡便堵得厲害，就當她自私好了。

黃氏哭笑不得，拉著她往桃園走，緩緩道：「妳姊姊不是不知變通的人，等她嫁了人，看見對方的好，自然會安安心心過日子。妳陪娘回屋坐坐，別使性子。」

黃氏雖不知寧櫻出門要去哪兒，不過一定跟寧靜芸的親事有關就是了，寧櫻年紀小，有的事哪是她該過問的，於是忍不住勸寧櫻道：「妳姊姊的事有我和妳父親，妳不用過問，她眼下想不通透，慢慢就好了；至於妳說的苟志，不管將來如何，我與妳父親訂下這門親事就不會反悔，往後寧府是他的岳家，有寧府在背後當靠山，他才有機會嶄露頭角，他看得清利弊。」

此時，金桂提著一籃子梅花回來，嬌豔欲滴，甚是喜人，黃氏故意轉開了話。「花兒開得不錯，哪兒摘的？」

寧櫻收回目光，問起寧靜芸對親事的看法，黃氏嘆了口氣，一五一十說了。

寧靜芸的態度和上輩子差不多，得知是一位窮困潦倒、無功名在身的寒士，便看不起這門親事，鬧騰得厲害，加上退親的事，和黃氏反目成仇。黃氏身子不好，凡事想著她，她不體諒就罷了，看親事沒有轉圜餘地後，獅子大開口要了許多嫁妝，幾乎將黃氏陪嫁的庫房搬空了；輪到譚慎衍與寧櫻訂親，黃氏命吳嬤嬤整理庫房剩餘的東西給她，看著剩下不多的東西，黃氏難受了好幾日，一碗水沒端平，覺得留給她的東西太少了。

那時候黃氏躺在床上，臉色枯黃，身子清瘦得彷彿風能吹走她似的，氣若游絲地對她說道：「娘對不起妳，妳跟著我本就吃了許多苦，如今娘連像樣的嫁妝都不能給妳，是娘沒用。」

說這話的時候，黃氏望著床頭的簾帳，空洞的眼裡閃過許多情緒，說了許多寧靜芸小時候的事，最後一句是「櫻娘，妳懂事，別怨她，她被妳祖母養歪了，娘知曉她心地善良，只是暫時被蒙蔽了心罷了」。

到死的時候，黃氏都想見見她心中那個心地善良的大女兒，然而到她出殯，她的大女兒才不情不願回來，轉了一圈就離開，態度冷漠得令人髮指。也就是那時候，寧櫻與寧靜芸徹底斷絕了往來，每次寧靜芸從外人口中聽到關於她的消息，她都淡淡一笑，不願意承認寧櫻是她的妹妹。

如今想來明知是上輩子的事，寧櫻仍然紅了眼眶，轉過身，掩飾住眼底的濕意，勉強笑道：「娘別與父親說，花是去書閣摘的。」

聽她聲音不對，黃氏心口一疼。「妳啊，性子倔強，凡事不肯認輸，別氣妳姊姊，她一時半刻想不開，往後會親近咱們的。」

拍了拍寧櫻的手，黃氏低下頭去，想起剛回京，小女兒對大女兒好，說話眉開眼笑的，寧靜芸雖不冷不熱卻也不排斥，她想著有寧櫻在中間緩和氣氛，假以時日一家人會好好過的，卻不想寧櫻心裡是委屈的，想到自己之前讓寧櫻多親近寧靜芸的話，黃氏心下愧疚。手心、手背都是肉，她想兩人互相扶持，誰知兩人互不喜歡對方。

「往後，妳不想與妳姊姊多相處，娘不逼妳了。」

黃氏揉揉寧櫻的腦袋，繼而說起了其他。寧靜芳被送去莊子，而寧靜蘭被她關在院子裡為老夫人抄寫佛經。秋水與她說了昨日的事，寧靜蘭恬不知恥，把心思打到薛墨身上，那是她看中的女婿，豈是一個庶女能搶的？寧靜蘭那點段數，不夠看。

寧櫻點了點頭，撇下寧靜芸的事，和黃氏說起夜裡煙火，母女倆說說笑笑，和氣融融，傍晚時黃氏才離開。

初二，是拜訪親戚的日子，黃氏娘家只剩下一個爹，還在邊關，三房沒親戚走動；大房出嫁的閨女回來了，寧櫻去露了個臉之後，在屋裡擺弄起自己的花籃子。

初六時，苟家的人上門來了，陪同苟志進京趕考的人是苟家二伯，雙方交換了信物，黃氏託人翻了翻日子，將寧靜芸的親事訂在十一月，那會兒苟志是金榜題名還是名落孫山便有了結果，且朝廷的調動下來，處理好手裡頭的公務後，成親正好。

寧靜芸再不願意又如何，黃氏開的口，她沒法反駁。

之後寧靜芸鬧得厲害，將自己關在屋裡不吃不喝，黃氏鐵了心，對此置之不理，不到三天，寧靜芸像沒事人似的，對這門親事似乎也不排斥了。

寧櫻懶得打聽她的事，倒是近日府裡，不知誰傳她與薛墨私相授受之事，金桂去廚房傳膳，回來時氣呼呼的，臉色鐵青。

薛墨待她好，寧櫻只當是兩人的緣分，有的事情說不清、道不明，順眼的人這輩子依然順眼，不順眼的人依然不順眼，好比她與薛墨這輩子還是做了朋友，她與寧靜芸不喜歡彼此，親姊妹情分也沒多少。

想到這裡，寧櫻輕輕笑了笑，寬慰忿忿不平的金桂道：「嘴巴長在她們臉上，要說就說吧，管好桃園的人，不讓她們嚼舌根傳到我耳朵裡就好。」

寧櫻坐在桌前，擺弄著摘回來的幾株臘梅，在屋裡擱了幾日，香味淡了，她尋思著何時再讓金桂去摘些回來。

金桂看寧櫻不放在心上，皺了皺眉，事關名聲哪能由著她們胡說？金桂退出去後，氣憤難平，將事情告知了聞嬤嬤，聞嬤嬤一想覺得不對勁，讓金桂伺候寧櫻，去了梧桐院。

黃氏聽聞這事並未有多大的反應，寧府說大不大、說小不小，要找到背後之人不難，只是不知曉這次有哪些人牽扯其中？

秀嬤嬤站在走廊拐角，聽大家竊竊私語，咧著嘴輕輕一笑，回了大房，湊到柳氏跟前說了府裡的事。柳氏靠在美人榻上，斂著眉，瞧不清楚她眼底的神色，語氣平平。「管好院子裡的人，別亂說話，三房的事別鬧到咱大房來。」

秀嬤嬤心領神會。「老奴清楚，處理好了，不會懷疑到大房頭上。要不要給七小姐去信？她知道這事的話，心裡定會高興的。」

寧靜芳走後，柳氏便以身子不適為由在院子裡安心養著，管家的事情全落到秦氏頭上，走親戚的禮以及回禮有往年的單子可循，倒也沒丟臉，為此，秦氏意氣飛揚，遇到誰都喜笑顏開，真以為自己是當家主母似的。

這次，柳氏抬起頭，平靜無瀾的眸子如一汪水，無悲無喜道：「讓她在莊子反省反省也好，別拿府裡的事擾她的心緒，這事最後的結果不在府裡……」

見她若有所思，很快秀嬤嬤也想明白了。為何薛墨與寧櫻的事傳得如此快，除了柳氏，身後還有人想藉此探薛府那邊的口風，薛府應下這門親事皆大歡喜，若不應三房那邊怕是沒臉了。

事情傳得沸沸揚揚，寧櫻照樣過自己的日子，不過問外面的事，黃氏命吳嬤嬤查誰在後面煽風點火？她心裡中意薛墨，然而這畢竟是她一廂情願，並沒有和薛墨提過；門不當、戶不對，黃氏不可能像給寧靜芸訂親那般問薛府的意思，且不說中間沒有德高望重的人牽線搭橋，傳出去，外人都會說寧櫻癩蝦蟆想吃天鵝肉、癡人說夢，事情成與不成，對寧櫻的名聲都不好。

吳嬤嬤匆匆忙忙從外面進來，神色難掩憤懣，黃氏知曉她查出背後之人了，問道：「誰？」

府裡看不慣寧櫻的人多，柳氏、老夫人、三房的一眾妾室，黃氏不知吳嬤嬤查到誰頭上。

「她真把自己當成主子了，夫人就該早些發落她，一個妾室妄想損壞嫡小姐的名聲，發賣出去也沒人會說什麼。」吳嬤嬤想到自己順藤摸瓜找出來的人，心裡悶得厲害。「十年前，婷姨娘的事情乃竹姨娘所為，夫人既是回來就不該縱容她，否則，她哪有工夫往小姐身上抹黑？」

大年三十，寧靜蘭和寧櫻她們一塊兒出門，不知禮義廉恥，眼珠放在薛墨身上挪不開，夫人訓斥幾句後，藉著老夫人身子不適，讓寧靜蘭在屋裡為老夫人抄寫經書，誰知被竹姨娘懷恨在心，竟用這種法子想壞了寧櫻的名聲。她見過的世面多，若因此促成薛墨和寧櫻，外人會以為寧櫻使了不入流的手段勾引薛墨；若事情不成，府裡一群等著看笑話的人，只怕會笑得嘴角歪斜，往後寧櫻再說親，有這件事在前，誰家願意真心求娶她？

吳嬤嬤氣不過，轉身就要領著婆子去竹姨娘院裡把人抓過來收拾一番，走到門口時，聽黃氏叫她。「吳嬤嬤，不著急，這件事我自有主張，竹姨娘蹦躂得再厲害不過是個姨娘罷了，收拾她是遲早的事。」

黃氏擔憂的是另一件事，去年回京途中她與寧櫻中毒，她想查明下毒害她和寧櫻之人。有仇報仇，有怨報怨，她不會放過害她的人。

吳嬤嬤心裡不滿。事情傳到外面，寧櫻的名聲就沒了，她不能看著寧櫻被人抹黑，心思一轉，有了主意，折身回來，道：「夫人說得是，只是府裡傳得厲害，總不能任由她們繼續閒言碎語不管吧！」

黃氏低頭望著桌上的冊子，思忖道：「妳替我拿件斗篷，我們去二夫人院裡坐坐。」

現在柳氏不管家，府裡秦氏說了算，有的管事仗著在寧府多年，不把秦氏放在眼裡，這幾日，秦氏管家應該是辛苦的，她當三弟妹的，該在旁邊幫襯一把才是。

吳嬤嬤細想就明白了，回屋挑了一件斗篷，出來時，看秋水也在，吳嬤嬤與她打聲招呼，只聽她道：「門房的人說小太醫來了，這會兒去了榮溪園。夫人說，他是不是聽到風聲了？」

吳嬤嬤面色一喜。小太醫過來，那些人自然該明白嚼舌根的下場，小太醫對寧櫻上心，約莫是動了心思，若小太醫早點上門提親，將兩人的親事定訂下，那些人哪還敢胡言亂語？

黃氏何嘗看不出她們的想法？今年寧櫻十三歲了，說親的話倒也沒什麼，不過，黃氏還有自己的打算，站起身，讓吳嬤嬤為她穿衣。「這事我自有主張，不著急，先去二夫人院子看看。」

柳氏撒手不管，秦氏如願以償管家，雖說很吃力，好在沒有出岔子，這兩天她也在查誰在背後傳寧櫻和小太醫的事。秦氏是樂見其成，三房沒有嫡子，寧櫻和寧靜芸成親後，娘家沒有兄長扶持，往後在夫家遇到事連個撐腰的人都沒有，以黃氏的性子，不可能靠三房的庶子。寧櫻嫁進薛府，二房也會水漲船高，到時候再請寧櫻幫襯成昭他們，往後好處自然也是二房的。

明蘭差不多和吳嬤嬤同時得到了消息，推開門，朝書桌前的秦氏施禮，躬身走了進去，小聲道：「是竹姨娘做的，前兩日，九小姐被三夫人關在院子裡，竹姨娘約莫是懷恨在心故意讓人散播流言，夫人可要出手幫襯一把？」

秦氏轉著手腕上的鐲子，輕輕搖了搖頭。黃氏是個有手腕的人，查到竹姨娘身上，竹姨娘一定跑不了，只是想起年前，竹姨娘去榮溪園待了一天的事情。竹姨娘如今生了三房長子又有女兒，只要不犯大錯，一輩子應該是平順安穩的，她沒必要和黃氏拗著，十年前尚且沒有贏，十年後更是沒機會贏了，竹姨娘不是分不清好歹之人，但是如果有老夫人在中間推波助瀾的話就不好說了……

思忖半晌，秦氏咧著嘴笑了起來，遲疑道：「竹姨娘身邊的人散播出來的風聲？」

明蘭不解，如實道：「不是，是竹姨娘身邊的婆子花錢收買廚房的生火丫鬟，丫鬟平日與管事嬤嬤有兩分交情，說給管事嬤嬤聽，結果管事嬤嬤喝多了說出來的消息。」

管事嬤嬤擔心連累旁人，咬著牙不肯多說，還是吳嬤嬤身邊的人用了些手段，才讓管事嬤嬤說了實話。

秦氏琢磨一番，沈吟道：「靜觀其變，別多事，三夫人有能耐著呢！」

秦氏不是五大三粗之人，當初寧靜芸與程雲潤退親，秦氏總覺得和黃氏有關，不過黃氏做事滴水不漏，沒有露出馬腳，這次的事情，究竟是竹姨娘挑起的還是背後還有人，都不是她該管的。

明蘭點頭，想了想，又將吳嬤嬤查事情的過程說了。秦氏在寧府多年，手裡頭有些人查了兩日才查出來，而黃氏回府三個多月，竟也能撬開管事媳婦的嘴，的確是個有能耐的人。

這時候，外面的人說三夫人來了，秦氏站起身，笑容滿面道：「三弟妹怎麼得空來我這兒？」

黃氏站在門外，由著吳嬤嬤取下身上的衣衫，一臉是笑地進了屋，開門見山說明來意，秦氏先是一怔，隨即笑逐顏開，拉著黃氏進屋坐，仔細商量起來……

榮溪園。

薛墨聽老夫人身邊的丫鬟無意間說起，皺起了眉頭。

寧國忠和老夫人坐在上首，不著痕跡打量著薛墨的神色。

寧國忠端著茶杯，擋住了臉上的算計，解釋道：「是下人們亂說的，小太醫不用放在心上，我已經派人去查了，敢傳主子的不是，查出來是誰一定饒不了她。」

薛墨沈臉。他對寧櫻好只是看在譚慎衍的面子上，自己又不是心思扭曲之人，對一個孩子哪生得出旖旎的心思來，冷聲道：「寧老爺說得對，女子名聲甚是重要，我與六小姐清清白白，背後之人簡直居心叵測。」

以譚慎衍護短的性子來看，他還是解釋一番比較好，以免傳到譚慎衍耳朵裡，他吃不完兜著走，他沒忘記自己這次出京是誰造成的。

寧國忠蹙了蹙眉，放下手裡的茶盞，認真盯著薛墨臉上肅穆坦然的表情。看得出來，他對寧櫻的確沒有非分之想，否則或多或少會覺得不好意思，他以為，薛墨頻頻與寧櫻往來是有那個心思，卻不想是他誤會了。

寧國忠目光微閃，又說起去莊子上的寧靜芳。「靜芳從小沒吃過苦頭，做事情略有些衝動，得罪小太醫的地方還請見諒。」

薛墨臉上微詫，寧國忠沒放過他臉上的表情。當日，管家說送信之人自稱是薛墨身邊的小廝，信裡寫得清清楚楚是薛墨傷了人，但看薛墨眼底閃過錯愕，又道：「靜芳性子衝動，小六在莊子住得久了，沒吃過虧，兩人遇到了，互不退讓才會打起來。」

薛墨腦子裡滿是譚慎衍得知寧府下人說他和寧櫻不清不楚會怎麼對他，並未仔細聽寧國忠話裡的意思，隨口道：「姊妹間打架不會影響情分就好。」

這回，輪到寧國忠詫異了，目光如炬的打量著身旁坐著的少年。寧靜芳被他毀了容、剪了頭髮，聽他的口氣，竟是一點感覺都沒有。

望著杯子裡漂浮的茶葉，寧國忠臉沈了沈，道：「小太醫可有醫治傷口的藥膏，畢竟是姑娘，臉上留下疤痕，一輩子就毀了，我與她祖母心下不安。」

薛墨點了點頭，反應過來寧國忠話裡的意思，前後一想，自己竟差點說溜了嘴，正了正色道：「七小姐的事情本就是我造成的，當日是我莽撞，待會兒我就讓小廝將藥膏送過來。不知六小姐可在府上？我想與她說幾句話。」

薛怡快出嫁了，性子急躁不安，他和譚慎衍不認識什麼女子，想讓寧櫻得空去薛府陪陪薛怡。寧櫻性子灑脫有一說一，和外面那些阿諛奉承之人不一樣，薛怡見過形形色色的人，從小到大，薛墨還是頭一回聽薛怡稱讚人，那人便是寧櫻。

寧國忠微微一笑。「我讓丫鬟領你過去。」

說完，他擺手喚丫鬟進屋，語氣沈穩。「妳領小太醫去桃園，順便叫三爺過去。」

男女有別，寧國忠不想再鬧出事情來，薛墨既然對寧櫻無意，他該出手管府裡的事了，傳出去，還以為寧府的閨女沒人要，強推到薛墨身上。

薛墨起身告辭，寧國忠神色淡淡，看著薛墨走出院子，他才看向老夫人，低聲訓斥道：「讓老二媳婦過來，她管家，府裡的下人明目張膽地壞主子名聲，她就睜隻眼、閉隻眼？」

老夫人心知寧國忠不是氣秦氏，薛墨待寧櫻不錯，原本寧國忠想靠著薛府進入內閣，隨著薛墨將話說開，他心裡算計落空不痛快罷了。

老夫人吩咐佟嬤嬤再給他倒茶，緩緩道：「待會兒我讓佟嬤嬤過去和她說一聲，虧得小太醫將話說清楚了，不然以小六的性子，只怕會得意上天。京城到處都是權貴，可人也不是眼瞎的，哪會平白無故看上咱這種高不成、低不就的人家？小六性子浮躁，不懂其中利害，幸虧沒丟臉丟到外面去。」

寧國忠心下煩躁，站起身，語氣不耐煩。「她是該好好管管了，不過眼下不著急，待六皇子大婚後再說。」

薛墨離京，最遲六皇子大婚時回來，也就一個多月的時間，六皇子大婚後，薛太醫該為薛墨說親了，那時候再瞧瞧。照他說，寧櫻的性子過於張揚，得理不饒人，有幾分凶悍；反觀寧靜芸，端莊大氣，從容鎮定，容貌秀美，氣質如蘭，她與薛墨說不定還有絲機會，然而，寧靜芸已訂了婚期，和薛墨是不可能了。

突然，寧國忠後悔了，府裡的幾個嫡女不該早早將親事訂下，否則以寧靜芸的氣度，不會入不了薛墨的眼，暗嘆口氣，拂袖離開。

老夫人在背後勾唇微笑。薑還是老的辣，三言兩語就將薛墨的心思探清楚了，寧櫻再鬧事，估計沒人會護著她了。

寧府院子精緻，假山水榭，亭臺樓閣，處處透著富貴之氣，沿著迴廊一路往前，薛墨詫異三房住得遠，外面的人都說寧老夫人最寵小兒子，誰知，小兒子的宅院卻是最遠的，他想起一件事來，問前面引路的丫鬟道：「府裡下人亂嚼舌根，六小姐沒生氣吧？」

寧櫻是個睚眥必報的人，聽到這風聲只怕會有動作。薛墨想著，左右要離京一段時間，寧櫻真遇到什麼難處，自己倒是能幫襯一番，最多也就是再弄花兩張臉而已。

薛墨想著事，前面的丫鬟停了下來，臉色微紅，絞著手裡的帕子，小聲道：「六小姐在院子裡，甚少出來，奴婢不知她有沒有生氣？」

丫鬟說話間，小心翼翼打量著薛墨，見他眉似遠山，鼻若懸膽，五官深邃英俊，再次紅了臉，倒不是她心裡對薛墨有什麼想法，只是瞧著他氣韻出色，渾身透著股溫文儒雅，面上嬌羞罷了。

到了桃園，薛墨停在院門口，院子裡沒有守門的丫鬟、婆子，地上堆積了厚厚的雪花，深深淺淺的腳印散落開來，遠遠瞧著別有一番意境。

丫鬟逕自進了院子，不一會兒，寧櫻從屋裡出來，一身淺粉色襖裙，眉目精緻，容顏昳麗，唯獨身板太過平實了。

「小太醫怎麼過來了？」寒風刺骨，冷得寧櫻縮了縮脖子，看薛墨皺著眉，似有心事，她心下困惑，走近了，指著外面八角飛簷的亭子道：「我們去那邊說話，我讓丫鬟將炭爐子端過去。」

男女有別，薛墨身旁又沒有人陪著，貿然進院子不妥，旁邊的亭子正適合，只是，風大，稍微冷些。

「我有事拜託妳，我姊嫌府裡悶，妳若有機會去薛府陪她說說話，過兩日我出門一趟，要等她成親時才能回來。」薛墨打量著寧櫻，見她臉色紅潤，眉目舒展，並沒有受府裡閒言碎語影響，不由得微微鬆了口氣。

薛怡比她年長幾歲，知書達禮，性子善良耿直，上一世她嫁入皇家前也是如此惴惴不安，不知未來該怎麼辦，約莫是要離家心裡不踏實吧！

想了想，寧櫻點頭應下，問薛墨準備去哪兒。

「一言難盡，往北邊瞧瞧，不敢走遠了。」

譚慎衍手底下的人說北邊村落有瘟疫，一村子的人和畜生都死了，知縣擔心丟了頭上的烏紗帽，暗中派人找大夫，不管是真是假，他作為一名大夫，理應走一趟。

寧櫻算著日子，大概一個多月就回來了，叮囑他在外注意身子後，視線落在身旁丫鬟身上，擺手道：「妳先回去吧，待會兒我讓人送小太醫出去。」

丫鬟還想聽聽兩人的對話，看寧櫻面色不喜，頓了頓，恭順地退下。

「七妹妹的事，連累你真是不好意思。」大年三十時，寧櫻就想說這話了，礙於人多沒找著機會。「你一番好心，櫻娘心領了，往後遇到同樣的事，還請你別插手，她不過是個被寵壞的小姐，對付她，我有更好的法子。」

薛墨神色一變，臉上不自在。「是嗎？有什麼方法比讓她不能出門見人更狠的？」

譚慎衍下手多重，薛墨再清楚不過，換作他，或許會憐香惜玉而捨不得動手，可譚慎衍那廝整日在刑部，不管男女老幼，從不手軟，寧靜芳落在他手裡，結果可想而知。當他得知寧靜芳沒被剃成光頭，他眼裡詫異，問譚慎衍何時懂得手下留情了？譚慎衍耐人尋味地說了四個字——循序漸進，薛墨不忍細想話裡的意思，總之，寧靜芳吃了這麼大的虧還不知收斂的話，譚慎衍估計還有動作。

循序漸進……薛墨細思恐極。

寧櫻失笑。薛府人丁簡單，後宅沒有妾室、姨娘，許多手段，薛墨應該都是不知道的，認真道：「自然是有的。」

打蛇打七寸，而寧靜芳的七寸便是她的親事。寧靜芳處處想高人一等，不肯吃虧，她便讓她一輩子抬不起頭來。上輩子寧靜芳嫁給誰她不記得了，那時候寧國忠入了內閣，寧府聲名大噪，寧靜芳又是大房嫡女，身分尊貴，親事自然不會差到哪兒去；她為黃氏守孝三年，與寧府所有人的關係都不好，甚少走動，寧靜芳比她先出嫁，親事排場大，來了許多人，她在孝期，沒有去前面感受熱鬧。

薛墨看她臉頰泛著笑，忍不住嘴角抽搐了兩下，心想，她與譚慎衍說不定是棋逢敵手，心思都是歹毒的人，往後兩人成親若吵架，不知誰更勝一籌。

剛到亭外，便瞧見寧伯瑾來了，薛墨拱手告辭。「無事的話，我先走了，妳如果遇到什麼難處，可讓人去刑部捎個信請譚侍郎幫忙，他樂意效勞。」

寧櫻沒聽懂他話裡的隱含之意，以為譚慎衍是看在薛墨的面子上對她好，她哪願意煩勞他？不過，不好意思當面拒絕，是以感激道：「謝謝你。」

薛墨轉身與寧伯瑾見禮，兩人說著話往外面走，寧伯瑾聽說了府裡的流言，包括薛墨澄清的一番話，他心裡並不當回事。寧櫻還小，薛墨看不上寧櫻無可厚非，過兩年，寧櫻身子、容貌長開了不會比寧靜芸遜色，那時候的事誰說得準？

「府裡的事小太醫別放在心上，我與小六娘還想多留她兩年。」寧伯瑾擔心薛墨因為這事對寧櫻生出不喜，故而解釋道：「小六性子張揚，卻沒有壞心，別人待她好，她便真心待對方，反之亦然，下人們空穴來風，無中生有妄想抹黑小六的名聲，這事，我會處理的。」

薛墨笑笑，不置可否。一路出府，耳邊聽見不少談論他與寧櫻的話語，薛墨心生不喜，若被譚慎衍聽到風聲，還以為他真和寧櫻有什麼。

離開寧府後，想了想，薛墨讓小廝回府收拾包袱。「我不回去了，你收拾好行李徑直出京，城門口會合。」

這兩日，譚慎衍閒得慌，年前的摺子呈上去，皇上一直沒處置，青岩侯手握權勢，譚慎衍平定邊關遲遲沒有封賞，外人皆道明年青岩侯會晉封一等侯爵，實則不然，因為青岩侯做下的那些事，滿門抄家都有可能。皇上念譚慎衍年輕有為，軍功顯赫，應該是在斟酌如何處置罷了，再過幾日，京中又會掀起一場腥風血雨，六皇子大婚，正好沖散朝堂的陰霾，不得不說，譚慎衍將一切都算好了。

譚慎衍城府深，他更不能回去被他揍一頓，這會兒出京，哪怕譚慎衍知曉寧府的事，氣他也找不著人撒氣，只是委屈了刑部大牢裡那些已經招供的人替他受罰。

想清楚了，薛墨吩咐車伕朝城外走，避免譚慎衍等在薛府。

府裡關於薛墨看不上她的消息不脛而走，寧櫻知曉背後有人推波助瀾，當什麼都沒發生似地正常度日。

年後連著下了幾日的雪，天也不見回暖，越發冷了，寧櫻夜裡照樣睡得不沈，總會驚醒一、兩回，聞嬤嬤擔憂不已，總覺得屋裡有髒東西，提議寧櫻去南山寺請尊佛回來供奉。

這日起床，金桂服侍寧櫻穿衣時，說府裡好幾名下人被剃光了頭髮，沒臉出來見人，在屋裡哭得撕心裂肺，有人說是壞事做多了遭報應，有人說是得到瘟疫，半個時辰，消息就傳開，下人們人心惶惶，榮溪園那邊都驚動了。

寧櫻不知曉還有這件事，細問名字，發現榮溪園有兩位丫鬟遭了殃，其中一人是領著薛墨來桃園的那個丫鬟。寧櫻皺了皺眉，面露沈思。

「要奴婢說，就該有人治治她們，整天無所事事說人長短，受點教訓也好。」金桂下意識覺得是黃氏找人做的，黃氏去二房院子，讓秦氏管教好下人，秦氏有心賣黃氏一個好，沒奈何下面的人不給她面子，陽奉陰違，將秦氏氣得不輕。

想到這裡，金桂又道：「二夫人處置了好幾位管事媳婦，有幾位管事媳婦不服氣，昨晚也遭殃了，榮溪園這會兒正鬧烘烘的呢！」

寧櫻挑了挑眉，不知曉還有這事，惺忪的眼漸漸恢復了清明，撫平衣袖的縐褶，困惑道：「府裡近日太平，怎會突然鬧出這種事情？榮溪園那邊可有消息傳出來？」

寧靜芳被薛墨傷了，鬼哭狼嚎大半日，嗓子都哭啞了，昨晚那些人被剃光頭，她竟然一點風聲都沒有聽到，是她睡太沈了？

寧櫻直覺不是府裡的人做的。老夫人最重規矩，柳氏和秦氏管家，老夫人沒閒著，時刻派人盯著府裡，怕出了岔子；而寧國忠在朝為官有一、兩個不對盤的人，她懷疑是寧國忠的仇人藉著這件事引起下人們恐慌，等事情傳出去，御史臺彈劾寧國忠治家不嚴，內閣輔臣的位置便與寧國忠無緣了。

她絲毫沒有懷疑黃氏，縱然黃氏與老夫人有仇，眼下不會明目張膽得罪人，否則太過惹眼了，對她沒有好處。

寧櫻如扇輕盈的睫毛微動，她瞇了瞇眼，倒是想起一人來——被寧伯瑾罰禁閉的竹姨娘。前兩日竹姨娘被黃氏當眾訓斥了幾句，竹姨娘懷恨在心，暗中挑撥月姨娘和黃氏的關係，月姨娘不上當，繼而告訴寧伯瑾哭訴了一番，直言竹姨娘心腸歹毒，這事在黃氏回府時已經發生過一次了；寧伯瑾覺得竹姨娘不懂收斂，一而再、再而三挑撥，勃然大怒，罰竹姨娘在院子裡閉門思過，正月後再出來。假如竹姨娘心下不平，做事嫁禍到黃氏身上，她在背後撿便宜，倒也不是不可能。

想著這個，寧櫻垂下手，望著放晴的天空，慢吞吞地問道：「夫人呢？」

金桂低頭替她繫腰帶，聲音輕柔。「估算著時辰，夫人應該是到榮溪園了，事情鬧得厲害，老夫人讓大夫人、二夫人過去說話，應該是要找出背後作祟之人。」

束好腰帶，金桂拿起梳妝檯上的荷包掛在寧櫻腰側，暗想往後這兩日，府裡怕是不平靜了，昨晚的事情明顯是心懷叵測之人故意做的，目的是什麼不得而知，還在正月裡寧府就出了這麼多事，這一年恐怕都不會太平。

寧櫻不擔心黃氏，黃氏心有城府，聽到消息心裡就有主意了，道：「傳膳吧！」

下人們人心惶惶，飯桌上的水晶餃子比往日粗糙，她嚐了一個，並未說什麼，吃到一半，榮溪園的丫鬟前來說老夫人有請。

寧櫻料想老夫人會來尋她過去說話，因關係到寧府的安寧，老夫人恨不得將她討厭的人拉下水，而她就是其中之一。不過讓她疑惑的是老夫人現在請她過去，想必這會兒還沒個結果，如此看來，這件事最後查不查得出來還不好說。

天色明亮，隱約有太陽露出了臉，微暖的光籠罩著大地，花草樹木間的雪漸漸融化，春的氣息近了。

榮溪園，一片死氣沈沈，氣氛凝滯得人哆嗦不已，佟嬤嬤站在走廊上，似笑非笑地望著她，寧櫻不卑不亢回以一個笑，眼帶挑釁，人人想看她的笑話，她偏生不會讓她們如意。

提著裙襬，慢條斯理走上臺階，待佟嬤嬤給她施禮請安後，寧櫻才放下裙襬，拍了拍上面的灰，抬腳進屋。

老夫人和寧國忠坐在上首，枯黃的臉頰皺紋橫生，眼角一圈黑色，無精打采，說不出的疲憊。

幾位管事媳婦跪在地上，其中最後面跪著的婦人，四十出頭的模樣，髮髻散亂，臉上掛著淚珠，哭得梨花帶雨，不顧形象。「老奴在府裡多年，行事不偏不倚生怕惹主子們不快，這麼多年從未出過紕漏，二夫人硬是指責老奴假公濟私，昧了府裡的食材，天地良心，還請老夫人為老奴做主啊！」

老夫人轉弄著手裡的佛珠，垂首閉眼，蒼老的臉上閃過濃濃的不悅，下頜微緊，冷眼不說話。寧櫻暗中打量著秦氏的神色，看她絲毫沒有慌亂，等管事媳婦說完，秦氏略微得意地抿了抿唇，明顯胸有成竹。柳氏站在老夫人身後，輕輕替老夫人捶背，低垂著眼，一言不發。

寧櫻福了福身，兀自在最旁邊的椅子坐下，寧國忠抬眉瞅了她一眼。寧櫻咧嘴微笑，一派天真從容，隨即寧國忠收回目光，視線落在跪著的婦人身上。

老夫人也看見寧櫻的動作了，轉著佛珠的手頓了頓，又繼續轉著，朝地下跪著的婦人道：「妳做事是個妥帖穩重的，這麼多年沒出過岔子，估計是和二夫人有什麼誤會，這事不著急，我要問的是關於麗秀一夜間被剃光頭髮的事，昨晚妳可聽到什麼動靜？」

麗秀是老夫人身邊的大丫鬟，平時甚是得老夫人倚重，今年已十八歲，老夫人遲遲沒有將她許配出去，麗秀平日和寧伯瑾擠眉弄眼，大家以為老夫人有意讓麗秀去伺候寧伯瑾，一群管事媳婦、丫鬟私底下對麗秀多有巴結，沒承想昨晚出了這種事情，麗秀是不可能飛上枝頭變鳳凰了，管事媳婦心裡不免覺得遺憾。

吸了吸鼻涕，管事媳婦搖頭道：「夜裡並未聽到動靜。」

她管著廚房這一塊，昨晚老夫人想喝蓮藕排骨湯，她守著丫鬟熬湯，不知曉外面出了事。

老夫人皺眉，又問其他幾位，都說夜裡沒有感覺到異常。

寧國忠拍桌道：「住得近，丫鬟屋裡出了事，妳們會沒聽到動靜？」

好好的人，怎麼平白無故沒了頭髮？鐵定背後有人想故意給寧府難堪，傳出去，他這個一家之主也會被人笑話，後宅管理不好，哪有能耐管朝堂？

寧國忠怒不可遏，氣得雙手發抖，眼神凜冽地盯著屋裡的人，手暴躁地拂過茶几，瞬間杯子、水壺掉了一地，碎裂成片，屋裡鴉雀無聲，管事媳婦跪在地上，身子瑟縮不已。

寧國忠陰沈著臉道：「無所察覺？我寧府養著這麼多下人，人無緣無故被人剃光頭，竟然沒人發覺？」

管事媳婦們俯首磕頭，惶惶不安。昨夜的確沒聽到動靜，然而若說被剃光頭，她們不是沒有懷疑的對象，前幾日六小姐和小太醫的事情傳得沸沸揚揚，昨晚遭殃之人便有暗地嚼舌根的，是誰做的昭然若揭，如此淺顯的道理，管事媳婦心裡明白，嘴裡卻不敢說，怕得罪了寧櫻，自己也會被剃光頭，幾人伏跪在地上，誠惶誠恐，默不作聲。

一時之間，屋裡針落可聞，老夫人的目光狀似不經意地落到黃氏身上，語氣四平八穩。

「老三媳婦怎麼看？」

黃氏端坐在椅子上，脊背筆直，突然聽老夫人問她，她幾不可察皺了皺眉，眉梢不喜，冷聲道：「母親問我，我也不知。兒媳回京已有不短的時日不假，府裡的庶務卻從不過問，猛地聽說出了這種事，心中感慨萬千。身體髮膚，受之父母，母親定要揪出背後之人給她們一個交代才是，如果有要兒媳幫忙的地方，說一聲就是了，兒媳義不容辭。」

見黃氏臉色沈靜如水，話裡聽不出破綻，老夫人心下皺眉，又看向秦氏。秦氏管家，她是清楚下面的人暗中使絆子，畢竟柳氏管家多年忽然換了人，手底下的人不服秦氏管束無可厚非，因而她睜隻眼、閉隻眼並沒有放在心上。她問過哪些人遭了殃，柳氏身邊有兩個，秦氏身邊則沒人，不由得懷疑秦氏和這件事有關，不過她不著急問秦氏這件事，而是道：「老二媳婦說說這是怎麼回事，好好的，怎麼想著換了她們的職務？」

秦氏撫著髮髻上的金簪，淡淡瞥了眼地上跪著的人，陰陽怪氣道：「母親不能怪我不念舊情，她們仗著是府裡的老人，私底下沒有少幹缺德事，成昭府裡的丫鬟去廚房傳膳，驚覺不對勁，偷偷稟明我，一查才知，成昭想喝碗烏雞人參湯，廚房的管事媳婦偷偷留了人參，添了些當歸當作掩飾，當歸味重掩蓋了人參味，成昭整日看書準備之後的科考，自然不會在吃食上斤斤計較，我卻是不能容忍。依著府裡的規矩，這等欺瞞背主的奴才就該發賣出去，叫府裡的其他人警醒些，不敢壞了府裡的風氣。」

成昭是寧府長孫，老夫人最看重的孫子，聽了這話，目光不善地望著地上的奴才，語氣陰冷。「二夫人說得可是真的？」

「老奴冤枉啊……」

「兒媳做事最是沈穩，不想寒了下人的心，叫人說兒媳拿著雞毛當令箭，兒媳特意找人查了查，母親猜怎麼著？角門後面的一條街上住著幾戶小販，兒媳讓身邊的丫鬟問問，有人看見咱府裡的婆子拿著藥材偷偷賣給外面的人……」秦氏咧著嘴，嘴角揚起一抹譏諷。這幾人是柳氏的人，她既然存了管家的心思，不聽她話的人自然不會留著，想到黃氏告訴她這些事時，她的驚訝不亞於現在的老夫人。柳氏管家中飽私囊，明面上帳冊做得乾乾淨淨，叫人抓不出錯來，她管家時準備有樣學樣，誰知，下面的人不給她機會，既然如此，大家都別想好過。

老夫人一怔，額上青筋直跳。這幾個婆子是誰的人她心裡有數，本以為秦氏無的放矢，這會兒看幾人的表情，明顯確有其事，氣得她嘴角抽動，盛怒道：「好，好得很，這種事情都做得出來，誰指使的？」

柳氏臉上閃過錯愕，很快便回過神，張了張嘴，為她們說話道：「二弟妹是不是誤會了？她們在府裡多年，什麼該做，什麼不該做，心裡再清楚不過，這等查出來可是要挨板子的事，她們哪敢？不是我為她們說話，實在是我管家時她們好好的，怎麼換作二弟妹管家她們就轉了性子，做起這等大逆不道的事情來……」

秦氏面色一冷，音量陡然拔高，怒氣衝衝道：「大嫂的意思是她們不給我臉面，整日與我作對了？」

人是柳氏的，心裡打什麼主意她會不清楚？這些人留著礙她的眼，藉這個機會除了才好。

秦氏眼角瞪著柳氏，慢慢揚起一抹笑來。偷換府裡的補品賣給別人，情況嚴重，老夫人不可能會姑息這等事，柳氏是保不住管事媳婦了。

果然，只聽老夫人不耐煩道：「事已至此，還有什麼可辯駁的？拉下去，一人打十大板子，發賣出去。」

管事媳婦心裡害怕，抬起頭，求饒道：「老夫人，老奴是逼不得已。老奴兒子一大把年紀了還沒有說親，前些日子得到重病，到處都是花錢的地方……」

不等她說完，兩個粗使婆子進門拉著她往外面拖，剩下的幾個婆子心裡害怕，只聽秦氏又不緊不慢說了她們的罪行，更是跪不住了，不停地求饒。

老夫人煩不勝煩，命人將人拖下去，繼續問起昨晚的事情，目光審視地盯著秦氏，又思索起一件事來。秦氏與柳氏關係算不上好，最近卻是拚命打壓柳氏，二房嫡子多，她喜歡不假，卻也不想如了秦氏的意將管家的權力交給她。秦氏借她的手，除去柳氏身邊的人已經夠了，她不會再縱容其他。

老夫人朝柳氏道：「近日府裡烏煙瘴氣的，妳身子好了的話好好管管下面的人，否則真能叫她們爬到主子頭上撒野了。成昭幾個兄弟馬上就要參加科考，叫廚房多留個心眼，誰要是再做出這等事，別怪我手下不留情。」

柳氏點頭，心裡明白老夫人說出這句話便是不追究她了，低頭道：「兒媳清楚了，會好生管束下面的人。」

秦氏沒想到老夫人不對柳氏發作，絞弄著手裡的手絹，惡狠狠瞪著柳氏。

寧國忠坐在一旁，心緒漸漸平靜，待老夫人說完，他才別有意味看了眼寧櫻，說了句風馬牛不相及的事。「上次小太醫來府裡與妳說了什麼？」

眾人覺得莫名。大家都知曉小太醫來府裡的事，怎麼寧國忠又問起寧櫻？不過，看寧國忠臉色不好，大家不敢出聲。

寧櫻笑容滿面，臉頰泛著些許紅潤，不慌不忙道：「說六皇子成親在即，如果我有空的話多去薛府陪薛小姐說說話，她快成親了，心裡有些緊張呢！當時祖母身邊的丫鬟也在，她沒和祖父、祖母說嗎？」

想到麗秀，老夫人心裡又來氣。麗秀跟著她的時日比不得佟嬤嬤時間久，然而心思細膩，做事中規中矩還算合她心意，昨晚出了事，對方明顯是在藉著麗秀給她難堪，想到這裡，她問寧伯庸。「可問過昨晚門房有無見著可疑的人了？」

寧伯庸搖頭。對方做得不留痕跡、無跡可尋，根本不知是誰做的？三房有這個動機，然而沒有證據，黃氏在府裡有人也不可能一宿對付那麼多人，若是外面的人，不可能不驚動府裡的下人來去自如，寧伯庸心裡也納悶。

「昨晚的事情暫時丟一邊，小六留下，其餘的人先回去吧！」寧國忠沒有老眼昏花，全京城上下，除了寧府出現過剃頭的事，難再找出另一家。府裡最先受罪的是寧靜芳，寧國忠懷疑這次的事情和寧櫻脫不了干係。

「老大媳婦也留下，金順你去查查前幾日誰在背後敗壞六小姐的名聲？」

話一出，眾人反應不一。老夫人臉色沈下來，手裡轉動佛珠的速度漸漸慢了下來，柳氏沈了沈眉，沒吭聲。

金順稱是退下。寧國忠想要查府裡的事，沒有查不出來的，只是結果讓他有些為難，回來時，金順心事重重。

寧國忠將其他人遣退，屋裡只有老夫人、柳氏、寧櫻還在，金順心裡琢磨一番有了主意，一五一十道：「是竹姨娘身邊的丫鬟收買了廚房的生火丫鬟。」

寧國忠記得年前竹姨娘來榮溪園的事，老夫人看不起府裡的姨娘、妾室，年輕的時候收拾了好些姨娘，待身邊的庶子大了外放為官，讓府裡的姨娘跟著去了，後來府裡的姨娘病得病、死得死，算下來，他身邊的人被處置了七七八八，寧國忠多少明白老夫人的手段。

聽金順話中有所保留，只怕其中有老夫人的分，寧國忠先是瞪老夫人一眼，調轉目光，眼神不悅地盯著寧櫻，聲音沈悶如鐘道：「昨晚的事情是不是妳做的？先是妳七妹妹，如今又是幾個下人，除了妳，誰與她們有這等深仇大恨？」

寧國忠想起薛墨來府裡的反應，對寧靜芳的事坦然承認，語氣裡卻沒多少情緒，最初聽到寧靜芳的名字甚至是不在意的，他大膽猜測，如果寧靜芳的事情不是薛墨做的，那薛墨認下這事便是幫人揹黑鍋，除了寧櫻，他想不出其他人。

寧櫻冷哼道：「祖父還真是抬舉我，我哪有這等本事，我身邊的下人還是回府時五姊姊送的，到現在身邊連個小廝都沒有，否則也不會讓父親向您開口要吳管事一家，說起這事，我還沒謝謝祖父呢！」

寧櫻對昨晚的事情也覺得奇怪，如果真的是竹姨娘做的，寧國忠不會查不到，寧國忠懷疑她，可見沒有找著背後之人。究竟是誰在背後捉弄人，連一點蛛絲馬跡都沒留下？

寧櫻蹙了蹙眉，這時候有些懷疑是黃氏了。上輩子黃氏有本事讓寧靜芸退親，且訂下苟志，城府不可謂不深，黃氏不會一點打算都沒有，難道真的是為了替她報仇？

寧國忠眉頭一皺。「妳對府裡的事情不瞭解，自然不會是妳做的，妳娘就不好說了，要不要我將妳娘叫過來問問？」

他不過想套寧櫻的話。黃氏為人厲害，這會兒卻不會鬧事，寧靜芸今年成親，黃氏是個精明之人，不可能做出損害寧靜芸、寧櫻名聲之事，寧櫻性子衝動，如果不是她做的，還能有誰？

寧國忠說話的時候細細觀察著柳氏的神色，話鋒一轉道：「靜芳在莊子裡可還習慣？」

柳氏是明白人，當即就懂了寧國忠話裡的意思，是懷疑她做這種事故意栽贓到寧櫻頭上。她衣袖下的手緊握成拳，面上不疾不徐道：「沒有消息傳來，走之前兒媳與她說了許多話，應該是想明白了，過兩年她就該說親，再這麼下去如何是好？」

兩人都是心思深沈之人，嘴裡什麼都探聽不到，事情不了了之，寧國忠讓她們先行回去，又將怒氣轉到老夫人身上。「竹姨娘是不是妳授意的？」

多年夫妻，寧國忠哪不清楚老夫人的性子。她是個睚眥必報的人，十年前的事情就有她在背後推波助瀾，這次如果後面沒有老夫人，寧國忠不相信。

老夫人張嘴想要反駁否認，但看寧國忠臉色陰沈，悻悻然低下了頭，不服輸道：「我哪會授意她做那等事情，竹姨娘什麼性子老爺還不清楚？當年為了爭寵，什麼事情都做得出來，如果不是看她肚子裡懷著老三的孩子，我哪容得下那等人？這些年她還算老實本分，又為老三生了個女兒，年前來榮溪園找我，的確有她自己的心思，不是為了小六，而是為了老三；老三媳婦回來了，夫妻倆感情不甚好，連個嫡子都沒有，傳出去惹人笑話，竹姨娘的打算是想讓老三媳婦在三房庶子中過繼一個在自己名下，左右是老三的孩子，不影響什麼。」

寧國忠直直望著她，眼神銳利，像能看透老夫人心底想法似的，半晌才收回視線，沈思道：「老三的事情暫時不提，妳以為插科打諢就能瞞過我？事情和妳有沒有關係我暫時不計較，小六是府裡正經的嫡女，親事高了，對寧府有利無弊，妳心裡最好明白；若有人壞了寧府的名聲，別怪我不給她臉。」

老夫人心下一震。聽寧國忠話裡的意思，竟是以為寧櫻真的和薛墨能成事似的，薛家哪會瞧得上寧櫻這種人？她只覺得寧國忠想多了，不過這會兒她不敢反駁寧國忠，只是緩緩點了點頭。

金順後來派人仔細查了查，昨晚的事情仍沒有絲毫進展，寧國忠做主將被剃光頭的下人都送去莊子，又勒令下人封口，誰要是多說一個字，打二十板子。

私底下，寧櫻問過黃氏，黃氏搖頭說不知，她懷疑是另有其人，然而，左思右想也沒能想出是誰做的。

第二十二章

到了正月十五元宵節，寧櫻準備去河邊放花燈。元宵節的晚上京城格外熱鬧，她鬧著黃氏一起出門。

黃氏沒法子，想讓吳嬤嬤去問問寧靜芸的意思。看寧櫻撇著嘴，臉上不情願，黃氏沈吟道：「算了，妳姊姊說了親，出門不太好，娘與妳去吧！」

黃氏不知寧櫻和寧靜芸發生了什麼，兩人性格截然相反，且互看對方不順眼，以前寧櫻在她跟前會收斂，如今是連收斂都不了，當下沒有法子調解她們的關係，黃氏只有想著慢慢來，往後或許就好了。

天色昏暗，閃爍著一、兩顆星星，街道上亮起了無數盞燈籠，人聲鼎沸，極為熱鬧。

寧櫻手裡提著一盞燈籠，和黃氏越過人群慢慢走著，沿途看見許多小鋪子，五顏六色的花燈叫人應接不暇，寧櫻挑挑選選，最後揀了一盞芍藥花的花燈，花瓣顏色嬌豔，飄在河面上非常明顯，她左右瞧了瞧，心裡歡喜。

河邊人多，寧櫻將手裡的燈籠讓金桂提著，手牽著黃氏沿著河岸往前散步，目光時不時落在岸邊挽著手的男女身上，或含情脈脈，或神色嬌羞，眼裡皆訴說著彼此的情意。

走了一會兒也沒尋到放花燈的位置，寧櫻額頭冒出了薄薄細汗。

黃氏拉著她，看向天邊一輪月亮道：「這會兒人多，不著急，我們再轉轉，晚些時候人少的時候再來……」

話聲剛落下，迎面傳來一道低沈的男聲，聲音帶著些許疑惑。「三夫人和六小姐？」

寧櫻抬眉望去，不遠處，譚慎衍一身褐色衣衫站在樹下。他身材修長，氣質冷冽，樹影斑駁，襯得他臉忽明忽暗。

黃氏沒認出譚慎衍，待他從黑暗中走出來才看清是何人，詫異道：「沒想到會遇到譚侍郎，譚侍郎也來放花燈？」

河邊男女老少皆有，可以譚慎衍的身分來放花燈，黃氏總覺得哪兒不對勁，卻說不上來，更覺得有些怪異。

譚慎衍走上前，朝黃氏作揖，禮貌地解釋道：「我順道過來看看熱鬧。今日只有三夫人和六小姐前來？」

寧櫻不動聲色往旁邊挪了挪，試圖擋住譚慎衍的目光，臉上有些許不自在，只因金桂手裡的燈籠是譚慎衍強送給她的，出門時她忽然想了起來，便讓金桂帶上，彼時她說過不喜歡，這會兒帶在身邊，多少有些不好意思。

「櫻娘放花燈，我陪她轉轉，你一個人？」黃氏不知與譚慎衍說什麼，只得普通客氣寒暄兩句。

「暫時。」譚慎衍言簡意賅，不過語氣仍然是溫和的。

寧櫻吃驚地抬起了頭。在她記憶裡，譚慎衍對這些不甚感興趣，卻不想今日這般有雅興，心情極好，不過想歸想，嘴上是不敢說的。

譚慎衍眼角注意到寧櫻的動作，嘴角輕輕勾出了笑。上回遇到賣燈籠的小販，他便知她喜歡，強勢塞給她，她皺了皺眉說不喜歡，然而拿著時臉上分明有笑意，她喜歡什麼，他都記得，想到方才瞧見金桂手裡還有一盞花燈，他道：「六小姐的花燈還沒放？」

河邊的水還結著冰，工部用了些法子讓冰塊裂開，花了好幾日的工夫就為了元宵節讓百姓們放花燈。

黃氏聽說過譚慎衍不少事，不知曉他竟然這般好說話，餘光瞥見寧櫻低頭不說話，忽然明白，譚慎衍約莫是因為薛墨的身分才對她們這般和風細雨，語氣不由得和緩許多。「這會兒人多，我和櫻娘正商量著先轉轉，過些時辰再來。」

黃氏身上也出了汗，不過在莊子上的時候她就是個閒不住的人，這一番流了汗，不顯疲憊反而越發神采奕奕，她身旁的寧櫻臉頰紅撲撲的，明顯也是走路導致身子發熱。

譚慎衍左右看了兩眼，人確實多，摩肩接踵，後面過來的人一下又一下撞著寧櫻身後的丫鬟，他目光一暗，道：「年年放花燈的人多，要等人少的話怕還要一會兒，沿著街道往前走有處宅子，三夫人不嫌棄的話可以去那邊坐坐，等街上人少了再出來。」

黃氏皺了皺眉，看寧櫻額頭上的汗水在暈黃的光照下，有些晶瑩剔透，遲疑了一下，道：「如此的話煩勞譚侍郎帶路。」

譚慎衍往前一步，站在寧櫻身旁，掉轉頭，指著前面道：「就在前面了，宅子是青岩侯府名下的，每年今天都會敞開讓那些放花燈的夫人、小姐停下歇息，此時去的人不多。」

「哪兒的話，是我和櫻娘叨擾了。」

寧櫻低著頭，心思有些重。她以為，她和譚慎衍不會有交集了，上輩子她無意間遇到譚慎衍，黃氏得知譚慎衍的身分後，有意讓自己和譚慎衍接近，最後使了手段人讓她嫁入青岩侯府，她不想讓譚慎衍繼續著了黃氏的道，今生就各走各的路，各自歡喜。

到了宅子前，聽見有人喚黃氏的名字，寧櫻轉頭，認出是禮部尚書的夫人，年前在薛府的宴會上見過。

黃氏笑盈盈走了過去，寧櫻一頓，正欲追上黃氏，手腕被人一扯，身子調轉了方向，她不解地看向拉著她的譚慎衍，眉頭緊皺。

「昨日禮部尚書託我辦一件事，我藉故有事給推辭了，這會兒若被尚書夫人瞧見我與妳一起，傳到尚書大人耳朵裡，會以為我故意不幫他，我倆往那邊走。」說完，不等寧櫻答覆，就拉著她往人群中走。

寧櫻回眸看了一眼黃氏，道：「尚書夫人不是那樣的人，你會不會想多了？」

尚書夫人為人親切隨和，端莊文雅，比寧府的老夫人強多了，何為真正的大戶人家，從行為舉止上就能窺探一二。

然而回答她的是譚慎衍的沈默，等回過神，擁擠的人潮已經遮住她的視線，看不見尚書夫人和黃氏的影子了，她轉過頭，有些生氣地望著譚慎衍。「譚侍郎擔心尚書夫人見著你，我與她卻是沒多大關係的，拉著我做什麼？」

譚慎衍的手還牽著她手臂，剛開始是擔心寧櫻反抗，這會兒擔心有人撞著她了，聞言，他如遠山的眉蹙了下，掩飾住心底的情緒，儘量以和善語氣道：「妳年紀小，萬一不留神將見過我的事告訴她怎麼辦？」

目光落在她素淨的小臉上。這幾日，寧府發生的事他都知道，寧國忠糊塗，寧老夫人心眼小，薛墨丟下那些話，寧府上上下下等著看寧櫻的笑話，她表面上不當回事，心裡應該是難受的吧！她最是在意別人的看法，偶爾一、兩句也能叫她耿耿於懷好些時日。

譚慎衍思忖半晌，緩緩道：「墨之離開京城時託我照顧妳，遇到難事，可以與我說。」

他話題轉得快，寧櫻有些不適應，眼神落在他骨節分明的手上，約莫燈光太過柔和，她鼻子發酸，好似又回到兩人成親後的那些日子，他話少，一整天憋不出一句話，然而，時常掛在嘴邊的便是有難事告訴他，他會處理。話雖簡單，她並沒放在心上，後宅之事如果要他插手，傳出去她往後哪有臉見人？於是他說這話時，她總是點頭，卻不敢拿後宅的事情煩他。

自從知曉她回京之初找過薛墨替黃氏看病，再加上暗地觀察過寧櫻的行為舉止，聰明如他，也漸漸察覺出寧櫻亦是重生之人。如今看她情緒不對，譚慎衍猜她是想到上輩子的事情了，前世遺憾太多，好在上天給了他彌補的機會。

手滑至她鬢角，譚慎衍正準備為她順順飛揚的頭髮，便看她抬起頭，清澈晶瑩的眸子如星辰般燦爛，他呼吸一窒，藏在心底的話脫口而出。「櫻娘，嫁給我吧，我娶妳。」

寧櫻身形一僵，臉上一陣慌亂，不知方才的話是她的錯覺還是其他，低若蚊蚋地問道：「你說什麼？」

「沒什麼。」譚慎衍抬頭，收起眼中情緒。

此事得循序漸進，太快會嚇著她的，譚慎衍想。

寧櫻說不清此時的感受，總覺得此時的譚慎衍和記憶裡那個威風凜凜、不苟言笑的人相去甚遠，難不成，他是經歷過一些事情才變成那樣子？

兩人沈默地往前走，譚慎衍記著福昌的叮囑，努力和寧櫻找話題聊。

沿路鋪子多，譚慎衍又送了寧櫻不少禮，都是稀奇好玩的，不算貴重，小巧別致，寧櫻歡喜地收下，她想明白了，一切順其自然，譚慎衍的眼光是看不上她的。

金桂跟著寧櫻，看譚慎衍的目光落在寧櫻身上捨不得挪開，眼光裡盛滿了柔情，心思有些微妙。

轉悠到一處小巷子前，周圍的喧鬧戛然而止，耳邊恢復了清靜，寧櫻不太適應，她往前走了兩步，發現前面的人有些眼熟。那人一身淺藍色襖裙、身段窈窕，正側著身子和丫鬟說什麼，側顏精緻，杏臉桃腮，昏暗的光影中也能感受到她的豔麗，丫鬟連連點頭，很快提著裙襬跑遠了。

寧櫻蹙眉，不懂為何會在這遇到寧靜芸？她說了親，該在屋裡繡嫁妝才是。

譚慎衍見她停下，順著她的視線瞧去也認出了寧靜芸，他本想找處安靜的地方與寧櫻說說話，誰知會碰見寧靜芸。

這時候，前面黑暗中走出來一男子，譚慎衍勾唇一笑，清冷的眼神帶著玩味。「看樣子，妳姊姊好像有事情要做，我們先回去吧！」

寧櫻站著不動，目光一眨不眨地盯著緩緩走向寧靜芸的男子，他穿著身竹青色綢緞長袍，身形修長得略顯瘦弱，與寧靜芸見禮時動作儒雅，視線昏暗，寧櫻看不清他的五官，但是可以肯定，不是苟志。

京城民風還算開放，逢年過節，男女不用太過避諱，街道上遇到攜手的男女也不覺得新奇。可寧靜芸說親了，與外男這般親近，傳出去不是自毀名聲嗎？寧靜芸性子要強，舉手投足皆帶著嫡姊的風範，像這般不知羞恥的時候，兩輩子加起來，寧櫻還是第一次見著。

她搖搖頭，想要驅散腦子裡看見的畫面。寧靜芸會算計，一言一行都有自己的目的，只是不知對方什麼身分？

「譚侍郎認識方才的男子？」寧櫻心裡有些亂。她討厭寧靜芸，不想寧靜芸嫁給苟志，可更不想看寧靜芸和別的男人私相授受，壞了名聲。

譚慎衍將她的表情看在眼裡，知道她的心思，沒有瞞她。「禮部尚書的長子，今年十八歲，過些日子，尚書夫人就該給他張羅親事了，聽說有意和懷恩侯府結親，私底下說好了，還沒正式上門提親。」

雖然不是自己的事情，可聽了這話，寧櫻仍然覺得臉面滾燙。譚慎衍話裡的意思是寧靜芸不管怎麼做都是白費心思，尚書府不可能讓她進門，除非給人做妾……

見寧櫻有些心不在焉，譚慎衍目光微閃，心裡有了主意，寬慰她道：「妳別擔憂，三夫人性子通透，妳與她說說，她知曉怎麼做。」

上一世若不是黃氏死得早，寧櫻一輩子應該都是無憂無慮的，不會經歷那麼多苦楚，也不會連自己死去的真相都不知道。如今不同了，黃氏身子康健，寧櫻有人護著，心裡有依靠，會過得幸福的。

寧櫻尷尬地笑了笑，回眸看了眼依偎在一起的兩人，默不作聲，兩人沿著來路往回走。

寧櫻忽然對譚慎衍道：「你怎麼認出那是我姊姊？」

若非厭惡寧靜芸，她都不敢保證自己能一眼認出來，而譚慎衍和寧靜芸僅有幾面之緣，卻一眼就識得此人。

「在刑部久了練就的本事，我能憑一雙手找出誰是小偷，更別說大年三十在寧府見過妳姊，知道她長什麼樣子了。」譚慎衍說得雲淡風輕，很快就岔開了話。「人少了，我們放花燈去吧！」

河面漂著各式各樣的花燈，如夜空中閃爍的星星，譚慎衍擔心寧櫻不小心掉進河，固執地伸手牽著她，金桂識趣地退到後面，心裡卻起了波瀾。

放完花燈，寧櫻去宅子找黃氏，想到自己沒與黃氏一起放花燈，又買了一盞，與黃氏一起托著它放入河面，好看的眸子裡盡是閃爍的燈火。

譚慎衍跟著彎起了嘴角。夜色靜好，他與她過的第一個元宵……

回府後，寧櫻猶豫許久，琢磨著該和黃氏說說。寧靜芸丟人現眼她管不著，然而，黃氏全心全意對寧靜芸，這事本該讓她知曉內情，於是寧櫻湊到金桂耳朵邊小聲說了兩句，金桂領命走了。

黃氏準備歇下了，一聽說金桂找她有話說以為是寧櫻出了事，急忙讓金桂進屋，聽了金桂說的話，她面色一沈。

寧府和尚書府沒有往來，寧靜芸應該是年前在薛府和尚書府攀上關係的。

「妳回去吧，我知道了。」

金桂踟躕一會兒，覺得該說說譚侍郎與寧櫻的事情。一晚上，她在旁邊看得分明，譚慎衍常常暗自凝視寧櫻，其中夾雜著難言的情愫，她比寧櫻大一歲，常常聽府裡嬷嬷們說兒女情長，也隱隱約約明白一些事，故而，小聲稟告了譚慎衍與寧櫻之事。

黃氏眼神微詫，沈吟不言。譚慎衍在她們跟前表現得有些不對勁，性子太過溫和，和傳言裡的大不相同，她擺了擺手，道：「我心裡有數，妳先回去吧，別在小姐跟前多說。」

譚慎衍和薛墨關係好，她更喜歡薛墨當女婿，譚慎衍心裡真對寧櫻有什麼想法，應該不會越過薛墨。

元宵節後，府裡漸漸安靜下來。柳氏和秦氏管家，兩人面上和氣融融，私底下妳爭我鬥，三房不牽扯其中日子還算安寧；倒是寧靜芸被黃氏以繡嫁衣為由，整日拘在身邊，而寧櫻不喜寧靜芸，去梧桐院的次數漸漸少了。

寧櫻百無聊賴，拾起筆繼續練字。她的字長進許多，工整乾淨但是缺少氣勢，運筆沒有自己的性格，字如其人，她不能再像上輩子那般丟臉，便向寧伯瑾要了兩張字帖，靜心地在屋裡練字。

寧伯瑾得空會過來指點兩句，順便說了一件事。

「聽說妳出門遇到譚侍郎了？」寧伯瑾坐在書桌前，看向低頭寫字的寧櫻，緩緩道：「今年朝廷官職變動大，妳大伯想往上挪一挪，妳若尋著機會，問問譚侍郎，六部哪些官職會空缺出來，讓妳大伯早做打算。」

寧櫻神色淡淡的，握著筆，慢慢又寫出一字，眼皮都沒抬一下。「我在路上碰見譚侍郎不假，然而朝堂之事，我什麼也不懂，問他會不會不適合？」

大家都想升官發財，六部的職位更是難求，寧伯庸想得到有實權的官職，怕要費些工夫。天子腳下到處是世冑權貴，寧府雖說根基深，但是比不得侯府伯爵，更別說是皇親國戚了。

寧伯瑾手指敲打著桌面，儒雅的容貌帶了一絲愁容。「妳問問，接下來的事情妳大伯心裡有數，譚侍郎和妳比較好說話，如果妳大伯出面，被人抓到把柄就糟了。小六啊，妳年紀大了，寧府繁榮昌盛，往後妳嫁了人，別人才不敢小瞧妳，父親會害妳不成？」

寧櫻心中冷笑。上輩子，寧府的繁華她可沒沾到一點光，哪會相信寧伯瑾這番話。她奮筆疾書，力道漸大，薄薄的紙被墨跡暈染開，筆劃間糊成一團，她隨手扔了筆，模稜兩可道：「我也不知是否還能遇見譚侍郎，到時候再說吧，父親還有事？」

寧伯瑾望著黑漆漆的紙，一時啞口無言，愣了半晌，直到寧櫻繞過桌子走了，他才回過神站起身，笑道：「妳可要記著，事成後，父親贈妳一帖孤本，保管妳喜歡。」

寧櫻不耐煩。「嗯。」

之後，再次偶遇譚慎衍時，寧櫻狀似隨口問了問，語氣漫不經心。

譚慎衍盯著她看了許久，說他有消息了會告訴她，別著急。

寧櫻將原話轉達給寧伯瑾，看他高興得很，眼角笑出了細紋，出聲提醒道：「別忘記您答應我的孤本。」

她對名人字畫不感興趣，既然寧伯瑾自己開口說了，她也不會白白便宜寧伯瑾，該拿的絕不手軟。當天下午，寧伯瑾就親自將孤本送過來了，是前朝一位出名書法家的字帖，寧櫻正好派得上用場。

日子不緊不慢過著，她時常去薛府陪薛怡。成親在即，薛怡緊張得睡不著，寧櫻陪她說話，有時候下棋，有時候投壺，每次從薛府出來都會遇到譚慎衍，金桂不是多話之人，消息應該是車伕傳出去的。寧伯庸做事圓滑，這些年官職一直往上升，不過手裡沒有實權，應該是擔心步上寧國忠的後塵才有些坐不住了。

六皇子大婚，所有事宜交給內務府處理，薛家準備的嫁妝豐厚，薛慶平疼愛女兒，髮妻的嫁妝全給女兒當陪嫁，又送了幾處薛府的田產、莊子，眾位成親的皇妃中，薛怡的嫁妝最豐盛。

寧櫻隨著婆子進屋時，薛怡正埋首核對嫁妝單子，光潔的額頭飽滿圓潤，好看的眉毛下，一雙眼眸恬淡貞靜，她的心跟著安靜下來，緩緩走向屋裡。

這些日子，她時常過來找薛怡說話，兩人已經很熟了，垂首瞅了眼單子上羅列出密密麻麻的物件，大物件有床、桌椅，小物件有鐲子、耳墜，一一核實清楚得到什麼時候？

寧櫻不由得笑出聲，勸道：「這等事何須妳自己弄？交給下面的嬤嬤就好。」

薛府一團和氣，府裡的下人也是能幹的，薛慶平為薛怡找了四個陪嫁嬤嬤，管家、管帳不用薛怡自己操心，寧櫻沒想到薛怡會自己核查。

丫鬟拉出椅子，示意寧櫻坐，繼而給她倒茶。對寧府這位六小姐，她不敢小瞧了，年紀小，遇事冷靜，最是會安慰人，薛怡最初緊張不安，如今性子踏實多了。

薛怡抬頭，看寧櫻坐在對面，抿唇笑道：「在府裡無事可做，找些事情轉移自己注意力不是妳說的嗎？怎又覺得不妥了？」

她娘留下的嫁妝多，加上薛慶平送的，光是核查比對帳單都要好幾日工夫，身邊嬤嬤稟報她時，她想起寧櫻的話，才主動攬在身上。

丫鬟奉上茶盞，低眉屈膝退到屋外。

寧櫻湊上前，打量著薛怡紅潤不少的臉色，如實道：「妳心情還算不錯，我看妳眼角下的黑眼圈沒了，休息好，成親那日才能成為最美的新娘子。」

「夜裡休息好了，黑眼圈自然就沒了，妳年紀小，懂得倒是很多，難怪小墨對妳高看一眼。」薛怡目光平視著寧櫻的臉頰，打趣起寧櫻來。「寧府府裡的事情平息了？」

好事不出門，壞事傳千里，寧府下人一夜間被人剃頭的事情她聽說了，府裡陰私多，嬤嬤和她說過不少，好在她要嫁的人是六皇子，與奪嫡無關，倒也能避免許多麻煩。

大皇子、二皇子早已成親，膝下無子，且這三年，幾位皇子傷得傷、殘得殘，背後沒有陰謀她自是不信的，不管嫁給誰，保住自己的命最要緊。

想到這裡，薛怡推開桌前的嫁妝單子，自問自答道：「人多是非多，寧老爺做事穩妥謹慎，可後宅他管不著，人心複雜，你們府裡如龍潭虎穴，妳小心些。」

薛怡喜歡和寧櫻相處，只因能從她眼裡看出明顯的喜歡和不喜，不像外面那一群當面阿諛奉承、暗中挖苦諷刺她的人；禮部尚書府的小姐性子也是好的，然而，禮部尚書官職大，為了不惹來不必要的麻煩，她不敢頻繁與尚書府的人往來，否則，被有心人拿來攻擊六皇子，說六皇子暗中結黨營私、居心不良就不好了。

兩世為人，甚少有外人關心過她，寧櫻不由得心頭發酸，點了點頭，端起茶杯，看向茶杯裡盛開的花朵，她注意到，薛怡是喜歡喝茶之人，而她每次過來，丫鬟都給她泡花茶。她不喜歡一般苦澀的茶葉並沒有和任何人說過，可薛怡身邊的丫鬟卻明白，可見薛慶平擔憂薛怡出事，為她找的丫鬟都是會看人臉色的。

寧櫻稱讚道：「妳身邊的丫鬟是個聰慧伶俐的，往後遇到事，有她們為妳操心，妳能輕鬆些。」

她本是稱讚薛怡身邊的丫鬟，殊不知薛怡會錯了意，以為寧櫻說得是嫁人後日子輕鬆自在，頓時面色嬌羞起來，故作皺眉，瞋怪地望著寧櫻。「妳多大的年紀，竟也想著嫁人了，十五出閣，妳還有兩年好等呢！」

薛怡今年十八了，因為她嫁入的是皇家，納采、納徵、納吉依照內務府的規矩下來，流程冗長才拖到現在，京裡不想多留兩年女兒的人家，十六、七歲就成親了，最早的也要等及笄後，寧櫻這會兒十三歲，身子都沒發育完全呢！

寧櫻一怔，定定看著她，語氣略微迷茫。「我都沒想好將來嫁什麼樣的男子，我小肚雞腸，眼裡容不得沙子，易得罪人，誰願意娶我這樣子的人？」

薛怡不想她一本正經議論起自己的親事，打趣道：「妳倒是個臉皮厚的人，婚姻自古乃父母之命，媒妁之言，哪是妳想嫁什麼樣的男子就能如意的？」

寧櫻皺了皺眉，聲音嚴肅。「人活在世上，總要為自己而活，我娘不會任由我嫁給不喜歡的人，妳和六皇子沒有感情嗎？」

話到最後，她眼裡帶著揶揄。薛怡性子恬淡，和六皇子感情甚好，她知曉這門親事是六皇子向皇上求來的，皇上原先看中的是閣老家的嫡孫女，六皇子央求皇上打消了想法，最後娶了薛怡。

看薛怡臉色緋紅，寧櫻收起調侃目光。可惜，上輩子她死的時候皇上沒有立下太子，那時候皇上身子不太好了，朝野動盪，幾位皇子私底下拉幫結派，也不知最後誰贏了？譚慎衍不愛說外面的事，三皇子招攬他，被譚慎衍義正詞嚴地拒絕了，還讓御史臺彈劾三皇子，而皇上為了平衡朝堂局勢，並沒有心思懲處三皇子。

看她走神兒，薛怡抬手敲了敲她額頭，聲音羞澀。「我與六皇子甚少見面，哪有什麼感情？訂親後，他送來好些金銀細軟，聽我爹的意思，他是滿意這門親事的。」

她語氣坦誠，眉目間盡是對未來生活的憧憬與忐忑，全無之前的緊張與茫然。不怪古人說婚姻乃人生大事，女子不能選擇生養的父母，不能選擇自己的出身，而婚姻是改變現狀唯一的法子，或隨著夫家平步青雲受人敬仰，或隨之沒落毫無聲息，都取決於嫁給什麼樣的人，這是世道的法則，她也不能更改，即使她不願意成親，可若到了年紀，也不得不為自己找個安身立命的地方。

想到這個，寧櫻重重嘆了口氣。許多事，皆乃身不由己。

薛怡看她小小年紀，提到親事時愁眉不展，不由得好笑。「妳娘對妳好，會給妳找個稱心如意的夫婿的。其實，我瞧著小墨對妳挺好的，你倆知根知底，往後可以嫁來薛府。」

寧櫻噗哧一聲，臉色一紅，眼波流轉，盡是埋怨。「哪有妳這般當姊姊的。」她當薛墨是不可多得的朋友，並沒有那種感情，可若真說到嫁人，薛墨不是不行，心思一轉，她望著薛怡若有所思。

薛怡挑眉。「我說的事情妳想想。我弟弟從小就不喜歡女人親近，除了我，妳是他第一個主動親近的女子，你們年紀相差不大，可以今年先把親事訂下，待妳出閣後再說其他。」

寧櫻不知還有這事，問道：「小太醫不近女色？」

薛怡一噎，總感覺寧櫻懂的事情太多了。薛墨不只是不近女色，但凡是女的都下意識排斥，她大概知道他是被青岩侯夫人嚇著了。譚慎衍好幾次差點在她手裡丟了性命，薛墨與他關係好，久而久之也對女子生出莫名排斥。最毒婦人心，是薛墨常常掛在嘴邊的一句話。

「他待妳不錯，過些日子他回來，我問問他的意思，與其娶一個見過一、兩次面的女子，不如娶妳。妳也見到薛府的情形了，我爹心思在栽種草藥和給人看病上，不理後宅，這些年後宅沒有妾室、姨娘，平靜得很，妳嫁過來，沒什麼值得操心的。」

寧櫻難以反駁。薛府作為棲身之地的確無可挑剔，要家世有家世，要身分有身分，且府裡一派和睦。

沒聽寧櫻接話，薛怡以為寧櫻看不上薛府的家世。

寧櫻卻皺著眉，一臉恍然。「妳說得對，薛府的確很好，小太醫醫術高明，往後哪兒不舒服，不用出門找大夫，在府裡找他就可以了，一舉多得。」

薛怡總覺得這話不對勁，一時沒法反駁，不過，比起讓外面那些濃妝豔抹、趨炎附勢的女子做她的弟妹，她更喜歡寧櫻，便歡喜道：「下次他回來我問問他的意思，我爹要是知曉他親事有著落，肯定最開心！昨天他還跟我念叨，我嫁了人，小墨怎麼辦？他要照顧成片的藥圃沒有時間浪費在小墨親事上，妳肯嫁過來，省了他好些時間呢！」

這回，換寧櫻無言以對。在她眼中，薛太醫隨和善良，卻不想，不問世事到兒子的親事都不過問。

橫豎寧國忠巴不得她嫁到薛府來，對寧府而言，女子嫁給怎樣的人不重要，重要的是能為寧府帶來好處。因此，這件事是否能成，關鍵還是在薛墨的態度。

回去時，薛怡態度比平日熱絡許多，送了好些珍珠首飾，寧櫻受之有愧，如實道：「薛姊姊不必如此，小太醫待我好，別因此生分了。」

她說的是實話。嫁入薛府能達到她許多目的，卻也不是沒有其他選擇，薛墨在她心裡，永遠是朋友。

「妳拿著玩吧，每年春天，各府最喜歡辦賞花宴，妳回京日子短，多出來走動走動。對了，過幾日我要去南山寺禮佛，妳可要一起？」她爹為她娘在南山寺點了一盞長明燈，她時常去禮佛，這次除了禮佛，再者就是為薛慶平和薛墨求個平安符。嫁了人，往後回來的日子就少了，心裡不捨，卻也沒法。

寧府眼下一派和諧，寧櫻在府裡沒多大的事，去南山寺也就一、兩日的事情，思忖片刻，應下道：「不知是哪日，我與薛姊姊一道吧！」

和薛怡約定好去南山寺的日子，寧櫻接過薛怡送的禮，告辭回家。走到院門，明晃晃的天忽然暗下來，馬車駛出臨天街就下起了雨，初春的第一場雨，最初綿綿細柔，隨即淅淅瀝瀝變大，寧櫻挑開竹青色車簾，車壁飛簷上掛著青綠色流蘇隨風搖曳，末梢滴著雨，一滴、兩滴落下，悄然無聲。

金桂在旁邊蹙了蹙眉，小聲提醒道：「小姐把簾子拉上，別被淋濕了。」

雨隨風飄灑，金桂擔心寧櫻身子受涼，等了一會兒不見寧櫻有所行動，她挪到車窗邊，手搭上簾子，不經意掃過外面，看譚慎衍騎著馬從對面巷子裡出來，高大的身形在綿綿春雨中陰冷得叫人心生害怕，她側目望著寧櫻，注意到寧櫻盯著飛簷上的流蘇發呆，遲疑了下，道：「譚侍郎在對面巷子裡，小姐要不要和他打招呼？」

寧櫻出門常會遇到譚侍郎，他時而從刑部衙門回府，時而在街上辦差，難怪寧伯瑾叫她問譚慎衍官職之事，仔細想起來，這些日子，她與譚慎衍見面的次數略顯頻繁了。

不過，每次譚慎衍和寧櫻說不上三句話便會離去，語氣不冷不熱，金桂卻覺得其中有別的意思，因而才提醒寧櫻，譚慎衍在對面。

寧櫻拉著簾子的手一鬆，透過簾子落下的縫隙見到從巷子走出來的譚慎衍，她心思複雜。「不用了，譚侍郎有事情做，我們別打擾他。」

譚侍郎身為刑部侍郎，手裡事情多，外人聊起譚慎衍，多說他的加官進爵是踩著別人屍體上去的，手底下死的冤魂不計其數；可她心裡明白，譚慎衍不會冤枉一個好人，落在他手裡的人都是罪有應得，其中包括他自己的父親——青岩侯。

算著年頭，再過兩年，青岩侯便會被譚慎衍推入風口浪尖，青岩侯府差點滿門被抄，御史臺急切地想要除去譚慎衍，聯名上書彈劾譚慎衍為人暴戾、手段殘忍、陷害忠良，皇上非但沒有怪罪譚慎衍，反而誇他有功。正逢刑部尚書告老還鄉，譚慎衍如願以償坐上那個位置，青岩侯府升為一等侯爵，有皇上公然庇護，譚慎衍風頭勢不可當，之後許多京中貪官污吏被拉下馬，刑部聲名大噪，內閣也頗為忌憚。

內閣管理六部，刑部也在其中，譚慎衍誰的面子都不給，即使御史臺彈劾他，皇上也睜隻眼、閉隻眼，久而久之，御史臺不敢將譚慎衍得罪狠了，只得將心思轉移到別處。譚慎衍我行我素，平日做事叫人抓不到把柄，他是真的在為朝廷辦事，他身上的榮譽是他該得的，想到這個，寧櫻轉過身坐好，不想打擾譚慎衍。

這時候，外面傳來譚慎衍的聲音，寧櫻蹙了蹙眉，掀開了簾子。雨勢漸大，雨順著他臉頰流下，深邃的五官越顯冷硬，寧櫻不由得目光一軟。「譚侍郎不急著回家？」

「手裡事情沒有辦完，可否借六小姐的車子一用？」他眉目英挺，話聲無悲無喜。

雨越發大了，他直直盯著自己，寧櫻呼吸一窒，竟說不出拒絕的話，猶豫間，車簾被掀開，一身墨色暗紋的男子坐了下來，眼前一暗，寬敞的馬車內，頓時有些擁擠了，金桂坐在旁邊小凳子上，眼觀鼻、鼻觀心。

平日她與寧櫻出府，兩人共乘一輛馬車，這會兒她想避開也沒法子，只有儘量低著頭，不打擾兩人。

寧櫻沒有想那麼多，從暗格中拿出一張巾子，掀開簾子，看了眼外面牽著馬的福昌，輕輕問道：「不知譚侍郎要去哪兒？」

「寧府下人被剃頭一事事關重大，寧老爺懷疑是朝廷上的政敵所為，託我細細打探，今日得到那人的消息，躲在京郊的一處莊子裡，我讓福昌去刑部叫人，我先去看看情況。」譚慎衍熟絡地接過巾子擦拭著自己頭髮，一邊和寧櫻說話。

寧櫻詫異，不想寧國忠會把事情鬧到刑部，心思一動，想問問是誰做的？可看譚慎衍認真擦著頭髮，便嚥下到嘴的話。

馬車駛向城外，雨勢不減，譚慎衍掀開簾子，和車伕說了兩句，趕車的車伕是寧府家養的奴才，老夫人得知她去薛府特意送的。寧櫻明白老夫人的意思，想讓薛府對寧府有個好印象，透露出她對自己的寵愛，老夫人的心思昭然若揭，她懶得計較，之前是寧靜芸，如今是她，都是想讓她們為寧府帶來好處罷了。

誰知，譚慎衍自己說了起來。「寧老爺懷疑是懷恩侯老侯爺。懷恩侯和清寧侯走得近，去年寧家提出退親，影響清寧侯府聲譽，清寧侯老夫人睚眥必報，容不得人，加上懷恩侯老侯爺今年有意入內閣，在某些方面來說與寧老爺是仇人。」

寧櫻明白他的意思。寧國忠是覺得懷恩侯老侯爺故意藉此壞寧府的名聲，拉他下水，讓自己入內閣。內閣輔臣之位的空缺叫京城好些人都蠢蠢欲動，年前吏部考核，給皇上遞上一份摺子，是內閣輔臣的名單，懷恩侯老侯爺和寧國忠皆在名單內，至於還有誰，除了吏部尚書，其他人是不知曉的，而兩人互相知曉對方的名字，應該是清寧侯的緣故。

「譚侍郎可有眉目了？」

譚慎衍抬起頭，手裡的巾子濕了，他握在手裡，搭在膝蓋上，進來時動作大，有幾滴水灑在她衣衫上，顏色明顯和周圍不同，他壓低聲音道：「寧老爺怕是要失望了，一輩子止步於光祿寺卿。」

寧櫻胸口一震。上輩子，寧國忠如願進了內閣，不過日子不是很久，三年還是四年便被人從那個位置拉了下來，她不記得發生了什麼事，只是在寧國忠入內閣後，寧府水漲船高，與之親近的多成了伯爵侯府或是皇室宗親，興盛非凡，她以為這一世寧府也能如願興盛幾年。

她想著事，沒留意譚慎衍自己端著茶壺倒了杯水，細細抿著。這是去年她摘的臘梅曬乾後積攢著的花茶，他雖不喜，卻願意去習慣她喜歡的味道。

「在寧府裡作祟的人是誰？」

「認真說起來，那兩人，六小姐並不陌生，聽說三夫人身邊有個叫熊伯的人，他膝下有兩個兒子，寧府的事便是他們兩人所為。」

「不可能。」寧櫻脫口而出，臉上難掩震驚。

熊大、熊二是黃氏的人，若是兩人做的，豈不是受黃氏指使？黃氏不會這般做的，她不會讓老夫人抓住把柄再有對付她的機會。十年前老夫人因為一己私慾，偏袒竹姨娘將黃氏送去莊子，十年後黃氏不可能再栽跟頭。

譚慎衍置若罔聞，他好似有些口渴了，又倒了杯茶喝下，慢悠悠道：「我知道六小姐怕什麼，那兩人看似是三夫人的人，妳可知他們暗中為誰賣命？」

寧櫻眉頭皺成了川字，眼裡盡是懷疑，細想譚慎衍話裡的意思，漸漸氣息不穩。她不止一次懷疑過熊大、熊二的忠心，沒奈何手裡沒人，熊大、熊二不住在府裡，她找不到機會打聽，沒想到兩人不是黃氏的人。

她不由自主想得更多。上輩子，黃氏身邊沒有人，什麼事都派熊大、熊二去做，對兩人委以重任，誰知兩人是老夫人埋在她身邊的棋子，他們為老夫人做了哪些傷害黃氏的事，她都記不清了。

明明是很久之前的事情，一想起來，她卻渾身止不住地發抖。或許黃氏上輩子的死另有隱情，是她們沒懷疑罷了！想到一團一團的迷霧，她鼻子發酸，喉嚨堵得厲害，眼裡熱得起了水霧。

譚慎衍看她鼻尖通紅，膝蓋上的手緊握成拳，浮現青筋，他伸出手，輕輕攤開她的手掌。「兩人的賣身契在三夫人手上，是生、是死不過是三夫人一句話的事，妳哭什麼？」

他掏出懷裡的白色手帕，替她擦了擦濕答答的眼角，語氣一柔。「快到了，妳上次問我的事我打聽清楚了，戶部、禮部、吏部都有空缺，以寧府今年的處境，戶部、吏部是不成了，禮部可以。」

寧櫻吸了吸鼻子，抬起頭，才驚覺兩人離得太近了，身子微微後仰了下，渾身僵硬，輕輕道：「謝謝你。」

寧伯庸想要手握實權，戶部是六部中油水最多的，管著國庫；吏部管著各官員的考核也是香餑餑。寧府高不成、低不就，雖說進戶部有些難，但禮部也可以，禮部尚書為人和氣，不會打壓下面的官員，且相較其他五部，禮部的事情少，逢年過節的祭祀、宮宴都由禮部管轄，露臉的機會多，對寧伯庸來說足夠了。

譚慎衍的手還停在半空，半晌，慢慢縮了回去，低下頭，神色不明道：「我應該的。」她在他身邊自卑了那麼多年，無非是背後沒有兄長支持，他會給她一個真正護著她的強大娘家，而不是利用她的寧府。

冰雪融化，路邊有青綠的草冒出頭，一派生意盎然，馬車緩緩向前行駛著，不一會兒，後面傳來細碎的馬蹄聲，一眾身著常服的黑衣男子氣勢如虹地騎馬追了上來，譚慎衍掀開簾子交代幾聲，那些人騎著馬又浩浩蕩蕩離開了。寧櫻知曉，他們抓熊大、熊二去了。

半個時辰後，馬車停在一處莊子外，門外立著兩座威嚴的石獅子，宏偉氣派。如今細雨霏霏，大門緊閉，無端顯出幾分蕭條來。

刑部的人已經到了，神色肅殺地圍著門，等著譚慎衍的指示。寧櫻打量著鶴紅色的大門，眼神一片灰暗。老夫人命熊大、熊二做下這事是想嫁禍給黃氏吧！可能消息不脛而走，擔心損壞了寧府的名聲，不得不嚥下這事，由著寧國忠懷疑到懷恩侯府上。

她看著譚慎衍舉起手，福昌抬手敲響了門，待門吱呀一聲傳來響動，人一窩蜂撞開門衝了進去，速度之快，沒有做任何停留。不一會兒，熊大、熊二被人押著出來，身上乾淨整潔，髮髻高豎，眉目間盡是坦蕩，看不出絲毫慌亂。

寧櫻心口一痛，放下了簾子。她這回才看清，以熊大、熊二這通身的氣質，哪像養在莊子上的小廝，分明是從小跟人認真學過規矩的，她竟然一點都沒看出來。

熊大、熊二認出是寧府的馬車，兩人對視一眼，好奇不已，然而，待被人押著走了，也沒看清馬車裡的是何人，兩人更不知犯了什麼錯，熊二努力地回頭，朝著馬車裡的人道：「不知是哪位主子瞧奴才兄弟兩人不順眼想要除之而後快，請讓奴才們死個明白。」

熊二有自己的打算。他們明面上是三房的人，實則為老夫人辦事，不管是誰，都不敢將他兩人如何，只要看清裡面的人是誰，兩人便好思量對策。

譚慎衍看寧櫻面色慘白，他沈聲道：「帶走。」

話聲落下，寧櫻緩緩掀開簾子，臉色白得煞人，聲音微微戰慄著，對著兩人的背影道：「熊大、熊二，我娘待你們不薄，你們做下的事情她清楚嗎？」

丟下這句，寧櫻慌亂地放下簾子，腦子裡亂烘烘的，心緒煩躁。熊大、熊二幫黃氏辦事，會不會已經抓到黃氏什麼把柄了？

念及此，她有些坐不住了，手伸到簾子邊想掀開再問問，卻被譚慎衍按住了。「不著急。」

車伕知道的事情少，這會兒看情勢不對，不敢插話，悶不吭聲，待馬車裡傳來一聲「走」的男聲，他急忙揮舞著鞭子，調轉馬車頭，慢慢往回走。

寧櫻心底難受。她大致明白為何譚慎衍要叫住她了，是想提前告訴她，叫她心裡有個譜，她臉色蒼白地笑了笑。「譚侍郎是不是還查到什麼？」

「剩下的事妳別管了，這件事影響到寧老爺前程，可對三房來說算不得壞事。」

譚慎衍不知曉熊大、熊二的背叛便能令她難受成這樣，她總是如此，看似心腸硬，實則比誰都軟。

回去時，兩人一陣沈默，淅淅瀝瀝的雨聲入耳，擾人心緒。寧櫻索性拉開簾子，趴在窗櫺上，靜靜欣賞著春雨潤萬物的景象。

側顏姣好，鼻子發紅，她無精打采的模樣讓譚慎衍動了動手指，想抱抱她，又極力忍住。來日方長，她身邊的不順遂，他會一一鏟平。

「妳想問兩人什麼，可以來刑部，不過兩人嘴巴嚴實，怕問不出什麼來。」

馬車進了城，譚慎衍讓車伕停下後，逕自走了。

有的事情不是他們做的，當然問不出來；然而，人進了刑部，沒有不認帳的。

譚慎衍身上的衣衫還濕著，迎著雨，闊步走向旁邊衙門，門口的士兵朝他行禮，態度恭順，譚慎衍回眸瞅了眼，繼而抬腳走了進去。

寧櫻怔怔的，吩咐車伕道：「我們回去吧！」

回到寧府，寧國忠去衙門了，府裡沒人，她去梧桐院看黃氏，黃氏和寧靜芸坐在屋裡，各忙各的事情。

想到黃氏對熊大、熊二的器重，寧櫻覺得心寒，如小時候那般跑上前抱住黃氏，聲音哽咽。「娘。」

黃氏丟下手裡的活兒，反手拉開她。「怎麼了？」

寧櫻眼眶發紅，搖了搖頭。她想了許多，老夫人看不起她和黃氏，想法子除掉她們不是沒有可能，或許府裡的張大夫也被老夫人收買了，甚至她們中了毒，張大夫瞞著不說，誰知道？熊大、熊二的事情讓她認定上輩子她和黃氏的死有貓膩，和老夫人脫不了關係。

黃氏揉揉她的頭，拉著她的手，溫暖道：「今天怎麼回來得這麼晚，是不是遇到什麼事情了？」

金桂將寧櫻和譚慎衍的對話聽得清清楚楚，知曉寧櫻情緒從何而來。寧櫻做事不計後果，性子卻是善良的，好比五小姐的事，她與五小姐不對盤，五小姐自降身分做出那等丟人現眼之事，寧櫻完全可以任由寧靜芸隨心所欲，讓寧靜芸淪為京城的笑柄、人人唾棄的對象，然而，她選擇告訴黃氏，不想毀了寧靜芸一輩子。

想到這，金桂搖了搖頭，從旁抬出一張凳子，扶著寧櫻坐下，緩緩稟告黃氏道：「在路上遇到譚侍郎了，他出城辦點事，下著雨，讓小姐送他一程，誰知譚侍郎是為了年後府裡丫鬟被剃光頭之事，抓到行凶之人了，竟是熊大、熊二，小姐心裡不相信，正難受著呢，夫人勸勸吧！」

黃氏身子一顫，臉色漸冷，不確定道：「熊大、熊二？他們平日不住在府裡，那件事怎麼可能和他們有關？」

當著寧櫻的面，黃氏沒有提到有人栽贓她的事，剛回府，她想給寧櫻營造一種全家其樂融融的景象，不在她跟前說老夫人壞話。寧櫻心思敏感，知曉老夫人不喜歡她，回府第一天就不往榮溪園去，隨後又向吳嬤嬤打聽十年前的事，對女兒的心思，黃氏看不懂，但也不忍她將事情壓在心裡，什麼都自己藏著、捂著。清寧侯府之事，黃氏不敢相信，憑寧櫻的手段就令寧靜芸和程雲潤退了親，換作她，絞盡腦汁想了許久才想出一個法子，且不敢保證清寧侯府答不答應，寧櫻算計了月姨娘和寧伯瑾，一擊即中，論心計，黃氏不得不稱讚她厲害。

寧櫻坐在椅子上，耷拉著耳朵，神色悵然。「他們是老夫人的人，約莫是想陷害您吧，沒承想，風聲傳到外面，御史臺彈劾祖父，祖父懷疑是清寧侯作怪，讓譚侍郎幫忙查，最後，查到了熊大、熊二身上，娘要不要去榮溪園問問老夫人？」

黃氏沈吟，看了門口的秋水一眼，秋水會意，轉身走了出去，而屋裡，聽到事情起因經過的寧靜芸一臉難以置信，為老夫人辯駁道：「熊大、熊二的賣身契在母親手裡，怎麼會為祖母賣命？妳除掉了七妹妹，如今又想拿祖母出氣？」

寧靜芸鄙夷地輕哼了聲，擱下手裡的針線，側過身，嘲笑地望著寧櫻。

黃氏不豫地蹙了蹙眉。「櫻娘不會胡說，妳繼續繡妳的嫁衣，這件事有我在，不用妳操心。」

這一刻，黃氏才知寧靜芸的性子是真的養歪了，比起寧櫻，寧靜芸只看到利益，不念親情；想到前兩日，寧靜芸向她要嫁妝之事，開口就想拿走自己庫房大半的貴重物品，黃氏對她有愧疚不假，可是留下的莊子、鋪子收益夠做她的嫁妝了，沒想到，寧靜芸還開口要她庫房的東西。

她曾有過心思將庫房的東西分成兩份，寧靜芸和寧櫻一人一半，眼下，她只想全部留給寧櫻，畢竟寧靜芸在府裡錦衣玉食，寧櫻從小過得清苦，她對寧靜芸有愧疚，何嘗對寧櫻沒有？寧靜芸沒有體會過親情，遇到事情多是寧櫻讓著她，但是再讓下去，寧櫻什麼都沒有，也該心寒了。

聽黃氏語氣不好，寧靜芸又哼了聲，收起針線，站起身準備出去。黃氏眼神一凜，她才知，這個女兒再不管教，往後嫁了人，真的是給荀家添麻煩，於是板著臉呵斥道：「就在屋裡繡嫁衣，哪兒也不准去，我會讓吳嬤嬤守著妳，妳若離開，往後就別想再回來！」

寧靜芸始料未及，睜大眼，不相信黃氏竟說出這種話來。回到府裡，黃氏在她跟前總是小心翼翼的，凡事順著她，如今是知曉她往後沒有反駁她的餘地，懶得維持表面上的慈母形象了嗎？

寧靜芸冷冷看向黃氏，清亮透澈的眸子裡盡是怨氣，手緊了又緊，繃著臉，面色蒼白，許久才緩和過來，聲音嘶啞低沈，怨氣滿腹地冷嘲熱諷道：「是不是認為我嫁得不好，往後不得不靠著您，故而不敢反駁您、不敢忤逆您，凡事都要逆來順受聽您安排？」她自嘲地笑了笑。「撕下明面的偽裝，露出本來的面目了？」

她話說得輕鬆，衣袖下緊握成拳的手青筋直跳，她睜著眼，眼睛一眨不眨地凝視著黃氏，身子不由自主顫抖著。

她就想，黃氏當初忍心拋下她，這次回來怎麼就改了性子忽然對她好？原來不過是欲蓋彌彰，掩飾自己的本性罷了。設計她退親，強迫她嫁給出身清貧、其貌不揚的男子，一切的一切都是為了忤逆老夫人，她不過是兩人鬥爭的犧牲品，老夫人縱然不是全心全意為了她好，可出發點是為了寧府，黃氏呢？

寧靜芸揚起嘴角，僵硬地扯出一個笑。十年不見的娘親，對自己能有多大的感情？即使有，都是做給外人看的。

寧靜芸將目光緩緩挪到旁邊的寧櫻身上，緊緊咬著下唇，指甲陷入肉裡，顫抖地對黃氏道：「您的好，我都記著，都記著……」

黃氏皺了皺眉，看她身形微顫，神色木然，她目光一軟，上前一步想拉她，伸至半空，被她用力拂開，只聽她的話如針刺入自己心頭，叫她心口刺痛。

寧靜芸的聲音漸漸平靜，平靜得叫人膽顫。「我哪兒也不會去，會嫁人的，不用您整日算計著這點事，嫁出去的女兒如潑出去的水，往後，不用您管我的死活，我寧靜芸，是生、是死都與您無關。」

丟下這句，寧靜芸掉頭就走，門口的柔蘭見情勢不對，看寧靜芸臉色蒼白如紙，雙眼黯淡無光，好看的眸子如一汪死水，她心口一顫，伸出手小心扶著寧靜芸，配合她的腳步，匆匆忙忙朝外面走。

黃氏走了兩步，張嘴想叫住她，雙唇動了動，喉嚨熱得說不出一個字，眼睜睜瞧著寧靜芸出了院子，她才眼眶一紅，落下淚來，喃喃道：「妳姊姊，性子是養歪了，她估計更恨娘了，櫻娘……」

「娘，我在。」

「往後……」黃氏嚥了嚥口水，想說點什麼，一時又忘記了。

寧櫻扶著她，於心不忍。在黃氏心裡，待寧靜芸和風細雨，從未紅過臉，方才，應該是被寧靜芸的話傷到了，她緩緩道：「娘，您將名下的田莊、鋪子，庫房的金銀首飾給姊姊吧，我不會多想的。」

依寧靜芸的性子，應該是向黃氏開過口要嫁妝了，寧櫻不羨慕，她手裡頭有筆銀子，夠用就成了。薛怡說得對，她離嫁人還早，嫁妝的事不著急，真正兩情相悅的人不會在意女子的嫁妝，她想過這輩子若要嫁，就要嫁給一個愛她、同時也是她所愛之人。

黃氏一怔，轉過頭，望著她精緻白皙的面龐，輕輕點了點頭，揩了揩眼角，眼神一沈，閃過滔天恨意。她的女兒，性子歪了，一輩子毀在老夫人手裡，叫她如何甘心？

「我們去榮溪園瞧瞧吧，妳祖母收買熊大、熊二，想必有什麼不可告人的秘密，櫻娘……」黃氏希望寧櫻活得簡單些，但是，似乎總是將她牽扯進來，甚至讓她暗中偷偷幫自己，她頓了頓，道：「妳與我一起吧，妳姊姊，之後我再與她說說。」

寧靜芸被權勢迷了眼，有朝一日，她會體諒自己的一番苦心，在此之前，她希望寧靜芸好好和寧櫻相處，血濃於水，世上沒有比她們更親的人了。

第二十三章

寧國忠不在，老夫人坐在拔步床上，手裡轉著佛珠，嘴裡誦著佛經，神色虔誠。

黃氏沒立即出聲打斷老夫人，拉著寧櫻坐下，待老夫人誦完一小段睜開眼，黃氏才屈膝見禮。「櫻娘在外面遇到譚侍郎，父親託他探查前些日子下人被剃光頭之事有了眉目，母親猜怎麼著？」

老夫人不喜她誦經的時候屋裡來人，臉色不豫，聽黃氏語氣怪異，她心裡覺得不妙，朝外喚了聲佟嬤嬤，佟嬤嬤聞聲進屋，她順勢將手裡的佛珠遞過去。「收著吧，給三夫人和六小姐倒茶，順便去門房問問老爺他們何時回來？」

佟嬤嬤覺得黃氏來者不善，拿了珠子，小心翼翼將其放好後，轉身給黃氏倒茶，被黃氏拒絕了，佟嬤嬤面上無光，站在一旁，得到老夫人示意後，緩緩退了出去。

老夫人望著一臉平靜的黃氏，蹙眉道：「老爺沒和我說這事，背後之人是誰？」

老夫人懷疑是府裡人所為，也曾懷疑過黃氏，後來覺得不可能，排除了黃氏的嫌疑，她想了許久也沒想出誰在背後搞鬼。

黃氏脊背筆直，聲音不高不低道：「譚侍郎今日派刑部的人去莊子上抓到兩人，已經送往刑部了，說來慚愧，竟是兒媳身邊的熊大、熊二……」

老夫人嘴角抽搐了兩下，語氣篤定地反駁她道：「不可能，怎麼會是他們？」

黃氏冷笑。「兒媳也這般認為，不過刑部素來不會冤枉人，熊大、熊二跟著兒媳多年，兒媳相信他們的忠心，一切只有等刑部的結果出來，相信很快。」

老夫人久久沒回過神，認真盯著黃氏看了兩眼，見她神色肅穆不像是說謊騙人，於是低下頭，掩飾自己的情緒道：「刑部的人是不是弄錯了？」

老夫人會意過來。有人要借熊大、熊二的手將罪推到她身上，她以為黃氏不敢明目張膽鬧事拖累寧靜芸的名聲，卻不想，是她想錯了，黃氏依然是十年前的那人，凡事眼中只有她，沒有別人。

黃氏興味盎然地看著老夫人，如願見她面色轉白，撫著平順的衣袖，慢吞吞開口道：「這個兒媳就不知道了，不過，譚侍郎親自帶人去莊子逮人，想必錯不了，過兩日就有結果。兒媳告訴母親皆因熊大、熊二是兒媳的人，他們犯下的事情，兒媳不知情卻也難辭其咎，待父親回來，兒媳會好好解釋的。」

老夫人神色一變，慘白的臉頰漸漸變紅，擺手道：「妳什麼性子我與老爺都清楚，不會怪罪到妳頭上的。」她腦子一片混沌，不知接下來該說什麼，怔怔道：「時辰不早了，妳們先回去吧！待會兒老大回來，我讓他去刑部問問。」

熊大、熊二是她安插在黃氏身邊的人，老夫人擔心熊大、熊二做的事被黃氏反咬一口怪在自己頭上，眼瞅著科考接近，朝堂為了給人騰位置，好些大人出了事，正人心惶惶，年年科考前後就是整頓朝綱之時，眾人皆提心弔膽生怕查到自己頭上。

爭奪內閣輔臣之位，寧國忠機會渺茫卻也不是沒有半分勝算，如果府裡鬧出這種事，她顏面盡失是一回事，只怕會不可避免地拖累寧國忠，如此在入內閣的事情上，寧國忠就無半分可能了，若是這樣的話，寧國忠不會饒過她。

想到這，老夫人坐不住了，朝外面喊了聲佟嬤嬤，門口的丫鬟覺得怪異，探頭回稟道：「佟嬤嬤剛出去了，老夫人有什麼吩咐？」

老夫人這才想起她讓佟嬤嬤去知會門房婆子的事，心下煩躁。「無事。」

「母親沒事的話，我與櫻娘先回去了，晚點再來給您和父親請安。」

寧伯瑾讓譚慎衍打聽六部官職的事有了結果，稍後寧國忠回來，會差人讓她和寧櫻再過來說話，想到寧國忠若得知老夫人在背後拆臺，不知會如何？

思及此，黃氏心情稍微好了些，老夫人養歪她的女兒，就該想過有今日。她本是不打算這時候和老夫人針鋒相對的，一榮俱榮，一損俱損，黃氏期望寧國忠入內閣，寧府水漲船高，往後寧櫻的親事容易些；但是瞅著寧靜芸的性子，她壓不下心頭的火氣，若能藉著這個機會，讓寧國忠和老夫人心生罅隙，也算不錯。

到門口時，黃氏想起一件事，回眸，笑容滿面道：「之前，兒媳讓人打聽兩名接生婆的去向，如今找到人了，改天請她們來府裡說話。照理說有的事過去就算了，畢竟死的人不能活過來，而活著的人不能為了她們去死，但三爺得知道真相，當初他多期待婷姨娘生下那個孩子兒媳看在眼裡，十年了，該叫三爺明白……」

老夫人穿鞋下地，聽見這話，身形一頓，再看黃氏，已牽著寧櫻的手走了，她心下一慌。如果十年前的事情被挖出來，她老臉都沒了。

老夫人抬起手，聲音急切地喚道：「佟嬤嬤、佟嬤嬤……」連著喊了兩聲又回過神來，急忙改口。「麗菊、麗菊……」

「老夫人……」方才探頭的丫鬟走了進來，躬身施禮，盯著地面上的羊毛毯，眼神不解。

「妳讓管家去衙門將大爺叫回來，我有事與他說。」事情得趕在寧國忠得到消息前問清楚關於熊大、熊二的事，否則，被黃氏反咬一口就糟了；還有十年前的事得想法子遮掩過去，不能牽扯到她身上。

丫鬟麗菊轉身欲出門，便看見寧國忠鐵青著臉站在門口，聲音冰冷。「叫老大回來做什麼？妳做下的事，老大能幫妳遮掩是不是？」

丫鬟麗菊知曉不對勁，急忙蹲下身，給寧國忠施禮，進退不得。

老夫人難以置信地抬起頭，見寧國忠一身朝服站在門口，眉目含怒，威嚴的面龐帶著滔天怒火，此時壓抑在眉梢蓄勢待發，她訕訕笑了笑。「老爺怎麼回來了？」

「我不回來怎麼知道妳暗地做的好事？收買兒媳身邊的人在後宅掀風浪、最後嫁禍到兒媳頭上，余氏，妳好大的膽子！」寧國忠沈眉，一番話說得咬牙切齒。若不是車伕心眼多告知管家，管家察覺事情不妥來衙門找他，他還不知。近來，他忙著走動關係想贏懷恩侯老侯爺，而老夫人在後宅給他挖這麼個大洞，內閣輔臣之位他是無望了，可想而知，今天下午御史臺就會從刑部聽到風聲，明日彈劾他的摺子便會呈遞到皇上跟前，懷恩侯與清寧侯勾結，怎會錯過這等機會？

想到都是眼前這個女人做的，寧國忠抬起手，重重摑了老夫人一個耳光，怒不可遏道：「看看妳做的事！」

老夫人心下冤枉。熊大、熊二雖然是她的人，但是府裡的事情真不是她吩咐下去的，收買熊大、熊二只為監視黃氏的一舉一動，誰知會鬧出這種事？

摀著半邊臉，老夫人努力穩住自己的身形，泫然欲泣道：「老爺，我跟著您幾十年，我什麼性子您還不明白？您的官職升遷事關重大，為此，我讓黃氏和小六回府保全府裡的名聲，又怎麼會犯下這種事？是背後有人陷害我。」

寧國忠惡狠狠瞪她一眼。「妳還有臉說陷害？誰，老三媳婦？她回府後什麼性子所有下人看在眼裡，好端端地她陷害妳做什麼？」

老夫人面色一滯，但看寧國忠怒火中燒，臉色鐵青，踟躕地將十年前的事說了，婷姨娘之死是她和竹姨娘一手策劃的。寧國忠以為她不喜黃氏，處置時故意針對她，實則她是想將黃氏除之而後快，因她辛苦養大的兒子，被黃氏當根草似地對待，她如何忍受得了，這才起了心思。

寧國忠面色難掩震驚，聽完老夫人的話，越發勃然大怒，一把踢開跟前礙眼的凳子，低喝一聲道：「身為一府主母，妳竟然做出這等下作事，傳出去，是要老大、老二他們也跟著受連累是不是！」

「我當時也是氣急了，正逢竹姨娘和婷姨娘同時懷孕，我就暗示了兩句，沒想到竹姨娘膽子大，直接害死了婷姨娘，老爺，我知道錯了。」老夫人想，她自己告訴寧國忠總比黃氏說來得好，黃氏言語尖酸刻薄，只會添油加醋，那時候寧國忠只會更氣。

麗菊在老夫人被老爺打後就趕忙跑到老夫人身旁扶著她，她的手現在還扶著老夫人，清楚自己聽到了不得了的大事，恨不能此時不在屋裡，儘量低著頭裝作沒聽見的樣子，後宅之中知道得越多、死得越快，她想活下去。好在，下一刻寧國忠就攆她出去。

「麗菊出去，她自己做了什麼自己清楚，難怪這些年誦經唸佛，原來是自己做了虧心事，寢不能寐。」

麗菊如獲大赦，顧不得禮儀規矩，鬆開老夫人的手，三步併成兩步出了屋子。

寧國忠對老夫人失望極了。她一個堂堂主母，去管兒子後院的事，還插手害死了其中一個姨娘和孩子，有辱主母風範。

老夫人身子打顫，倒退兩步跌坐在床上，哭訴道：「婷姨娘死後，我意識到自己錯了，但熊大、熊二不是我指使的，老爺莫被人蒙蔽了雙眼。」

這時候，門口的金順稟報。「老爺，刑部來人了，說那等奴才，是送回寧府還是刑部直接處置了？」

寧國忠神色一凜。「直接處置了，告訴刑部的人，兩人背主，死不足惜……」

老夫人色如死灰。兩人死了，她更是百口莫辯，不由得著急出聲阻攔道：「不能，他們不能死，他們不是受我指使的，他們死了，我不是要白白揹下這個黑鍋？」

寧國忠瞪她一眼，完全不給她機會。「金順，去吧，記得說話客氣些，別得罪了刑部的人。」

「是。」金順大概知曉屋裡發生何事。因為老夫人做下的事情，老爺和內閣輔臣之位擦肩而過，心裡氣憤可想而知。

金順小跑著走向大門，到垂花廳時，速度放慢下來，從懷裡拿出一個錢袋子，放手裡掂了掂，不慌不忙走向大門，笑容滿面地和刑部的人道：「我家老爺說清楚了，熊大、熊二公報私仇壞了寧府的名聲，一切依照刑部的規矩處置就好。這是我家老爺打賞官爺喝酒的，辛苦跑這一趟了。」

官差接過錢袋子，面色冷淡，眉目間盡是倨傲，也不道謝，收了錢轉身就走。金順瞧著他騎馬遠去才掉轉頭，望著鶴紅色油漆的牌匾，遺憾不已。如果沒發生這樁事，過不久，牌匾就該鑲層金邊了……

第二十四章

回到刑部大牢，官差換了一副面孔，忐忑不安地遞上手裡的錢袋子，低眉屈膝道：「寧老爺回府了，說兩人任由刑部處置，這是寧府管家打賞的，侍郎爺……」

黑漆木案桌前，譚慎衍閉目假寐，聞言，睜開眼掃了眼錢袋子，淡淡擺手道：「打賞你的，你收著吧！將兩人拉出去，交給福昌。」

「是。」

熊大、熊二髮髻凌亂，衣衫不整地被拖出來，嘴角殘存著些許血漬，襯得雙唇血紅，顯得猙獰恐怖。

兩人有氣無力地被人拖著，經過時，抬頭掃了一眼案桌前邪魅陰狠的男子，只覺得身子哆嗦不已。

「這世上，沒有我譚慎衍撬不開的嘴，沒有我得不到的答案，寧老夫人利用你們賣命可不管你們死活……」

他聲音低沈，如鐵鞭擊打肉體的聲音，兩人驚恐地低下頭，不敢再與之對視。

「我這人最是心軟，最近煩心事多，手頭不想見血，你們出去後，性子警醒些。聽說你們還有位父親？」

譚慎衍的話雲淡風輕，兩人卻聽得脊背生涼，雙腿一彎，跪了下去。「謝侍郎爺不殺之恩。」

「倒是聰明伶俐的人，當初怎麼就聽信外人的話走了歪路呢？下去吧！」

官差會意，拖著兩人往外面走。

又坐了一會兒，譚慎衍才站起身，撣了撣肩頭的灰塵，慢條斯理跟著走了出去。

他一走，大牢的氣氛頓時和緩下來，獄卒們面面相覷，暗暗鬆了口氣。總算將閻王送走了。

譚慎衍衣衫已經乾了，細聞，散發著淡淡的梅花香，是在寧櫻馬車上染上的，他面色軟和了些。他坐上車，福昌也跟著跳上馬車，隔著簾子回稟道：「兩人已送走，寧府的事完成了，少爺可是要回府？」

譚慎衍面色一沈，眼裡閃過晦暗的光，漸漸恢復沈寂。「回去吧！」

剛回院子，管家說老侯爺有請，譚慎衍理了理衣衫，大步朝老侯爺住的院子走。問管家府裡是不是出了什麼事？管家支支吾吾地說侯爺夫人也在，譚慎衍一想就明白，胡氏又鬧事了。

老侯爺早年出生入死，年紀大了落下一身病根，皇上念老侯爺立下汗馬功勞，每個月都會請太醫院的人過來為老侯爺請脈，去年老侯爺的身體每況愈下，太醫們也束手無策，老侯爺最多還有一年的光景，且日日離不開湯藥。

想到此，譚慎衍目光又沈了下來。那件事不能再拖下去了。

正屋內，胡氏哭得上氣不接下氣，極是委屈；一旁的譚富堂橫眉豎眼，氣急的模樣，手搭在桌上，面容冷峻地聽胡氏說著。

「父親，兒媳自認嫁進侯府，待慎衍比親生的還好，慎平都抱怨說不是兒媳肚子裡出來的，可想兒媳待慎衍視如己出，為了他的親事不辭辛苦日日外出應付眾多女眷，為此操碎了心，他年紀不小了，再不訂親，旁人還以為我做後母的故意拖著他不許呢！前兩日，兒媳出門就有人暗地中傷兒媳，兒媳當面不發作，心底卻難受……」胡氏哭著，不時拿手帕抹淚，保養得宜的臉如梨花帶雨，好不楚楚可憐。

青岩侯譚富堂坐在一旁，心疼胡氏的同時，怒氣衝衝，想到皇上手裡壓著的摺子，氣不打一處來，怒斥道：「他這兩年有能耐了，吃裡扒外，是看不起這個青岩侯世子之位了，若他不想要……」

「父親想說什麼？我不要的話是不是可以給二弟？」譚慎衍剛進院子，聽著胡氏的話心裡頭便有數。這個後母視他如眼中釘、肉中刺，從小到大暗算過自己許多次，他容忍她不過是看在老侯爺的面子上。老侯爺年輕時到處奔波，上了年紀便想安享晚年，一團和氣地過日子，否則胡氏哪有今天？

譚慎衍信步進了屋，眼眸平靜無波，冷硬的臉頰稍微露出些和顏悅色。

譚富堂心情越發不好了，拍桌道：「瞧瞧你成什麼樣子了！說吧，那些人是不是受你指使的？」

這個逆子待胡氏態度一直不善，譚富堂心想，那些暗中嚼舌根的夫人多半是受了逆子的暗示，他清楚譚慎衍在刑部的作為，越發不把他這個當爹的放在眼裡了。

譚慎衍默默不語，行至桌前，越過兩人走向老侯爺，面色一軟。「祖父身體不好，怎不好好養著，理會閒雜人等做什麼？」

老侯爺平日最是疼愛這個孫兒，聽著這話又氣又笑。譚富堂和胡氏是他爹和後娘，哪就是閒雜人等了？

老侯爺搭著譚慎衍的手臂拍了兩下，語重心長道：「你年紀不小了，待解決了你的婚姻大事，我也能去地下陪你祖母。慎衍啊，你不能讓祖父走的時候留有遺憾啊！」

老侯爺年近八十了，譚富堂是他老來得子生下的，平日極為溺愛，有了譚慎衍這個孫子後，又將全部心思轉移到孫子身上。兒子原配死後，他便將孫子接到自己膝下養著，原配生的嫡子身分自然比繼室生的高貴，老侯爺對譚慎衍寄予厚望，瞅著這兩年譚慎衍在刑部的作為，老侯爺心下寬慰。

兒子野心勃勃，他擔心會走上歪路，孫子卻是個正直的人，往後這個侯府，還得靠孫子撐起來，這也是他明知孫子不想說親卻不敢逼太緊的原因。

譚慎衍扶著老侯爺往外面走，眼神若有還無地瞥過暗自垂淚的胡氏，低聲道：「祖父，我清楚怎麼做，您好好活著，待她進屋給您敬茶。」

老侯爺步伐一頓，側目盯著手神俊美的孫子，臉上笑開了花。「好好好，你從小就不是個說謊的人，祖父記著你這話了。」說完，看向一旁掩面不語的胡氏，皺眉道：「慎衍的事，妳多留個心眼，別什麼不正經的姑娘都往府裡塞，嫁娶乃你情我願的事，要慎衍親口答應，否則別怪我不給妳留情面。」

胡氏管家，他在許多事上睜隻眼、閉隻眼，只想著維持府裡和諧，橫豎這些年，他留了不少人給譚慎衍，兩方交鋒還不知誰輸誰贏呢！他是個性子冷淡的，年輕時身邊伺候的姨娘少，誰知這個兒子卻喜歡聲色犬馬，龍生龍，鳳生鳳，到他這裡倒是反了，好在孫子像自己，讓他欣慰不少。女色誤人，他比誰都明白這個道理，沒奈何兒子不懂。

胡氏聽見老侯爺的話，止住了哭泣，討好地笑了笑。「兒媳怎麼說也是看著慎衍長大的，哪會害他，父親放心吧！」

譚慎衍不置可否，扶著老侯爺回屋休息，擰了巾子替他擦拭布滿皺紋的臉頰，只有在老侯爺跟前，他才會收斂周身戾氣，跟孝順老人的晚輩沒什麼兩樣。

「你父親的事情，你覺得皇上會怎麼判？」他年事已高，不代表他不知曉朝堂發生的事。大理寺呈遞上去的摺子被皇上壓著遲遲不裁決，應該是有其他打算，今年譚富堂老實多了，不像往年早出晚歸，不知做些什麼？

譚慎衍輕輕撫著老侯爺臉上的褶皺，一本正經道：「皇上公允，又是大理寺呈遞的摺子，父親在各府做下的事情是隱瞞不下去了，不管結果如何，都是他罪有……自作自受。」

老侯爺何嘗聽不出譚慎衍罵譚富堂罪有應得，嘆息道：「祖父年紀大了，祖父死後，譚家的門楣就只能靠你了，明日我會進宮向皇上稟明一切，這件事總該有個出頭的人。」

比起讓譚慎衍揹起弒父的罪名，不如他親自動手清理門戶，想了想，他又問譚慎衍道：「你是不是有中意的姑娘了？」

他明白譚慎衍的性子，不會說模稜兩可的話，更不會為了寬慰他的心，無中生有找個姑娘出來，孫子鬆口說親事，應該是心裡有心儀的姑娘了，他不當著胡氏的面談論，是怕胡氏背後使小動作，好好的親事沒了。

看譚慎衍面露歡喜，哪怕臉上的表情淺淡，老侯爺還是看出來了，跟著歡喜起來，拉過孫子的手，細細問道：「哪家的姑娘？什麼性子？能入你的眼，必然是個善良的……」

譚慎衍哭笑不得。扶老侯爺躺在紫玉珊瑚屏榻上，接過丫鬟手裡的富貴祥雲靠枕墊在老侯爺身後，自己在凳子前坐下，慢慢道：「她古靈精怪，睚眥必報，是個剛毅果敢的人，有些像祖母，有機會我讓祖父見見她。」

提到自己髮妻，老侯爺面色一怔，似是陷入了回憶，嘴角泛著溫和的笑。「你祖母是個厲害的人，年輕時我常年征戰，她沒有一點抱怨，外人說她生不出孩子，一個、兩個往府裡塞人，她與人爭執得面紅耳赤，半分不肯退讓。有兩個姨娘是我當時的將軍送的，她不敢不收，誰知沒過三個月，那個將軍後宅就被人鬧得天翻地覆，後來我才知，你祖母和將軍夫人說，將軍在外面養著一院子人，說是體諒下屬，為下屬養的，將軍夫人多疑，派人打聽，因為這事，和將軍大打出手呢。」

說到自己年輕時候的事，老侯爺有說不完的話，他說話的語速極慢，眼神泛著晶亮的光，除了一張臉過於蠟黃病弱，其他倒看不出是病入膏肓之人。

譚慎衍靜靜聽著。有些事，老侯爺翻來覆去地講，他都已能倒背如流，即使如此，每次聽見，都會當作是第一次聽，並在適當的時候接過話。「男兒志在四方，祖母知曉您是完成自己心中的大志，怎會扯您的後腿？後來那位將軍怎麼樣了？」

「能怎樣？將軍夫人的娘家家世顯赫，兩府鬧上朝堂，先帝勃然大怒，將軍被降級，將軍夫人的娘家也沒討到好處，算是兩敗俱傷吧……」

祖孫倆和和氣氣地說著話，聲音清幽，如一首低調綿延的曲子傳出屋外，樹梢嘰嘰喳喳的鳥兒頓時止住歌喉，站在枝頭上，紛紛往屋裡張望，整個院子突然安靜下來。

與青岩侯府的靜謐相似，榮溪園也一片鴉雀無聲。寧國忠心裡清楚內閣與他無緣了，然而聽了寧櫻傳達譚慎衍的話之後，仍然怒不可遏。這些日子，他與懷恩侯、清寧侯劍拔弩張，不能坐上那個位置的結果，便只能等著懷恩侯老侯爺入內閣打壓他。

想到一切都是老夫人引發的，寧國忠氣得呼吸不暢，當著眾人的面，絲毫不給老夫人面子，對寧伯庸道：「我與你母親年事已高，府裡的庶務早該交給你們，過些日子，你母親搬去後面的清心堂，你是長子，搬過來吧！」

榮溪園是主院，住在這兒象徵著承襲寧府，寧伯庸三兄弟都已成親，然而還各自住在成親時的院子，若大房搬來榮溪園，現在大房住的地方就要留給大房的長子，和分家沒什麼兩樣。

寧伯庸皺了皺眉，商量道：「父親別太過生氣，塞翁失馬，焉知非福，您和母親長命百歲比什麼都強，其他的，順其自然吧！」

寧櫻站在黃氏身後，沒想到寧國忠會說出這話。分家？他和老夫人好好的，寧家分家不是被整個京城的人看不起嗎？寧國忠老謀深算，怎會給御史臺多一個彈劾他的把柄？

這時候，寧伯信、寧伯瑾皆開口勸寧國忠，秦氏臉上也閃過不自在。她管家沒多久，若分家的話，偌大的寧府就全部是大房的了，她如何甘心？尤其，寧伯信官職比不上寧伯庸，科考結束後她準備替成昭、成德說親，分家出去，親事上就難了，哪有靠著寧府光鮮？

寧國忠的眼神一一掃過眾人。三個兒子表態了，剩下三個兒媳還未表明立場。

柳氏想分家，但萬萬不敢表露半分；秦氏自然不肯，兩人前後開口不肯答應，語氣堅定，秦氏更放話道：「眼瞅著要科考了，我要照顧成昭、成德他們，府裡的事情分身乏術，往後家裡的事就全交給大嫂吧！」

孰輕孰重，她心裡再清楚不過，左右下面的人不服她管家，讓柳氏管家又如何？

屋裡的人皆表態會一條心將寧府發揚光大，不會生出其他心思，除了角落裡的黃氏，她挺直著背，默默不語。

寧伯瑾蹙了蹙眉，替黃氏道：「父親，小六她娘的心思和我一樣，您和母親年紀大了，兒孫繞膝、頤養天年，我與大哥、二哥會孝順您的，寧府永遠是我們的家，不會生出其他心思的。」

「老三媳婦，妳怎麼說？」寧國忠不是糊塗人，十年前的事傳出去，他和老夫人都沒面子，他說這番話主要是說給黃氏聽的。三房沒有嫡子，靠著大房、二房的話日子容易些，分了家，憑寧伯瑾的心思，保不保得住眼下的職位都不好說，之前寧伯瑾辦錯兩件事，若不是他反應快替兒子遮掩過去，就著了清寧侯的道了。

清寧侯不是傻子，報仇找軟柿子拿捏，寧伯瑾心眼直，隨遇而安，沒有往上爬的心思，這種人最好拿捏；清寧侯和寧府的親事作罷，世子又不見蹤影，京兆尹派人出去找了，一直沒找到人，清寧侯府死氣沈沈，侯老夫人哭暈過好幾次了，清寧侯會放過寧府才有鬼。

見所有人的目光都望著自己，黃氏調整了一下姿勢，目光平靜無瀾，徐徐道：「父親說得是。您和母親健在，分家的話會被人詬病，不好。」

說完，所有人都面色微詫地盯著黃氏，各懷心思。

再愚鈍的人都反應過來，寧國忠一番話是針對黃氏說的，黃氏雖然表了態，說出的話卻明顯不是寧國忠想聽的。

寧伯庸知道寧國忠和老夫人大吵一架，還動了手，他以為是為了熊大、熊二的事，如今看來還有其他。

寧國忠看黃氏不上當，心下不喜，沈聲道：「我哪兒說是分家，是讓妳大哥、大嫂搬到主院來，我與妳母親年紀大了，往後偌大的府裡全權交給妳大嫂管家，妳大嫂知書達禮、識大體，府裡的事務交給她，我與妳母親便再也不過問了。」

「父親心裡已有想法，問兒媳作甚？」黃氏油鹽不進，望著上首一臉訕訕的老夫人，話鋒一轉道：「三爺是府裡最小的嫡子，往後這偌大的家業和三爺無關，父親自己決定便是，這會兒大家都在，我心裡頭壓著一件事，不吐不快。」

寧國忠想讓她不咎既往，談何容易？她好好的女兒被養得好壞不分，她如何忍得下這口氣。

黃氏調轉視線，落在皺著眉頭的寧伯瑾身上。「三爺可還記得婷姨娘？」

寧國忠沒想到她竟然當著眾人的面提起這個名字，側目瞪了老夫人一眼，打斷黃氏的話道：「老三媳婦……」

「父親有什麼話待會兒再說，我是三房主母，有的事不能任由它不明不白繼續遮掩下去。」黃氏定定望著寧伯瑾，看他眉頭皺得更深了，索性直接道：「婷姨娘伺候你好些年，你應該是記得的，哪怕不記得了，總該記得那個死去的孩子吧……」

寧伯瑾和黃氏關係和緩不少，舊事被翻起，他又漸漸變了臉，呵斥黃氏道：「記得，怎麼不記得，妳造的孽不是嗎？」

黃氏並未被寧伯瑾的話激怒，平靜道：「你記得就好，不枉費婷姨娘盡心盡力伺候你。

十年前我就懷疑那件事背後不單純，不過，老夫人管家，不肯給我辯解的機會，我不得已帶著櫻娘去莊子，殊不知在莊子裡常常夢見婷姨娘求我，求我救她的孩子；回來後亦日夜不寧，我便叫人去查當年的事。可能婷姨娘不得伸冤、暗暗幫襯我的關係，真叫我查到當年兩名接生婆身上……」

黃氏轉向臉色慘白的老夫人，不疾不徐說起當年的事。寧伯瑾先是不相信，到後面，一臉震驚地看向上首的老夫人，聲音有些顫抖。「她說的是真的？當年的事情是您和竹畫做的？」

竹畫是竹姨娘當丫鬟時的名字，這個名字很多人都不記得了。

老夫人動了動唇，眼角溢出了淚花，抬起手背，擦拭著眼角，解釋道：「我哪會傷害自己的孫子，是竹姨娘自作主張做下的。老三，從小我對你如何，你還不懂？」

寧伯瑾看看老夫人，又看看黃氏，腦子一團亂。婷姨娘溫柔體貼、善解人意，那時候，自己還是很寵她的，婷姨娘生產前不斷在他耳邊念叨。「三爺，丫鬟說我懷的可能是個少爺呢！生產時您一定要早早回來抱抱他，夫人生了兩個小姐，這個是少爺的話，就給夫人吧……」

婷姨娘的死訊傳來時，他一直難以置信，總覺得若他早點回府，婷姨娘就不會慘死，那個沒見過面的孩子也不會莫名其妙死了。當時他下意識以為是黃氏嫉妒心作祟，害死了婷姨娘，恨不得殺了她為婷姨娘報仇，誰知是老夫人做下了這件事。

老夫人看寧伯瑾神色不對，低低叫了聲。「老三，娘不是故意的，我沒想到竹姨娘會直接要了她的命。」

知子莫若母，寧伯瑾生性風流，流連花叢，但是對伺候過他的人都有情分，平日或許不甚在意，一旦對方出了事，他便會記起那人所有的好。他性子軟沒有主見，被人慫恿兩句心思就歪了，這樣的兒子聽她的話，卻也聽別人的話。

黃氏冷眼瞧著，譏誚地挑了挑眉。「三爺錯怪我多年，我不為自己辯解，可婷姨娘死得無辜，那個生下來沒多久的孩子又何等可憐？沒見到自己姨娘，沒見到自己父親，甚至自己投胎下來的地方都沒好好睜開眼看過一眼。」

「黃氏，妳夠了！」老夫人渾身顫抖不已，聲嘶力竭地吼道：「妳就是回來報仇的對不對？看不得我好，看不得府裡安寧。」

「娘，您別說了。」寧伯瑾低下頭，眼角溢出了淚花，精緻如畫的眉眼盡是頹廢之色。「她不過是個姨娘，能礙著您什麼？您覺得她不好，叫到跟前訓斥一番便是，竹畫就是個狼心狗肺的人，您讓她出手，婷兒哪有命活？娘……」

他滑落在地，癱坐在地上，再也沒了往日的儒雅風流，頭埋在地上，嚎啕大哭。

寧櫻不知曉寧伯瑾會有這麼大的反應，瞇了瞇眼，別開臉不看。

寧國忠朝寧伯庸使眼色，後者走過去，蹲下身，順著寧伯瑾的背，不能理解寧伯瑾對一個姨娘的感情。不過是一個妾室，他想要什麼樣的人沒有？堂堂七尺男兒，為了一個妾室哭得泣不成聲，哪有半點儀態？

他順著寧伯瑾後背，輕輕安慰道：「沒事了，娘也是受人蒙蔽，那個竹姨娘心腸歹毒，聽說她在三房煽風點火，你該好好管管她以慰婷姨娘在天之靈。」

不得不說，寧伯庸不愧是個圓滑的人，三言兩語就將老夫人做的事轉嫁到竹姨娘身上，順便為寧伯瑾找到發洩的出口。寧伯瑾不能對老夫人做什麼，竹姨娘就沒那麼好運了。

寧櫻望著寧伯庸，想起譚慎衍說禮部、戶部、吏部有空缺的事，並提到以寧府今年的處境，戶部、吏部是不成了；他估計是沒見到寧伯庸巧言如簧的模樣，憑寧伯庸的能耐，想進戶部、吏部不是沒有機會。她猶豫著，要不要告訴寧伯庸這件事，賣寧伯庸一個好？

心裡琢磨一番有了主意，寧櫻垂下眼，望著手腕上新得的鐲子，沈吟片刻抬起了頭，看向安慰寧伯瑾的寧伯庸，清脆道：「大伯父，有件事我忘記說了，譚侍郎說六部職務空缺出來了，戶部、吏部、禮部都有職位，大伯父有心的話，可以走動走動呢！」

朝堂之事，她明白得不多。春闈後，一甲進士或外放為官，或留京任職；二甲進士則都入翰林院進修。往年的二甲進士從翰林院出來後，家族有勢者會疏通關係留京任職，沒有關係者則多會外放。寧伯庸在朝多年有自己的人脈和手段，比翰林院那群沒有經驗的進士厲害多了，她願意賣他個好，全部告訴他。

寧伯庸一怔，轉過身望著寧櫻。他也託人打聽六部職務空缺，然而京城不比其他地方，到處是勛貴，他若不知好歹跟貴人看上同一個職位，達不到升官目的不說，還會遭人記恨上。譚慎衍心思通透，聽寧櫻的話便知曉其中意思，不會將已經被人看中的職位告訴她。

寧伯庸的手還搭在寧伯瑾後背上，聞言動了動，縮回手，半垂的眼掩飾住眼底的算計，鎮定道：「是嗎？譚侍郎可還說了什麼？」

「吏部、戶部的話有點難。」想了想，寧櫻決定還是提醒寧伯庸一番比較好。

寧國忠入內閣是沒希望了，若寧伯庸能升官手握實權，也算是種安慰，只是不知寧國忠吞得下這口氣否？畢竟光耀門楣的本該是他，結果被老夫人折騰沒了。

見寧伯瑾旁若無人哭得傷心欲絕，寧國忠皺眉不悅，便出聲呵斥寧伯瑾道：「事情過去就算了，成昭他們春闈在即，你大哥還得靠關係奔走，收起心思，待春闈後再說。天下無不是的父母，你娘認錯就算了。」他自詡為人清正廉明，做事公正公允，說出這番包庇老夫人的話，忍不住臉色微紅，擺手道：「事情說開了也好，往後關鍵時刻不會再起么蛾子，都回吧，伯庸留下。」

寧伯瑾伏跪在地，肩膀微微聳動著。寧櫻不知，他對一個姨娘竟有如此深厚的感情，婷姨娘見著這一幕，也該安息了。

寧伯庸會意寧櫻的話，心底已經有一番謀劃。他拉著寧伯瑾站起身，像幼時照顧弟弟般掏出袖子裡的手帕，替寧伯瑾擦去眼角、臉上的淚，哄道：「逝者已矣，婷姨娘心地善良，她最大的心願莫過於你好好活著，你保重自己才是，我手裡頭有兩幅字畫，待會兒我讓人給你送過去。」

這個弟弟性子太軟弱，一輩子活在女人堆裡，沒主見。

寧伯庸嘆氣，替寧伯瑾整理好領子，安慰道：「你先回去吧，哭哭啼啼被人瞧見了像什麼樣子。」

寧伯瑾眼眶通紅，修長的睫毛上還有淚水，他就著寧伯庸的手帕又擦拭了遍眼角，止住哭聲，耷拉著耳朵，無精打采往外走。

「老三，那件事我不是故意的……」老夫人看得難受，站起身，追上前挽留寧伯瑾。「我讓廚房燉了湯，你喝一碗再走吧！」

寧伯瑾不掙扎，也不點頭答應，神色木然地望著外面，半晌，抬起腳毫不遲疑地朝外走。老夫人看得心口一痛，繼而瞪著黃氏，恨不得剜她的肉。

黃氏擺弄著腰間玉珮，對老夫人怨毒的眼神視而不見，她站起身，叫上寧櫻回梧桐院，冷淡的姿態高高在上。

老夫人氣得胸口輕顫，撫著自己胸口，指著兩人遠去的方向道：「老爺，您瞧瞧，您說她性子好，她哪兒好了？公然不將我這個做婆婆的放在眼裡……」

「閉嘴！」寧國忠拍桌，嚴肅的臉怒氣更顯。黃氏若要追究十年前的事，老夫人害死了三房妾室，趕兒媳去莊子過了十年的這些作為便都會傳出去，寧府的名聲必定一落千丈。

被寧國忠一呵斥，老夫人如霜打的茄子頓時無精打采，動了動唇，無聲嘀咕罵了句。

寧國忠站起身，朝柳氏道：「往後妳管家，府裡一切事宜不用稟告妳母親了，她做的事也算給妳個警醒，家和萬事興，妳要記著這點。」

柳氏心下竊喜，面上卻不敢表露，不卑不亢道：「兒媳記住了。」

如此整個寧府都落到柳氏身上，秦氏心有不滿卻也不敢說什麼，擔心真分了家，二房什麼都撈不到，橫豎之前她在府裡沒管家也好好的。秦氏暗暗安慰自己，站起身也回自己院落。

寧伯信和她一塊兒回去，兩人走在鵝卵石鋪成的小路上，秦氏側身打量寧伯信，四下望了一眼，確認沒有外人後，問寧伯信道：「聽小六的意思，禮部職位似乎不錯，大哥胸有丘壑，我看他盯著戶部和吏部，禮部的位置，不如你看看有沒有法子？」

寧伯信瞪她一眼，板著臉訓斥道：「大哥要調動，我若再去，一被人盯住不放，整個寧府都討不了好，都是一家人，大哥上去了還能不幫襯我？」說完，拂袖而去。

望著他的背影，秦氏低聲罵了一句。她就知寧伯信是個不知變通的人，方才寧國忠的話一語驚醒夢中人，寧府遲早是要分家的，她不能不為自家考慮，寧伯庸畢竟是大房的人，再幫襯能幫襯到哪兒去？總不能越過自己親生兒子吧！心下一合計，秦氏覺得不能任由寧伯信滿足於現狀，便朝身後的婆子招手，小聲叮囑了一番。

婆子會意，提著裙襬小跑著不見了蹤影。

譚慎衍回來已是夜幕時分，看院門口站著兩個妙齡女子，乍寒的天，她們穿了一身銀紋齊胸蟬紗絲衣，衣衫領子開得低，胸前的風光若隱若現，身段前凸後翹，婀娜多姿，白皙的臉不知抹了幾層胭脂，於夜色中好似發著光。

兩人見著他，面露喜色，扭著腰身，抬起手臂左右攀著他的手，入鼻一股濃濃的胭脂味，令他眉頭一皺。

「世子，您回來了，夫人讓奴婢兩人伺候您。」兩人摩挲了下雙腿，輕輕蹭著譚慎衍大腿，兩處豐盈有意無意擠著他，身子嫵媚嬌軟，呼出的氣撲在譚慎衍身上，唇齒皆是香的。

譚慎衍面色一冷，陰沈地垂眼看了兩人一眼，雪白的領口更低了，依稀能見著豐盈處的紅暈。他這位後母還真是煞費苦心，老侯爺剛開口，她便迫不及待送了兩位尤物過來，暗地打什麼主意，人盡皆知。

「滾。」如遠山的眉微微一皺，全身迸發出無盡的冰冷，譚慎衍目光鋒利地望著兩人，如刺骨的寒風，激得人起了一身雞皮疙瘩。兩人嚇得身子一僵，雙手滑落，倒退一旁縮著身子瑟瑟發抖。

世子爺最難討好了，上面有老侯爺護著，誰都不敢對他使臉色；侯爺和夫人都有些忌憚他，這兩個丫鬟也是沒法子，夫人說不來伺候世子爺，往後就將她們送到七老八十的大人府上，世子爺英俊魁梧，容貌沒話說，兩人自然更願意伺候。

尤其府裡的人都知世子爺是性子冷淡的人，俗話說得不到的才是最好，兩人對譚慎衍垂涎已久，總想征服他，讓他對自己予取予求，也算不枉費來世上走一遭，卻不想仍然被拒絕了。

兩人低頭看自己的穿著打扮。二少爺見著時雙眼發光，眼裡盡是癡迷，兩人還沾沾自喜，女子對於別人愛慕的眼神，心裡頭都是歡喜的，本以為能入世子爺的眼，結果還是癡心妄想。

世子爺，還是那個不近女色的世子爺，誰都入不了他的眼，得不到他的柔情密意。

綰著垂雲髻的丫鬟偷偷抬眼望著譚慎衍，硬著頭皮道：「夫人讓奴婢們來的，說是老侯爺允許了的，還請世子爺別為難奴婢……」

譚慎衍望著被暈黃的光照亮的院子，裡面栽種的櫻桃樹僅有膝蓋高，要開花結果估計還要等兩年，不過那時候她應該進府了。上輩子為她栽種的櫻桃樹最後成了一堆枯木，這輩子他願意將其挪到院子裡來，整日守著，想像著她嫁進來見到櫻桃花的情形，不由得目光一軟。

丫鬟順著他的目光看去，矮小的櫻桃樹光禿禿的，甚至沒有綠芽。年後，世子爺不知從哪兒找了位花奴過來，說是要將院子翻新，其他地方不動，只沿著甬道栽種兩排櫻桃樹；夫人以為有貓膩還特意差人打聽了一番，下人們都不知緣由，夫人發了一通火，認為世子爺不將她放在眼裡，在侯爺跟前煽風點火，侯爺怕得罪老侯爺，勸夫人由著世子，否則鬧到最後，吃虧的還是夫人自己。

府裡的人都知夫人和世子不和，後母和繼子自古以來少有和平相處的，這些年夫人在世子爺手裡吃了不少虧，可老侯爺健在一日，侯爺就不敢動世子，下人們看得明白。

她心思微動，開口道：「這時候天還冷著，院子裡沒有專門侍弄花草的人，奴婢願意為世子爺照顧這些櫻桃樹，還請世子爺允許奴婢留下。」

她身旁的丫鬟咬咬牙，不甘落後。「奴婢也願意。」

近水樓臺先得月，有朝一日總會讓她們得逞的，但是現在不能表現得太過。

只聽譚慎衍陰沈沈道：「妳們也配？給我滾，告訴夫人，再敢過來打擾，別怪我不客氣。」

年紀漸大，他越發不給胡氏面子，他吃過的苦、受過的罪總會一一還回去的。他留著胡氏是清楚她性情，與其留個不知脾性的仇人，不如留個知根知底的人，待寧櫻嫁過來主持中饋後，他會找胡氏討回來的。

兩人面色一白，身子在陰冷的風中瑟瑟發抖，眼瞅著譚慎衍進了院子，兩人對視一眼，忐忑不安地往回走，穿過假山，看二少爺從右邊石頭後走了出來，一身寶藍色直裰，面容溫雅，手裡纏繞著一條紅色絲線，兩眼發亮地望著她們。

「兩位姊姊可是在我大哥那裡吃了閉門羹？他什麼性子侯府上下都明白，我說兩位姊姊花容月貌，怎麼一門心思往他身上撲呢？府裡又不是只有我大哥是少爺。」譚慎平徐徐走出來，眼神赤裸裸地盯著兩人胸前瞧，頓時喉嚨一熱，咽了咽口水，上前伸手左右掐了兩人一把，言語猥褻。「他不要，跟著二少爺我如何？憐香惜玉，二少爺我最是拿手了。」

說完，摟過其中一人，埋頭便在她胸前輕輕啃咬一番，肌膚相貼，發出嘖嘖的聲響，手順勢滑至女子腰間，纖不盈握，他顧不得附近是否有人，迫不及待壓著她靠在假山上，掀開自己的衣袍，擠在女子兩腿間，磨蹭著。「我娘允妳們兩人伺候我大哥，這番被攆出來，回去覆命怕有不妥……」

他話說到一半，丫鬟已經明白。回去稟明夫人，得到的不過是被送人的下場，望著身前已有風流倜儻之色的少年，她做出選擇，半推半就不再抵抗。譚慎平解開袍子，手扯過丫鬟衣衫，只聽撕裂聲響，另一名丫鬟羞紅臉地低下頭去。

很快，一股女子低若蚊蚋的嬌媚聲細細傳來，夾雜著男子低沈的喘息，譚慎平雙手撐著石壁，眼神迷濛地望著她晃蕩的柔軟，低下頭，重重咬了一口，身子一沈，越發用力。丫鬟渾身發軟，求饒聲脫口而出。「二少爺……」

巫山雲雨，一會兒，假山後的歡愉聲才歇下。福昌趴在假山上，因天色昏暗，他看不清譚慎平的身子，毛都沒長齊的人，連著來了兩回還意猶未盡，要麼是雄風大振，要麼吃了不該吃的藥。

福昌背過身，揉了揉自己的眼，想像著換成自家主子又該會是怎樣活色生香的畫面？可一想到那雙劍似的眼睛，他快速搖了搖頭。譚慎平享受多久，他便趴了多久。

拍了拍衣衫上的灰塵，福昌回去給譚慎衍覆命，人剛進院子，覺得不妥，招來院門前的小廝，湊到兩人耳邊小聲嘀咕了幾句。

兩人詫異不已，福昌揮手。「趕緊去，瞞好了。」

兩人見他語氣慎重，不敢耽擱，點頭後匆匆忙忙走了。夫人給世子的丫鬟和二少爺有了首尾，且還不讓夫人知道，這事還有後續……

兩人相視一笑，皆從對方眼裡看到了興奮。

望著兩人消失的背影，福昌才收回目光，回屋向譚慎衍稟明情況。譚慎衍沐浴後出來，穿了一身素色常服，坐在紫檀平角條桌前翻閱著書。

福昌躬身施禮道：「兩人在假山那邊遇到二少爺了，二少爺憐香惜玉，一下寵幸了兩人……」

「他豔福不淺。」譚慎衍翻過一頁，語氣平平。

福昌想了想，又道：「聽二少爺的意思是想瞞著夫人，奴才自作主張，讓武光、武強去辦了，暗中幫二少爺一把。」

這次，譚慎衍抬起了頭，如點漆的眸子溢出笑來。「被夫人知道了，小心她扒了你一層皮。武光、武強回來，每人打賞一兩銀子。」

主子的意思是贊同自己的做法了。

福昌擦了擦額頭的汗，訕訕一笑，繼而說起另一件事。「薛小姐約了六小姐去南山寺上香祈福，您也有些時日沒去找圓成師父了。」

「嗯。」譚慎衍收起書，定定打量著福昌。

福昌不解，低下頭檢查自己的衣服。「怎麼了？」

「你身上有股味道，回屋沐浴後再來找我說話。」

「……」福昌左右聞了聞，並沒有聞到異味。

誰知，譚慎衍下句道：「姦夫淫婦的騷味，洗乾淨了，別弄髒我的屋子。」

福昌大汗涔涔。他不過趴在假山上觀賞了一會兒，哪就染上味道了？但譚慎衍的話他不得不從，否則，下場只會更慘，想到被譚慎衍折騰的日子，他身子不由得打了個冷顫，毫不遲疑地退了出去。

婷姨娘之死被翻出來，除了寧伯瑾傷心難受，其他人似乎沒什麼反應。

當天從榮溪園出來，寧伯瑾怒氣衝衝去了竹姨娘住處，寧櫻以為竹姨娘必死無疑，誰知，傍晚寧伯瑾出來，神色頹唐，回到梧桐院將自己關在西屋，誰都不讓打擾，即使寧伯庸身邊的小廝送字畫來，寧伯瑾都沒出來。

連著兩日，寧伯瑾將自己關在西屋裡，不吃不喝，老夫人身邊的丫鬟、婆子輪流過來，皆沒能讓寧伯瑾出來。

今日，寧櫻和薛怡約定去南山寺，聞嬤嬤替她挑了一件桃紅色褙子，外面披了件白色披風，顏色亮麗。

聞嬤嬤和她一起出門，聽寧櫻問起梧桐院西屋之事，她嘆氣道：「三爺性子隨和，再氣也沒用。竹姨娘為他生了一雙兒女，哪會沒有情分？對三爺來說，手心、手背都是肉，最多罰竹姨娘一輩子關在院子裡不得出門半步。」

不得不說竹姨娘心思敏捷，聽到風聲後立即想出應對的法子，不為自己辯解，一股勁兒地對寧伯瑾曉之以理、動之以情，甚至將自己的身後事都安排好了。她若和寧伯瑾爭執反咬老夫人一口，寧伯瑾必容不得她，偏偏她全部認了，又將九小姐叫到身邊叮囑她往後好好過日子，別記恨任何人。人心都是肉做的，寧伯瑾哪下得了手？

後宅之中，除了月姨娘腦子糊塗，沒有人是笨的。寧櫻十三歲了，有些事該知道些，拿捏住男人，不是一味壓他一頭，服軟比什麼都管用。

「竹姨娘手段不入流，應付三爺足夠了，至少留住自己一條命，過幾年少爺若是爭氣，她還能翻身，竹姨娘心思明白著呢！」

寧櫻點頭。竹姨娘確實厲害，或許和寧伯瑾打交道的人都知曉他的性子，拿捏住他何其容易，偏偏黃氏是個不肯低頭的人，才和寧伯瑾關係劍拔弩張。

經過垂花廳時，遇到秦氏，見她一身富貴祥雲暗紋紫色織錦長裙，端莊富貴，寧櫻笑了笑。「二伯母也準備出門？」

聽見這話，秦氏眉開眼笑，上前拉著她，態度不能再熱絡。「明日就是科考了，我去南山寺為妳大堂哥他們祈福，聽馬房說妳也要去南山寺，我們正好結伴而行，妳不會嫌棄二伯母聒噪吧？」

大房也有少爺參加春闈，不過柳氏管家，正忙著將老夫人安插在管事位置的人手剔除，不能去南山寺了。柳氏不去正好，秦氏有話問寧櫻，她想了兩日，寧伯庸懂得為自己打算，可寧伯信是個固執不懂變通的人，憑寧櫻和小太醫的關係，說不定能為寧伯信謀個好職位，眼前的機會不能錯過。

「小六啊，二伯母有話和妳說，咱上馬車後慢慢聊。」秦氏眉眼彎彎，紅唇微翹。

寧櫻蹙了蹙眉，直覺秦氏要說的不是好事。

秦氏果然有備而來，大門口只停了一輛馬車，金桂上前放好小凳子，雙手扶著寧櫻緩緩上去後，自己正準備上去，卻被秦氏喚住了。

秦氏伸出手，搭著金桂手臂上了馬車，嘴上笑呵呵道：「都是一家人，坐兩輛馬車不是顯生分了嗎？我帶的人不多，金桂上來吧！」

金桂一看，秦氏帶了一個丫鬟和一個婆子，加上她和銀桂，共有四個下人，她走到車窗前，小聲問寧櫻。「奴婢可要去讓管家再備一輛丫鬟們坐的馬車？」

這會兒人多，主子和奴才就該分開坐了，否則全部擠在馬車裡，不方便。

寧櫻掀開簾子，不待她說話，身後湊過來一個腦袋，不住地點頭道：「應該的，馬車說寬敞不寬敞，妳們都上來，妳家小姐想躺下休息都不行，妳與管家說一聲。」

寧櫻側目瞥了一眼秦氏，看得她低下頭才和金桂道：「聽二夫人的吧！」

金桂頷首，提著裙襬掉頭回去，走上臺階朝門口的侍衛招手，小聲說了叫馬房再備一輛奴才用的馬車，侍衛望了一眼給他使眼色的秦氏，應是後去了馬房。

不一會兒，馬房裡的車伕趕著另一輛馬車出來，金桂朝銀桂招手，跟在秦氏身邊的丫鬟、婆子見狀，立即小跑著走過去，前後上了馬車，見此，秦氏收回視線，在寧櫻對面軟墊上坐好，臉上堆滿了笑，開門見山地問道：「小六啊，妳和譚侍郎關係不錯？」

天氣回冷，寧櫻懷裡抱著月白色抱枕，覺得冷了，移到炭爐子邊，撥了撥炭爐子裡的炭，不急著回答秦氏的話。寧伯庸這會兒應該正攀關係進戶部或者吏部，攀關係免不了花錢，柳氏管家，寧伯庸從帳房支取銀子無人敢說什麼；寧伯信為府裡的二爺，也能直接從帳房支取銀子，但是寧伯信以寧伯庸馬首是瞻，定不會生出升官的心思。兩人心知肚明，府裡不可能兩位同時升官，寧伯庸出頭，寧伯信就要避諱。

兄弟倆沒有罅隙，妯娌間就不好說了。人都有私心，秦氏希望寧伯信好，自然希望他也出門走動、打好關係，升個一官半職也好。二房和三房不同，三房沒有嫡子，寧伯瑾又是個不求進取的人，舞文弄墨還可以，掏空心思、巴結應付朝堂之人就有些能力不足；二房嫡子多，寧伯信處事雖不及寧伯庸圓滑，可也有些人脈，得知六部中三部有機會進去，秦氏肯定不願意放過的。

炭火明亮，細碎的火星炸裂開來，寧櫻放下鉗子，手搭在炭爐上暖著，不答反問道：「二伯母可問過二伯父的意思？」

秦氏抱怨地嘆了口氣，學著寧櫻伸出自己的手。「妳二伯父固執死板，說是妳大伯升官就成，他也不瞧瞧，如今京中人都在為自己的前途奔走，他死心眼不當一回事，妳大伯父哪怕不升官都還有偌大的家業，妳二伯父可什麼都沒有。小六，我著急啊，妳從小就是個聰慧的人，可要幫襯妳二伯一把，放心，我不會忘記妳的好處。」

寧櫻轉了轉手掌，雙手暖和了，退回去坐好，靠在鵝黃色小碎花的靠枕上，閉眼假寐，慵懶道：「我可幫不了您，我才多大點的年紀，哪有那個本事？二伯母不如求求祖父，他手裡人脈廣，想想辦法，不是沒有可能。」

「妳祖父哪會願意，他最是看重名聲的人，當初為了入內閣，府裡上上下下戰戰兢兢，外面人傳妳娘去莊子的事，他怕被人詬病，立即派人接妳和妳娘回來，長幼有序，有妳大伯父在，他哪會將心思放在妳二伯父身上？」秦氏說的話不是沒有根據的。寧國忠做事穩妥，有時候小心翼翼過頭了，但凡聽到對寧府不利的消息，如臨大敵、惶惶不安，下令整頓後宅，人人府裡都有骯髒事，寧府倒是乾乾淨淨的，秦氏不知是真的乾淨還是隱藏得深？

寧櫻舒服地「嗯」了一聲，嘆氣道：「祖父不開口，二伯母著急也沒辦法，我該說的都說了，二伯母再想其他法子吧！」

秦氏看寧櫻閉著眼不搭理她，一刻不停地說起以往的事，動之以情，曉之以理，使著勁要說動寧櫻，然而，寧櫻說完那句就不再開口了，任由秦氏說。

她和薛怡約好在城門口會合，隨後坐薛府的馬車去南山寺，秦氏絮絮叨叨一路，寧櫻耳朵都快長繭了。她感覺馬車速度慢了下來，揉了揉眼，掀開簾子，瞅著快出城了，心裡鬆了口氣，朝秦氏道：「二伯母，我與薛小姐約好了，待會兒便不與您一塊兒了。」

秦氏撇嘴，看寧櫻整理妝容，不放過一絲機會，又開始喋喋不休……

馬車駛到城外，寧櫻吩咐車伕靠邊停下，金桂和銀桂同時從後面那輛馬車下車，端著小凳子放在地上，掀開簾子扶寧櫻下馬車，秦氏喉嚨如卡著根刺不上不下，她說了一路，寧櫻連個眼神都沒施捨給她，嘴角忍不住歪了歪。

「小六是嫌棄二伯母聒噪呢！」

秦氏想巴結那位六皇子妃，寧櫻不搭橋，她貿然靠過去面上無光不說，還會遭對方嫌棄，暗罵寧櫻是個看不懂人臉色的，換作其他晚輩，這時候早就主動開口了。她撩起簾子，看旁邊停靠了兩輛藍綠相間暗紋的馬車，前後被侍衛圍著，看不清馬車內的情形也知曉那是薛府的馬車無疑了。

「小六，薛小姐一人出門不安全，我與妳們一道吧，說說話，路上熱鬧。」

然而，寧櫻已下了馬車，留給她的是拂過車壁的衣衫，她忍不住嘴裡又罵了一句，低頭一想，本想準備掀簾子下馬車，但是她的手還未碰到簾子，馬車就開始向前行駛，她彎著腰躬身站著，馬車一動，身子後仰摔了一跤。

聽外面的寧櫻與車伕道：「二伯母急著上香，求佛祖保佑幾位少爺，你速度快些，別耽誤了二伯母對佛祖的一片赤誠。」

秦氏若還不知曉發生什麼，便枉費她多吃二十幾年的飯。寧櫻不想她跟著，故意叮囑車伕加快速度呢！

馬車行駛的速度越來越快，秦氏感覺頭暈目眩，身子東倒西歪，頭撞到香案，髮髻鬆散開來，疼得她大罵出聲。「急著投胎是不是，給我停下！」

車伕聽秦氏語氣含著怒氣，「籲」的一聲勒住轠繩，慣性大，他差點摔了出去，轉頭看向馬車，不明所以，緊接著馬車裡衝出來一人，撞到他後背上，疼得他摔倒在地，定睛一看，秦氏狼狽地趴在馬車上，衣衫凌亂，他知曉自己犯了錯，低下頭，急忙認錯。

秦氏雙手死死拉著簾子，惡狠狠瞪車伕一眼，訓斥道：「想要我的命是不是？回去再跟你算帳！」

她要去南山寺上香，這會兒手裡頭沒權，想發作也沒法子。她不解恨地瞪了車伕一眼，又氣寧櫻看不懂人臉色，和她娘一個德行，都是歹毒的人。

車伕心裡委屈。六小姐讓他快些，他不敢不從，老爺可是說了，六小姐讓他做什麼就做什麼不要多話，他按照六小姐的話行事，哪兒就不對了？

秦氏看他滿臉不服氣，抬腳踢了他一腳，轉向身後的馬車，喊道：「明蘭、明蘭。」

後面馬車上的明蘭聽見秦氏喚她，掀開簾子，見秦氏的馬車停下，便也吩咐車伕停下，應道：「二夫人可有什麼吩咐？」

「來這輛馬車。」她扶了扶髮髻上的簪子，板著臉嚴肅道：「把車伕也叫過來。」

她這會兒儀容不好，充滿戾氣地對車伕道：「不用你跟著了，你趕著另一輛馬車回去，自己找管家領罰，出門遇到這種事，真是晦氣。」

車伕心下雖然覺得冤枉，卻不敢得罪秦氏，諾諾地應了聲，施禮後退到一邊。望著丫鬟、婆子上了馬車，一個穿著麻衣長袍的車伕坐上他趕車的位置後，才不情不願往回走，跳上另一輛馬車，趕著回寧府了。

——未完，待續，請看文創風558《情定悍嬌妻》3

為流浪貓狗加油 和貓寶貝 狗寶貝
廝守終生(一定要終生喔！)的幸福機會

對人來說，貓寶貝狗寶貝只是生活的一部分，但妳（你）對牠們來說，卻是生活的全部，領養前請一定要考慮清楚——

▲ 活潑的陽光小少女　蛋黃

性　　別：女生
品　　種：米克斯
年　　紀：1歲
個　　性：活潑熱情，好奇心強
健康狀況：已結紮，已施打疫苗。
（兩個月大得過犬腸炎，已完全康復並帶有抗體）
目前住所：台中市霧峰區

第283期推薦寵物情人

『蛋黃』的故事：

蛋黃是2016年被遺棄在地震園區的6隻幼犬之一，當時正值腸病毒興盛期，6隻毛孩子都不幸感染，即使狗狗得到急性腸病毒的死亡率極高，中途仍然不願意放棄任何一隻，便將牠們逐一帶下山治療。然而，即使努力到了最後，卻只有蛋黃堅持了下來，中途說，當時讓蛋黃支撐著的動力，或許是想要有一個有家的渴望吧，因為有個領養人正等著要帶牠回家。

可是，嬌小的蛋黃雖然好好地活了下來，那個領養人說要認養的諾言卻沒有實現過。中途表示，當時真的很心疼蛋黃，除了能有一個溫暖的家的希望沒了之外，牠似乎也知道失去了其他兄弟姊妹，畢竟那時曾看到其他5隻毛孩子在牠的面前，或是在隔離籠中離開了。蛋黃沮喪了很長一段時間，好不容易才漸漸地活潑起來，讓中途也稍稍放下了心。

雖然在蛋黃成長過程中，偶爾也會有人詢問並表示想要領養牠的意願，卻從未真正讓牠的願望成真過，所以只能在狗園繼續等待著。現在的蛋黃已經一歲多了，個性很外向、陽光，也相當活潑熱情，極有好奇心，而且也很健康。如果您願意幫蛋黃實現心願，成為牠一輩子的家人，歡迎來信leader1998@gmail.com（陳小姐），或傳Line：leader1998，或是搜尋臉書專頁：狗狗山-Gougoushan。

認養資格：

1. 認養者須年滿20歲，有穩定經濟能力，並獲得全家人的同意。
2. 須同意簽認養寵物切結書，並讓中途瞭解蛋黃以後的生活環境。
3. 同意送養人日後之追蹤探訪，對待蛋黃不離不棄。
4. 同意讓蛋黃絕育，且不可長期關、綁著蛋黃，亦不可隨意放養。
5. 為讓中途對您有更深入的瞭解，中途會先有份線上問卷請您填寫。

來信請說明：

a. 個人基本資料：姓名、性別、年齡、家庭狀況、職業與經濟來源等。
b. 想認養蛋黃的理由。
c. 過去養寵物的經驗，及簡介一下您的飼養環境。
d. 若未來有結婚、懷孕、出國或搬家等計劃，將如何安置蛋黃？

文創風 557

情定悍嬌妻 2

國家圖書館出版品預行編目資料

情定悍嬌妻 / 新蟬著. --
初版. -- 臺北市 : 狗屋, 2017.09
冊 ; 公分. --（文創風）
ISBN 978-986-328-770-4（第2冊 : 平裝）. --

857.7　　　106012041

著作者　新蟬
編輯　黃鈺菁
校對　沈毓萍　簡郁珊
發行所　狗屋出版社有限公司
地址　台北市104中山區龍江路71巷15號1樓
電話　02-2776-5889～0
發行字號　局版台業字845號
法律顧問　蕭雄淋律師
總經銷　知遠文化事業有限公司
電話　02-2664-8800
初版　2017年9月
國際書碼　ISBN-13　978-986-328-770-4

本著作物由北京晉江原創網絡科技有限公司授權出版

定價250元
狗屋劃撥帳號：19001626
網址：love.doghouse.com.tw　E-mail：love@doghouse.com.tw